KB211368

내 철학의 뿌리는
내게 있다

내 철학의 뿌리는
내게 있다

지은이 | 윤정은
펴낸곳 | 북포스
펴낸이 | 방현철

1판 1쇄 찍은날 | 2010년 10월 22일
1판 1쇄 펴낸날 | 2010년 10월 27일

출판등록 | 2004년 02월 03일 제313-00026호
주소 | 서울시 영등포구 양평동5가 18 우림라이온스밸리 B동 512호
전화 | (02)337-9888
팩스 | (02)337-6665
홈페이지 | www.bookforce.co.kr
전자우편 | bhcbang@hanmail.net

ISBN 978-89-91120-47-1 03800

값 13,000원

나는 책을 통해 여행을 한다

내 철학의 뿌리는 내게 있다

| 윤정은 지음 |

북포스

애끓는 꿈을 소유한 이들에게 바친다. 이 책을.

책을 열며

책을 벗 삼아 시간을 태우다

나는 참 못났다. 지지리도 못났었다. 못났었기 때문에 책을 읽고, 글을 썼다. 어려서 조부모님 손에서 크며 '천자문 외기'를 배우며 시작된 '독서'가 없었다면 지금까지 버텨올 수 없었다. 학교에 들어서면서 부족한 사회성과 호감형이 아니었던 성격 탓에 친구들이 없어 늘 외로웠고-집에 돌아오면 아무도 없는 텅-빈 집에서 중학교에 다니는 큰언니가 읽던 '책'을 벗 삼아 시간을 태워버렸다. 조금 더 커서 중학생이 되어도 별 볼일 없던 나였다. 종종 따돌림도 당했고, 잘 지내던 친구와도 관계를 어떻게 유지해야 하는지 방법을 몰라, 멀어지기도 했다. 그 당시 잘 나가는 아이들 표현으로 '야린다'는 이유로(원래 고양이 눈처럼 생겼기에 종종 오해를 받았다.) 선배언니에게 공원 으슥한 곳으로 끌려가 밤새 맞기도 했었다.(요즘은 잘 웃어서 오해 살 일이 별로 없다만.) 그때에도 나는 '책'을 읽었다. 하도 외로워 시를 썼다. 열네 살 무렵부터였던 것 같다. 학교 다니며 유일하게 받아본 상이 '독후감상'이었는데, 수상이유는-책 뒤편에 쓰인 평론을 베끼지 않았다는 것이었다. '책'속에는 비루하고 남루한 지금의 나와는 다른-온갖 세상들이 펼쳐졌고, 새로운 경험과 이야기들이 있었다. 책속에 있는 그들만은 나처럼 보잘 것 없는 아이도, '노력'과 '열정'으로 꿈을 포기하지 않고 견딘다면 그들처럼 될 수 있다고 말해주었다. 스무 살! 성인이 되었고, 어차피 취미에도 없던 공부였기에 사회생활을 먼저 시작하며 경제적인 독립을 했다. 문제는 사회에서도 제대로 된 조건이나 스펙이 갖추어져 있지 않기에 부족함의 핸디캡을 극복하고자 분야를 파악하려 애 끓으며 간절하게 책을 읽었다.

친구들을 사귀었고, 떠났고, 사랑을 했고, 떠났고, 진심을 다해 믿었던 이에게 배신도 당했다. 타인의 마음을 내가 아프게도 했으며, 돈을 벌었고, 돈을 잃었다. 연이은 실패에 목 놓아 울었고, 공부에 재미를 붙이는 희귀사건도 발생했다. 때론 믿기지 않을 만큼의 행운이 내게 오기도 했던 매 순간순간의 여백마다 호흡마다 '책'은 변하지 않고 내 곁을 지켜주었다.

그때에는 이런 믿음도 있었다. "지금은 내가 예쁜 외모가 아니지만, 시간이 흘러 젊음의 초자연적인 반짝임이 사라지면-지성이 쌓인 표

정과 분위기가 '예뻐 보이게' 할 거야. 그러니 책을 읽어야지."라는-
근거 없는 자신감이 슬슬 생겼다. 책을 읽으며 옷매무새를 깔끔하게
신경 쓰기 시작했고, 희한하게도 '예쁘다'는 칭찬도 받기 시작했다.
하도 책을 많이 읽다보니, 다른 필요충분조건 없이 그저 '책을 많이
읽는 아이' 혹은 '글을 잘 쓰는 아이'라는 이유만으로 사람들의 칭찬
을 받았다. 신기했다. '칭찬'이나 '인정'같은 것은 내 것이 아니었는데
긍정적인 마음으로 살아가며 '웃는 얼굴'로 대하니 호감형 인간으로
바뀌어갔다.(올레!)

　화려한 인생을 살고 싶었다. 뿌리 없는 허영심에 '화려해 보이는' 직
업들을 가졌다. 트렌디하고 핫하고 잘 나가는 고급 레스토랑과 호텔
에서의 식사, 멋진 자동차를 가진 유명인사 친구들, 내가 직접 주최
하는 파티에 친구들을 초대하며 잡지나 신문과 텔레비전 인터뷰에
도 간간히 등장하며 화려하게 살아도 보았다. 외양은 화려하지만 마
음은 한없이 공허했던 그때에도 많은 친구들이 들고, 나는 옆자리에
책이 있었다. 스물 셋, 짧았던 ceo로서의 자리가 실패로 돌아갔다.
모든 것이 한없이 공허해졌다. 이전의 인생을 죽이기로 결심했다. 내
손에는 책이 있었다. 근사하게 유학을 갈까, 대학교에 들어갈까-고
민을 하다 늦깎이 대학생이 되었다. 학교를 다니며 전시기획자 일을
이어나갔다. 그간 주최하던 파티나 기업체의 마케팅 행사와는 달리
전시회는 별천지였다. 산업전의 특징은-3박 4일간의 짧은 기간 동안

전시장 홀에 거대한 도시를 만들어 관람객들에게 볼거리와 마케팅을 제공하고, 전시가 끝나면 한순간에 그것들이 허물어진다는 점이다. 전시 주최자 사무실에서 낮에는 화려하게 빛나던 소도시와도 같던 전시부스들이 허무하게 허물어지는 순간을 바라보며-'이대로 살다가는 정말 어이없이 죽겠다'는 생각이 들었다. 같은 해 12월 31일, 이런 날을 같이 보낼 만큼 친한 친구는 없었다. '친구들'은 무수히 많은데 말이다. 쓸쓸함에 방안에서 이불을 뒤집어쓰고 책을 읽다 습관적으로 다음해의 계획을 세웠다. 열네 살 때부터 시를 썼는데, 작가는 머리가 하얗게 센 노인의 시기쯤에야 될 수 있을 것 같았다. 그치만 한 번 두 번 실패한 내가 아니다. 해서, 우선은 '글'을 써보기로 했다. 그렇게 책을 쓰고 출간계획서를 만들어 출판사들에게 보냈고, 기적처럼 일주일 만에 출간계약을 하며 첫 책이 출간되었다. 인생 유일한 '성공'의 쾌거를 맛보았다. '그렇게 책만 읽으면 밥이 나오냐, 돈이 나오냐'는 서러움을 씻어주는-책만 읽다보니 밥이 나오는 순간이었다.

지금 이 책을 출간하는 '북포스'와의 인연이 그때부터였다. 가진 거라고는 '열심히 실패해온' 것과 '책을 읽어온' 것밖에 없는 못난 나의 가능성을 바라보아주고 티핑 포인트를 만들어준 방 대표님께 늘 고마운 마음을 가지고 있다. 그 후로 여러 출판사와 책을 출간하며 소원하던 대로 책을 쓰며 살아가고 있다. '문화예술'을 아이덴티티로 가지고 예술분야와 사회와 인문분야로 관심사를 확장시켰다. 인터뷰는 늘어났고, 라디오 프로그램이나 TV프로그램에 출연하며 대학과 기업체에서 강의도 하게 되었다. 신은 나에게 헛되고 덧없는 화려함에 휘둘리지 않는 작가가 되게 하기 위해, 이전에 고통스럽지만 알곡게 익어가는 인내와 단련의 시간을 주셨다. 그리고 그것들을 견디게 하기 위해 '책'을 함께 주셨다. 물론, 지금도 여전히 책을 읽는다. 오히려 이전보다 더 열심히 읽는다. 노력하지 않으면 달아나버리는 현실에 지지 않기 위해, 재능 없음을 보충하기 위해, 사유적 깊이를 넓히기 위해, 행복한 인생을 살기 위해, 삶을 열렬하게 사랑하기 위해 책을 읽는다.

"공부라는 것은 일상생활과 일속에 있다. 평소에 행동을 공손히 하고 남을 진실로 대하는 것, 이것이 곧 공부이다. 다만 책을 읽는 것은 이 이치를 밝히려는 것이다."_율곡 이이(擊夢要訣 격몽요결)

율곡선생의 격언처럼 일상생활과 일을 잘하기 위해 책을 읽는다. 언제나 그랬듯이 나에게 책읽기는 살아남기 위한 '생존'이자 '현실'이자 '꿈' 그 자체이니까.

책읽기는 내 철학의 '뿌리'이니까. 삶을 여행하기 위한 둘도 없는 '친구'니까. 철학이라고 해서 거창한 무엇인가? 아니다. '행복'하기 위해 '사랑'하며 공존하는 방법을 깨치기 위해 '지혜'를 갈구하는 아름다운 여정이다. 개똥철학일지라도 내가 가진 신념은 철학이 될 수 있다.

내 철학의 뿌리는 '내'가 주체적으로 읽어온 '책'에 있기에 어떤 방법으로 책을 통해 삶을 여행하고 있는지의 이야기가 자주 등장한다. 당신의 뿌리는 무엇인가? 굳이 책이 아니어도 좋다. 요리일 수도 있고, 운동일 수도 있고, 컴퓨터일 수도 있고, 기타를 튕기거나 피아노일 수도 있고, 그림일 수도 있고, 외국어영역 일수 도 있다. 무엇이 되었건 '내'가 주도하는 인생으로 재미나게 살아가며 타인의 생각에 질질 끌려가는 재미없고 시시한 인생이 되지 않기를 바란다. 흔들흔들, 삶의 그루브를 타며 주체적으로 살아가자.

"고이"라는 잉어는 어항에서는 8cm까지, 커다란 수족관이나 연못에서는 25cm, 강류에 방류하면 120cm까지 자란다. 자기가 숨 쉬고 활동하는 세계의 크기에 따라 난쟁이 물고기도, 대형잉어도 될 수 있다. 스스로 가두어둔 어항을 깨버린다면-자신도 예측하지 못할 파워력을 지니게 된다. 품었던 꿈을 이루고, 안 이루고의 차이는 '조금만 더' 버텨내는 1mm의 끈기를 중도에 포기해버리기 때문이다. 나는 8cm짜리 잉어인 줄만 알고 살았지만, 어항 밖으로 나가기 위해 갇혀 있는 세상 속에서도 호흡(책읽기)을 멈추지 않았다. 내가 어항을 깨버린 순간, 그간 호흡해왔던 인사이츠들이 쌓여 성장을 거듭했다. 어떤 일을 하든 자발적 각오가 있어야 발전이 있다. '나는 안락하고 포근한 어항 속에서 평생을 살 테야' 하는 이라면, 그렇게 살아야 한다. 본인의 가치 기준이기 때문에 관여한다면 주제넘은 행위이지만, 스스로 어항을 깨뜨리고 나오고 싶다면 지금 느슨하게 앉아 있는 의자에서 허리를 추켜 세우고 관망하듯 끼고 있는 팔짱을 풀고 진지하게 책과의 대화에 임해주길 바란다.

아, 물론 대화 중간에 피곤해서 누워야 한다거나, 해야 할 일을 끝내지 못해 상사에게 불려가야 하거나, 초인종이 울리거나, 세탁기의 빨래는 경보음을 울리고 주전자물이 끓어 넘친다면 당연히 책을 덮고 먼저 그 할 일을 해야 한다. 이 책이 베개로도 쓰이고, 라면 받침으로도 쓰이고, 사람들과 대화할 때 메모지로도 쓰였으면 좋겠다.(실제로 라면받침으로'만' 써주면 서운하겠지만.) 한 가지 용도가 아닌, 친밀하고 다양하게 당신과 호흡하며 소통하며 책장에만 가두어둔 장식용이 아닌, 살아있는 책이 되기를 바라는 마음이다.

시대는 진통을 겪으며 변화와 성장하고 있으며 그 중심에 IT가 있다. 인터넷의 활성화를 거쳐 싸이월드 미니홈피와 다음 커뮤니티, 네이버 블로그에서 현재는 트위터, 페이스북 등의 소셜네트워크가 급진적으로 발전하고 스마트폰이나 E-BOOK으로 독서를 하는 시대에, 고루하게 책이야기를 하느냐는 반론을 제기할 수도 있겠지만-세상이 급발전하기 때문에 인사이츠를 채워야 하며, 자유롭게 발언하기 위해서도 인사이츠는 필요하다. 인사이츠는 무엇으로 채우는가? 뉴스나 대화 등을 통하여도 채울 수 있지만, 기본적으로는 책을 읽음을 통해 사고하여야 한다. 글을 읽지 않으면 어떤 문장으로 자신의 목소리를 표출할 것인가? 어떤 사고를 하여서 타인들과 소통할 것인가? 또한 '글을 쓴다'는 행위가 종이에서 트위터나 블로그 미니홈피 페이스북으로 옮겨진 것뿐이다. 이제는 작가만 글을 쓰는 게 아니라 누구나 글을 써야만 소통의 대열에 낄 수 있는 시대가 온 것이다. 모두 앞서가는데, 나 혼자 뒤쳐져서 '남들의 속도 따위는 개의치 않으리' 하는 어리석은 베짱이보다는 양질의 글을 써서 앞장서가는 성실한 개미가 되기를 바란다. 이것은 나의 '권리'를 보다 잘 누리기 위한 행위과정이다. 소셜네트워크와 스마트폰의 급진적인 발달로 인해 19세기 르네상스 문화는 현 세기에서 집단지성의 발현으로 모락모락 피어나고 있다. 소크라테스는 아테네 광장에서 철학을 한다는 이유만으로 죽음을 당했지만, 스마트폰을 가지고 인터넷을 가진 우리는 그 '광장'이 광대하고 웅장해서 개개인이 처절하게 죽음을 당할 위기를 모면할 수 있다. 사회생활 속에서도 스스로 목소리를 낼 수 있는 자가 살아남는다. 新(신)르네상스의 꽃을 피우기 위해.

혹시나 하는 마음에서 하는 부탁인데-부디 '라면받침'으로만 쓰이더라도 곁에 두어주길 바란다. 어찌됐든 '사용'되는 것은 행복한 일이니까. 라면받침하다 심심할 때 가끔 열어봐도 좋겠다. 가능하면 책장에 갇힌 새 같은 책이 아닌, 꽃처럼 내미는 선물 같은 책이 되길 소망한다. 간절한 내 부탁을 들어주건 말건, 이것 역시 당신 선택의 자유의지이다. 앙드레 지드도, 에밀리 디킨슨도, 하다못해 펄벅이나 셰익

스피어마저도-혹은 짜라투스트라가 뭐라고 떠들어 대건, 니체의 사
유가 위대하건 아니건 간에-개별성과 자의성은 존중되어야 하니까.

책은 유희이자 살고 싶게 하는 육감적인 유혹이다. 덧없는 욕망과
환상을 쫓다보니, 젊은 날에 삶에 대한 환멸과 환희를 동시에 느꼈
다. 그럼에도 삶은 늘 소소한 행복과 자잘한 웃음으로 '행복'을 선사
하며 유혹한다. 알아온 것보다 알아갈 것이 많기에 기대되고 가슴
설레는 나날들이다. 삶은 여행이다. 보기 좋은 인생보다 살기 좋은
인생의 낭만을 즐기며, 농담처럼 유쾌하지만 우아하고 자유스럽게
살고 싶다. 사랑하는 이와 왈츠를 추며, 책을 쓰고, 책을 읽으면서.

라면받침으로라도 곁에 머물 수 있다면 행복한, 윤정은.

:: 차 례

책을 열며_책을 벗 삼아 시간을 태우다 • 6

제1부

철학적 사유로 가는 '도피와 방황'

1 책속에 내 철학의 뿌리가 있다 • 20
   행운은 사는 것이 아니라 만들어가는 것이다

2 "나는 아포리즘 중독자였다" • 30
   기적 따위는 악마의 유혹

3 책을 통해 별이 되는 '도피와 방황' • 40
   슬픈 일 있더라도 슬퍼할 것 없다

4 나를 알고 적을 알아야 '철학적 괴물'이 된다 • 49
   내가 나를 모르는데, 난들 어찌 남을 알겠는가

5 정신적 가치는 후손들에게 대물림된다 • 57
   '검의 날은 숫돌에 갈아야 빛이 난다'

6 한없이 초라해지는 순간 앞에서도 도망치지 마라 • 66
   "나는 사람들 앞에만 나서면 말을 못해"

7 사유의 씨앗, "가장 행복한 중독은 활자 중독" • 75
   새는 세계를 깨고 나온다

제2부 _____

'인풋'이 '아웃풋'을 살찌운다

1 진심이 '인풋'을 '아웃풋'으로 잇는다 • 86
    책속에 내 마음을 풍덩 빠뜨려라

2 내가 나를 바꾸고 세상을 바꾸는 주도자 • 96
    그림을 '듣고' 음악을 '보아라'

3 남성과 여성이 샌드위치 된 양성형 인간 • 107
    나는 여성성이 강한가? 남성성이 강한가?

4 책이라는 '인풋' 통해 책이라는 '아웃풋'으로 • 116
    내 '생각'과 섞여야 새로운 아웃풋이 싹튼다

5 나는 일이 잘 풀리지 않을 때는 시를 읽는다 • 125
    시도 '인풋'과 '아웃풋'을 맺어준다

6 내·가·그·쪽·으·로·갈·수·도·있·는·데 • 134
    어제는 역사—어제는 시—그건 철학—어제는 미스터리

7 사유, 잘 다루면 보약이지만 남용하면 독이다 • 144
    '자신의 계절 속 북소리'에 맞추어 가자

제3부

나는 '은따'가 싫어 글에 빠졌다

1 미래 내다보며 익숙한 것에 딴지 걸어라 • 154
  딴지를 걸어야 '빅뱅'이 일어난다

2 빅뱅(Big Bang) 거쳐야 새로운 사고가 열린다 • 163
  '책'이라는 '빅뱅'이 터져 내가 바뀌었다

3 배는 비우더라도 머리는 비울 수 없다 • 173
  나는 나만의 사고로 사유한다

4 인간의 사고와 감정을 매력으로 여겨라 • 183
  생각과 삶이 일치하는 사람이 되라

5 불같은 사랑은 불처럼 빨리 꺼진다 • 192
  본체를 알려면 나를 잊고 모든 감각을 깨워라

6 말과 글을 부리려면 책과 사람을 읽어라 • 202
  사랑도 일도 책도 이놈의 '의지'가 부린다

7 '상처'를 '성공'의 원동력으로 끌어안아라 • 211
  "햇빛도 그늘이 있어야 맑고 눈이 부시다"

제4부 ――――――――

철학적 사유로 보헤미안 가는 길

1 나는 사유적 보헤미안으로 자유를 누린다 • 222

"날자 날자 날자 한번만 더 날자꾸나"

2 콤플렉스로 콤플렉스를 다스려라 • 234

좋아하거나 잘하는 일이 '직업' 아닐 수도 있다

3 "나는 이성적이지만 감성적이기도 하다" • 245

저만치 먼지 묻은 나만의 권리를 찾자

4 스스로 만든 스토리로 나를 브랜드화하라 • 256

누구나 낯설지만 다가서면 '친근하게' 안긴다

5 '한 번 더!' 전환으로 '진화'하는 매력을 '즐감'하라 • 266

그 뿌리에 얽힌 또 다른 뿌리를 더듬어라

6 손때 묻은 책이 내게 말을 건다 • 278

'자유무역'이란 사탕발림 뒤에 감추어진 '무서운' 얼굴을 보라

7 나는 '배움'을 통해 머리 나쁨에 '희열' 느낀다 • 288

우울증은 장례식장으로 훨훨 날려 보내라

참고문헌 • 299

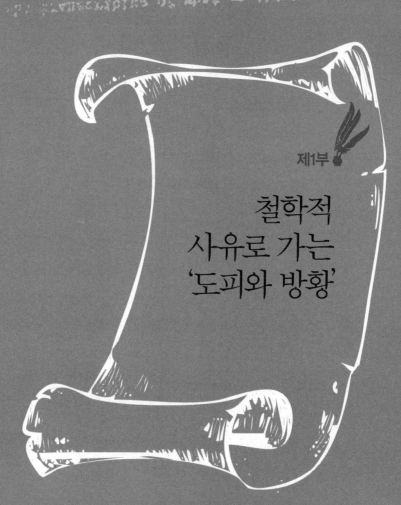

제1부

철학적
사유로 가는
'도피와 방황'

1
책속에 내 철학의 뿌리가 있다

청춘, 이라는 단어를 입 밖으로 내뱉을 때에 울려 퍼지는 공명한 청량감은 단순한 설레임 그 이상이다. 청춘의 젊은 열정은 무엇이든 만들어갈 수 있는 가능성이라는 양념을 뿌려 무모한 열정으로 요리하는 하루들이기에, 흔들리는 눈빛을 소유함이 낭만이 될 수 있고, 그것이 용납될 수 있는 유일한 시기이다.

청춘이란 간절하게 꿈꾸며 지독하게 노력하면 무엇이든 이루어질 수 있다는 맹목적 믿음이 있다 하더라도 폭풍우 치는 비바람이 온통 마음을 헤집어 놓는, 그런 날들도 찾아옴은 당연지사다.

갖은 용을 써 봐도 세상은 내게 등을 돌리며 기회조차 내밀지 않는 날들이 반복되면 가슴이 뻥 뚫릴 때까지 하염없이 울고만 싶다. 하지만 눈물조차 지쳐버렸는지 마른 한숨만 내쉬게 된다. 그깟 꿈이 무에 대수라고, 그만 현실과 타협하고 남들처럼 안정되고 편안한 길로 가는 게 정답이 아닐까. 아무리 노력해도 답이 보이지 않는 현실 속에서 반복되는 제자리걸음만 치다 낙오되는 것은 아닐까. 결국 손에 잡지도 못할 언제 터져버릴지 모를 허황된 풍선만 바라보는 것은 아닐까. 폭풍이 휘몰아치고 가까스로 잠잠해질 즈음에는 애초에 품었던 꿈조차 아득해질 때가 있다. 내가 꾸었던 꿈, 그게 과연 가치가 있긴 한 걸까? 무엇을 위해 노력 따위를 해야 하는 걸까?

안타깝게도 꿈을 잊은 이에게 하루는 그저 무의미한 시간 때우기에 불과하다. 아침에 눈을 뜨고 싶은 의욕도 없고 맛있는 음식을 먹어도 감흥이 없다. 지향하는 목표가 없기에 보는 이마저 온몸에 힘이 빠지게 만드는 무기력증에 걸려 하루를 대충대충 허비한다. 젊음이라는 인생의 '선물'에 대한 위배적 행위를 양심의 가책도 없이 거리낌 없이 지속한다. 물론 누구나 흔들리고 방황하는 시간은 존재하고, 꿈을 잊을 수도, 때로는 꿈을 꾸는 방법조차 생각하기 싫을 때도 있다. 허나 책과 함께 하는 사람이라면 꿈의 상실감 속에서 마냥 넋놓고 있지 못한다.

여기 젊은 시인이 있다. 불안정하고 방황스러운 날들 속에서 꿈을 꾸며 목표를 향해 노를 저어간다. 항해 지속여부에 대한 확신이 서지 않던 젊은 시인은 검고 깊은 암흑의 바다 한복판에서 먼저 망망대해를 건너간 라이너 마리아 릴케에게 구조를 요청하는 편지를 보낸다.

독일의 시인 라이너 마리아 릴케는 폴 발레리와 T.S 엘리엇과 함께 20세기 최고의 시인의 반열에 오른 인물이다. 시간의 어둠에 가려 항로를 이탈한 청춘에게 릴케는 편지를 통해 야콥슨과 닐스 뤼네의 책이라는 『등대』를 추천한다.

"당신은 시간이 흐를수록 더욱더 그 책들을 음미하게 될 것이며 더욱더 감사하는 마음을 갖게 될 것입니다. 사물을 보는 눈은 더욱 좋아지고 단순해질 것이며, 인생에 대한 믿음은 더욱 깊어질 것입니다. 그리하여 당신의 삶은 더욱 행복해지고 더욱 위대해질 것입니다. _『젊은 시인에게 보내는 편지』 라이너 마리아 릴케

혹자는 이 글을 읽고 누구나 할 수 있는 흔한 말이라 치부하며 코웃음으로 넘겨 버릴 수도 있겠지만 책에 미쳐서 성공한 사람들은 이 순간 '반짝'하는 스파크를 놓치지 않는다. 젊은 시인은 릴케가 안내해준 불빛에 의지해 바다를 건너며 편지를 주고받으면서도 책을 손에서 놓지 않는다.

젊은 시인처럼 캄캄한 순간에 책으로 빛을 찾은 이를 찾아보자면 구호전문가 바람의 딸 한비야 씨이다. 그녀는 무조건 짐을 줄여야 하는 구호현장을 나갈 때마다 오히려 무겁게 책을 집어넣는다고 그녀의 저서 『지도 밖으로 행군하라』를 통해 이야기한다. 편리를 도와줄 수 있는 물품을 더하는 것이 현명한 행동일 것 같건만 그녀에게는 오늘 보았던 하늘을 내일 아침에는 볼 수 없을지도 모르는 생사를 달리하는 위험현장 속을 지탱하게 해주는 힘이 곧 책이라고 말한다.

평생을 바칠 소명으로 뇌리 깊이 인식하고 있지만 마치 깊고 위험한 아마존 강의 밤에서 모든 것이 끝이라 생각되는 그 시점에 책이라는 등대를 통해 꿈을 포기하지 않고 앞으로 나아가게 한다.

워낙에 꿈을 꾸는 희망으로 살아가는 나에게도 한순간 지금까지 이루어온 것들을 포기하고 싶은 유혹이 휘몰아칠 때가 있다. 『20대 여자를 위한 자기발전노트』라는 책을 시작으로 드디어 오랜 방황의 끝에서 작가라는 직업으로 정착함에 마냥 기쁘고 행복하던 순간을 지나 독서, 미술, 사람을 주제로 여러 권의 책을 출간하며 탄탄대로의 항해를 하는 듯싶었다. 바다를 향해 노를 젓기 전에는, 책을 출간하기 전에는, 솔직히 두루마리 휴지처럼 모든 일이 술술 잘 풀릴 것만 같았다. 이후 여러 권의 책을 출간하며 현재에 머무르면 정체될 것이 뻔하니 또 다른 성장을 위한 기회를 찾아보았다.

'어떤 일을 해야 가치 있고 재미있게 열중할 수 있을까'를 고심하던 중 저자강연회나 신입사원교육 등에 출강했을 때 즐겁게 임했던 기억에 강사가 적성에 맞을 것 같아 포트폴리오를 작성해서 전국대학에 이메일을 보냈다. 그간 꿈을 이루기 위해서 900번의 입사지원을 했으니, 이번에는 1,000통 정도의 프로포즈를 하면 최소한 10통의 답장은 오겠지, 하는 1/100확률 희망으로 전국대학의 담당부서에 일주일에 걸쳐 1,200통 가량의 이메일을 보냈다. 혹시나 해서 담당부서 외에도 각 학교의 경영학 교수님들에게도 이메일을 보냈다.

연인에게 건넨 프로포즈에 대한 답을 기다리는 심정으로 하루, 이

틀이 지나갔지만 전화는 고요했고 메일함도 고요했다. 사나흘이 지난 후 드디어 제주도에 있는 대학에서 제주도까지 강의를 나가면 강의 페이가 얼마인지를 묻는 답장이 왔다. 그리고 전문학교에서 역시 강의 페이를 묻는 답장이 왔다. '아… 0.2%의 가망성이면 어떠리, 하나라도 이루어지면 감지덕지지' 하는 심정으로 정성스레 답장을 보냈다. 뒤이어 돌아오는 건 전문학교에서 수백만 원의 강좌를 수강하면 강의를 할 수 있는 기회를 주겠다는 홍보성 이메일뿐이었다.

순간 혼란스럽고 울컥하는 마음에 울고 싶어져 멍하니 시선을 돌렸더니 책장이 눈에 보였다. 책을 사서 읽고 난 후 책장에 꽂아두는 행위가 비생산적이라는 평계로 책 구입을 거부하는 이들이 있는데, 나는 역으로 책장에 책을 꽂아두는 행위만큼 생산적인 일이 드물다고 생각한다. 평소에 범접할 수 없는 분들을 만 원 한 장으로 만나 담론한 후에 꽂아놓은 책장에서 어느 날에 다시 찾아올 때까지 끈기 있게 기다려 주는 온리 원, 단독 만남장소가 아닌가. 그런 만남들이 모여 이루어진 책장이니, 바라만 보아도 그들은 나의 마음을 알고 어루만져줄 준비가 되어있다.

책장에 있는 제목을 하나하나 읽어 내리자 수백 명의 저자들이 안쓰럽게 바라보며 손을 내밀어 등을 토닥이며 응원을 해주는 듯한 착각이 들었다. 내 심정을 모두 안다는 듯한 그들의 따뜻한 응원을 받으며 손에 잡히는 대로 아무거나 책을 펼쳐 들었다. 풀이 죽어있던 축처진 어깨는 다시 올라가고 '그래, 단지 과정일 뿐이야'라며 다시 검푸른 바다를 건너가는 노 젓기를 시작했다. 멈추지만 않는다면 언젠가는 저 섬에 꼭 도달할 것이라는 확신을 책이 말해주었기 때문이다.

지극히 사소하고 단편적인 문제에 부딪혀 포기하게 만드는 유혹은 특히 꿈에 가까이 도달하기 직전에 뱀처럼 온몸을 칭칭 휘감는다. 포기라는 유혹을 떼어내기 위해선 목숨을 내놓고 떠나야 하는 구호 현장에서도 책을 놓지 않는 한비야 씨처럼 절제절명의 순간에 책과 함께 해보자. 꿈을 포기하고만 싶은 그런 날에는 책을 펼치자. 그리고 명심하라. 꿈을 꾸었기 때문에 꿈이 이루어지는 것이다.

내게는 생명보존을 위한 구급약이 책이었으니 당신에게는 그것이─영화나 운동이나 요리나 기타를 튕기는 등의 행위라면 그것으로 숨을 쉬자. 꿈을 이루는 사람과 이루지 못하는 사람의 차이점이 무엇인줄 아는가? '이 문턱만 넘어서면'을 견디느냐 견디지 못하느냐의 차이일 뿐이다.

행운은 사는 것이 아니라
만들어가는 것이다

행운을 제조하는 공장에 가고 싶을 때

그간 축척해온 책에서 얻은 혜안으로 지금이 바로 성장하고 성숙하는 시기임을 알고는 있지만 쉽게 용납되지 않아 괴롭다. 꿈이 흔들리다 못해 송두리째 뿌리 뽑혀버릴 것만 같은 이런 날에는 말하지 않아도 나를 잘 아는 오랜 친구와의 만남이 필요하다. 어느덧 20여 년을 훌쩍 넘게 함께 한 어니스트 헤밍웨이를 만나기 위해 굳이 약속하지 않아도 자연스레 조우하는 도서관으로 향했다. 도서관에 들어서서 헤밍웨이의 책을 빼들어 처음부터 읽지 않고 대충 손에 잡히는 페이지부터 읽기 시작했다.

"행운을 파는 곳이 있다면 좀 샀으면 좋겠어."

내 입으로 뱉은 목소리인지 놀라 조용한 주위를 살폈다. 다행히 아무도 신경 쓰지 않는 것으로 보아 내가 한 말은 아니다. 마음을 들킨 쑥스러움으로 헤밍웨이와 본격적인 이야기를 시작했다. 그의 소설 『노인과 바다』에서 노인은 84일째 바다에서 아무것도 낚지 못했지만 현실에 좌절치 않고 상상의 나래를 펼치며 버텨낸다. 두 달 반 동안 매일 허탕을 치자 노인의 배에서 함께 물고기를 낚던 유일한 친구인 소년마저 부모의 반대로 다른 배로 가버린다. 가난하고 외롭고 늙은 어부는 쓸쓸히 홀로 바다에 나간다. 드디어 대형물고기가 찌를 문 것을 직감한 노인은 '소년이 여기 있었으면 좋을 텐데'를 반복하며 며칠 동안 인내와 고독과 싸우며 당당히 물고기를 잡아 올린다. 박수가 절로 나온다. 역시 노인이구나. 며칠간 손에 쥐가 나 다 못해 무감각해짐을 견디면서도 낚싯줄을 포기하지 않은 노인은 물고기와 격한 사투를 벌이느라 오른손을 베어 피를 철철 흘리면서도 먹을 것조차 없어 물고기 밥에나 쓸 날생선을 먹으며 버티니까 결국 승리하는구나. 만약 행운을 살 수 없다면 이리 우직하게 버티어 내는 것이 정석일까?

노인은 30피트가 넘는 거대한 물고기와 함께 지친 몸을 이끌고 집으로 돌아가는 바다에서 상어 떼의 공격을 받아 물고기를 모두 뜯긴다. 뼈와 꼬리만 남은 물고기를 끌고 마을로 돌아온 노인을 소년은 울먹이며 맞이한다. 지금 내가 괴로운 마음을 달래기 위해 도서관에 와 헤밍웨이를 만나 회포를 푸는 것처럼 노인은 소년을 만나 그의 따스한 위로를 받으며 낡고 허름한 집으로 들어간다. 노인의 몸을 데워줄 밀크커피를 만들며 소년은 눈물을 흘린다. 노인이 잡아온 것은 티뷰론이라는 상어의 일종이었다.

소설 속으로 들어가 노인이 되어 처절하게 아픔을 공감하며 세상이란 나를 알아주지 않는 곳이다, 하며 울분을 토했다. 그러다 온갖 고초를 넘기고 상어와 싸워 상어를 잡아온 노인을 바라보며 울분은 가라앉고 나는 소년의 몸이 된다. 과거의 영광만 기억하며 발전을 위해 노력하거나 다른 방법을 모색하지 않고 무기력한 외고집으로 버텨내는 노인을 바라보는 안타까움이 밀려온다. 이제부터 행운이나 어떤 요행을 바라지 않더라도 충분히 좋은 물고기를 잡을 희망이 펼쳐진 드넓은 바다를 바라본다.

흔히들 하나의 방법에만 집착하다 등 뒤에 펼쳐진 행운을 보지 못한다. 세상이 나에게 등을 돌린 것이 아니라 내가 세상에게 등을 돌리고 있기 때문이다. 세상이 내밀어주는 기회의 손길들을 정면만 바라보며 직진하다 그만 놓치는 것이다.

"무엇 때문에 이렇게 지쳤을까?"

절대 작가가 될 수 없다는 주변의 평가에도 굴하지 않고, 가족들의 외면에도 물도 전기도 나오지 않는 빈민굴에서 공원의 비둘기를 잡아먹으며 꿈을 향한 노력을 멈추지 않았던 헤밍웨이. 그가 오랜만의 회포를 풀며 '무엇 때문에 그리 지쳤냐'며 말을 건넨다.

"아무것도 아닌 걸 가지고."

누구를 위해 종을 울리려 했던 걸까? 진정 내 발전이 아닌 다른 욕심으로 인해 시도하려 했던 일은 아닌지 모르겠다. 그저 바다에 홀

홀 털어버리고 내 안의 소년과 노인과 손을 잡고 일어선다. 행운은 준비된 노력에 상응하는 기회일 뿐이다. 노력여부에 따라 어떤 이에게는 행운이 되고 어떤 이에게는 상어가 된다. 행운은 사는 것이 아니라 만들어가는 것이다. 헤밍웨이와의 해포를 풀고 일어서며 나는 다시 배시시, 웃는다. 브라보오~ 마이 라이프!

—2—
"나는 아포리즘
중독자였다"

"오늘 잠을 자면 꿈을 꾸지만 오늘 공부를 하면 꿈을 이룬다."

작년 겨울, 차로 이동하는 와중에 어느 고등학교 정문에 붙어있는 플랜카드에 적힌 문구를 읽으며 한참 웃었다. 절대 공감이 가는 문구였지만 급훈으로도 모자라 교문 앞에서 매일 학생들에게 공부를 해야 꿈을 이룰 수 있다는 이론을 세뇌시켜야 하는 사회적 현상에 대한 양가적 감정 때문이었다. 헌데, 작업실에 돌아와 보니 지금 남의 말 할 때가 아니었다. 작업실 컴퓨터 책상 위에는 '대체 불가능한 인물이 되자', '하루라도 글쓰기를 소홀히 하지 말자. 한순간도 꿈을 꾸기를 놓지 말자' 등 굵은 사인펜으로 적은 십여 장의 문구가 붙어 있었다.

컴퓨터 책상뿐이랴, 초심을 잃어가는 것 같아 정신을 다잡기 위해

 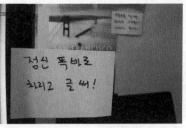

며칠 전에 거울 앞에 붙여놓은 '정신 똑바로 차리고 글 써!'까지 보인다. 핸드폰에 저장된 사진에는 건물에 붙어 있는 광고현판 문구들을 찍어 저장해 두었다. 이런! 바로 내가 아포리즘 중독자로군.

'예술은 길고 인생은 짧다'는 오래되고 유명한 문구는 히포크라테스의 『아포리즘』첫 머리에 등장하는 문구이다. 히포크라테스에 의해 처음 쓰인 용어였는데, 이 책에서는 질병의 증세, 진단, 치료법과 약품에 대한 서술이 나열되어 있다.

현대에서 아포리즘이란 잠언, 명언 등 깊은 체험에서 얻은 진리를 간결하고 압축된 형식으로 나타낸 단문을 뜻한다. 속담이나 격언과도 유사하지만 속담은 작가가 분명치 않은 반면 아포리즘은 작가의 고유한 창작이라는 점에서 차이가 있다. 아포리즘은 고등학교 교문 앞에서 학생들을 고무시키기 위한 동기부여 수단으로도 활용되고, 광고의 문구, 다양한 책 등에서도 사용된다.

팬시제품이나 다이어리 등에도 아포리즘이 사용된다. 하다못해 공공시설의 엘리베이터나 화장실에 가도 그 짧은 시간 안에 짧은 문장으로 감동을 주는 아포리즘이 붙어있다. 하루에 만나게 되는 수많은 아포리즘을 손꼽다 보니 의문이 생긴다. 우리는 왜 이렇게 좋은 문구 수집에 집착하는 것일까? 책을 읽다가도 작가의 생각에 깊은 감동을 받아 줄을 긋거나 문장을 수첩에 옮겨적는 행위 또한 아포리즘의 수집이라 볼 수 있다.

우리가 집착하는 아포리즘의 수집은 건강한 행위이다. 책을 읽거나 신문 등을 읽을 때 문장을 흘려보내지 않고 저장해두고 반복하여 읽는다면 그 문구는 결국 내 생각이 된다. 내 생각으로 저장되었을 때 그 문장이 필요한 순간에 번뜩거리며 나타나 긍정적 행동을 유발시키는 촉진제가 된다. 아포리즘은 급작스레 찾아 쓸라면 더 눈에 띄지 않는다. 그러므로 일상에서 아포리즘의 수집을 적극 권장하는 바이다.

도스토예프스키를 동경하던 청년은 아포리즘의 수집으로 인해 현대에서 도스토예프스키를 뛰어넘는 작가로 불리는 거장이 되었다. 그가 1989년에 출간한 『상실의 시대』는 불안정하고 위태로운 젊음의 이해받지 못하는 고독과 상실을 대변하며 20여 년 동안 스테디셀러를 당당히 차지하고 있다.

아내와 함께 어느 날 모든 것을 접고 떠난 여행기인 『먼 북소리』는 마음속에 북이 울릴 때 주저 없이 북소리를 따라 지독하게 얄미운 삶의 정답에 대한 갈증을 해소시켜주는 유발제가 되고 있다. 조지 오웰의 소설 『1984』에서 영향을 받아 집필하게 된 『1Q84』는 2009년 출간 당일 일본 현지에서 60만 부가 판매되는 경이적인 기록을 세웠다. 그는 누구일까? 바로 세기의 작가 무라카미 하루키이다. 일본태생의 작가 무라카미 하루키는 세계인들의 의식을 잠식하며 신간이 나오기를 손꼽아 기다리게 만드는 '하루키적 문학'의 마력과 흡입력의 소유자이다.

십대시절 처음 접한 일본문학인 무라카미 하루키의 소설은 그야말로 충격이었다. 소설 자체가 회색빛이 돌아 책장을 넘길 때마다 잿빛 연기가 몸속으로 타고 들어와 호흡이 가빠지곤 했다. 당대 가장 유명한 작가 중의 한명이므로 무라카미 하루키의 소설 정도는 끝까지 읽어줘야 한다는 오기로 버티며 책장을 넘겼다.

그렇게 가까스로 하루키 문학이란 잿빛 연기에서 빠져나온 이후로 하루키 근처에도 가지 않았다. 일본문학을 접하더라도 '에쿠니 가오리'나 '요시모토 바나나' 혹은 '오쿠다 히데오' 등 온몸을 관통하는 고통을 동반하지 않는 라이트 한 글들만 골라 읽었다. 『상실의 시대』속 주인공 소년처럼 불안정한 자아를 지녔던 나는 시간에 맞춰 성장했다. 그렇게 이십대 중반이 되었고, 기대와는 다르게 여전한 성장통을 겪고 있었다.

무의식적으로 책장에서 하루키의 『해변의 카프카』를 빼들었고(책읽기가 습관이 되다보니 '무의식'적으로 자주 책을 빼든다.) 십대에 읽었던 잿빛 연기와도 같았던 탁함은 당시의 성장통을 만나 '공감'으로 변했다. 그리고 책장을 덮으며 '이래서 하루키구나'하고 읊조렸다. 치열하게 살아야 함을 종용받는 시대에 그가 표현하는 무모하고 불규칙하고 불안정한 공기그물의 복잡함 속에서 은근한 일탈감과 대리만족의 휴식을 느꼈다. 극과 극이 만나면 오히려 부드러워지듯이 카오스 그 자체였던 감정이 더 깊은 카오스적 문학을 만나 완화되는 현상이 일어났다.

『태엽 감는 새』 등과 같은 그의 작품을 찾아보기 시작하며 아포리즘으로 대체되는 문장의 독특한 감칠맛을 느꼈다. 깊은 독서 내공이 아니면 도저히 배출될 수 없는 그의 문장에 경의를 표한다.

책에서 얻은 아포리즘을 받아 적거나 감동을 받는 단계를 넘어 삶에 적용시킬 때 발생될 수 있는 좋은 파장을 무라카미 하루키를 통해 만날 수 있다. 작가의 생각에서 얻은 몇 줄의 문장을 흘려 넘기지 말고 반복해서 읽고 또 읽어 신념으로 만들어 버리는 방법이다.

야구장에서 날아가는 2루타 공의 행방을 지켜보며 소설가가 되기로 결심한 무라카미 하루키는 일본의 항구도시 고베에서 태어난 평범한 학생이었지만 평범치 않은 점이 있다면 동네 서점과 공립도서관을 놀이터로 삼은 점이다. 온통 책 천지였던 집에서 중학교 시절에는 세계문학전집을 독파하였으며 도스토예프스키의 『카리마조프가의 형제들』을 '나의 북극성'이라 부를 정도로 좋아하며 이후 그의 문학 인생의 멘토이자 근원이 된다.

고교생이 되자 외국선원들에 의해 접한 영문페이퍼백으로 커트 보니컷, 트루먼 커포티, 스콧피츠 제럴드, 레이먼드 챈들러 등이 집필한 미국소설의 매력에 흠뻑 젖어든다. 평소 하루키는 "피츠 제럴드의 『위대한 개츠비』를 3번 이상 읽은 사람이면 누구라도 나와 친구가 될 수 있다."는 말을 할 만큼 개츠비에 대한 애정이 깊다.

"『위대한 개츠비』는 줄곧 내게 있어서는 최고의 소설로 지속되었다. 나는 마음이 내키기만 하면 책꽂이에서 『위대한 개츠비』를 꺼내어 아무 페이지나 펼쳐서, 그 부분을 한바탕 읽는 것이 습관처럼 돼 있었는데, 단 한 번도 실망의 맛을 본 적이 없었을 만큼 단 한 페이지도 시시한 페이지는 없었다. 이렇게 멋진 소설이 또 있을까 싶었다." _『상실의 시대』

소설 속에서 하루키의 아포리즘을 형성시켰던 근원은 『위대한 개츠비』와 같은 고전문학이었다는 사실을 발견한다. 뿐만 아니라 레이먼드 챈들러의 『안녕 내 사랑』을 12번이나 읽었을 정도로 책을 단번에 읽어버리는 소모품으로 여기지 않는 애서가 하루키이다. 상반된 이야기를 두 개의 챕터에 번갈아 쓰는 그의 소설기법은 국내소설에도 영향을 주어 한국문학을 접하는 독자들을 기쁘게 했다. 책에서 얻은 아포리즘을 자신의 내부에 한정시키지 않고 삶의 균형을 통해 문학을 통해 세계인의 마음을 움직이는 하루키에게서 얻은 아포리즘. 그 아포리즘은 다시금 이 글을 읽는 당신에게 전달된다. 좋은 영향력은 돌고 도는 것이다. 리더는 그렇게 만들어진다.

기적 따위는 악마의 유혹

하루키와 같은 아포리즘을 얻고 싶을 때

무라카미 하루키는 종종 인터뷰에서 '『카리마조프가의 형제들』과 같은 20세기의 탁월한 총합소설을 쓰고 싶었다'라고 밝힐 만큼 도스토예프스키 문학을 동경했다. '동경'이라는 단어로까지 표현한 이유는 단순히 좋아함을 넘어 『태엽 감는 새』 『1973의 핀볼』 『바람의 노래를 들어라』 『1Q84』에 등장하기 때문이다.

"『카리마조프의 형제들』에 악마와 그리스도의 이야기가 나오죠. 황야에서 엄격한 수행을 하는 그리스도에게 악마가 기적을 행하라고 요구해요. 돌을 빵으로 바꿔보라고. 하지만 그리스도는 무시하죠. 기적 따위는 악마의 유혹이니까." 아오마메가 말했다. _『1Q84』 1권, p289

하루키가 도스토예프스키가 던진 돈과 인간과 욕망이 뒤얽힌 사회에 대한 미래상을 그리스도적 윤리의 사랑이라는 의견에 동의함은 그가 자란 시대적 환경과도 영향이 있다. 와세다대학 문학부 연극과에 입학했던 1968년은 '전공투'(전국학생공동투쟁회의)라 불리는 학생운동이 정점이던 시대였고, 하루키는 전공투가 몰락하자마자 일본의 대기업에 서둘러 순순히 취직하는 운동권 학생들을 보며 어떤 이데올로기나 '주의'(ism)도 따르지 않기로 결심했다. 대학수업에 들어가는 대신 연극박물관 열람실에 처박혀 동서고금의 시나리오를 무차별적으로 읽으며 시나리오 작가를 막연히 꿈꾸기도 하고, 신주쿠 음반가게나 술집에서 아르바이트를 하며 한 해에 200편 이상의 영화를 보며 지냈다. 여기까지의 인생만 본다면 이상만 쫓는 현실회피자에 한심한 부류의 인간이라 치부될 수도 있는 하루키이다. 학교수업은 허구한 날 빼먹고, 세상을 등한시하며 정규직업도 가지지 않고 아르바이트를 하며 생계를 연명했다. 그 청년을 바라보는 사회의 일반적인 시각의 잣대로는 말이다.(그러니까 지금 주변의 백수가 미래의 백만장자가 될 수도 있다. 사람일은 끝까지 가보기 전에는 모르는 거다.) 결혼을 한 하루키는 가난을 탈피하고자 빚을 내서 도쿄 외곽에 예전에 키웠던 고양이의 이름을 딴 '피터 캣'이라는 재즈카페를 열었다. 독특한 주인장 하루키 덕분에 카페는 성행했다. 가게는 도심으로 이전을 했고 대학도 7년 만에 졸업했다. 이 모든 것이 평온했던 어느 화창하게 갠 오후, 그는 야구장에서 굴러가는 공을 보며 불현듯 '소설을 쓰자'고 결심하게 되었다.(자, 새로운 결단을 위해 야구장에 가고 싶은가?)

가난했기에 깊은 사색을 할 수 있었던 하루키. 도스토예프스키도 평생을 돈을 위해 소설을 썼다며 '도스토예프스키 돈을 위해 펜을 들다'를 통해 석영중 교수는 색다른 해석을 하기도 했다. 도스토예프스키 처녀작 『가난한 사람들』은 가난한 하급 관리 마카르가 옆집 처녀 바르바라를 열렬히 사랑하지만, 그녀가 돈 많은 시골지주와 결혼해 떠난다는 내용이다. 대표작 『죄와 벌』에서도 가난한 대학생 라스콜리니코프가 전당포 노인을 죽이는 동기는 돈이었다. 『카라마조프가의 형제들』에는 '3000 루블'이라는 단어가 191번이나 나온다.

도스토예프스키는 연봉 5000루블을 받던 시절, 단지 집주인이 예술을 사랑한다는 괜찮은 사람이라는 이유만으로 호화아파트에 세 들어 살던 된장남이었다. 평생을 과시적 소비와 낭비벽에 살았던 도스토예프스키. 그는 19세기 중엽 '절대적 빈곤'이라는 문제가 러시아와 유럽에서 문제로 제기되고 있었고, 돈의 속성을 잘 알고 있었고, 인간과 사회를 읽어내는 혜안이 있었다. 까닭에 그는 가난의 심리학으로 세기의 작가로 거듭날 수 있었다. 흥미 있는 고전뒤집기 시선이다.

사회와 시대와 인간심리를 적절하게 읽는 저런 혜안은 어디에서 오는 것일까? 경외감을 넘어선 질투가 고개를 든다. 나는 어느 정도 숙성되어야 저런 통찰과 혜안을 얻을 수 있을까. 그러고 보니 도스토예프스키가 『카라마조프가의 형제들』을 집필하기 시작한 나이는 57세였다. 1949년생인 하루키가 『1Q84』를 발표한 나이는 환갑이다.

그의 나이에서 내 나이를 빼보았다. 어릴 땐(현재와 상대적 과거는 물리적 시점과 무관히 늘 어리다고 치부될 수 있다) 어른스러움이 부러워 그토

록 어른스러워지려고 노력했고, 어른스러움을 따라 했다. 헌데 어른
이라 불리는 물리적 시점에 와보니 모든 통찰과 혜안은 억지로 되는
게 아니라 자연적 사건과 시간이 깃든 사색이 있어야 가능한 것이었
다. 그렇다. 굳이 타인이 보낸 세월을 질투하지 않아도 아직 내게는
한 문장도 시시하지 않은 글을 쓸 기회가 이렇게 많이 남았구나. 고
개를 돌려 나만의 아포리즘을 새롭게 적어본다.

"내 글을 읽고 변화될 사람들의 삶을 위해, 마음을 움직이기 위해
진정성 있는 글을 쓰자." 결국 동경해 마지않았던 도스토예프스키를
뛰어넘는 작품을 쓰는 작가라는 평가를 하루키가 받고 있지 않나.

—— 3 ——
책을 통해 별이 되는
'도피와 방황'

하루 한 시간 일분일초가 극히 아깝게 느껴지는 날들이다. 바리스타인 둘째언니와 와인북카페를 인수받기로 결정되어 한창 오픈 준비에 바빴다. 원고마감일도 한 달이나 남았으니 여유롭게 쓰면 되겠다 싶어 북카페 오픈작업에 열중했다. 언니는 커피와 음식을 만들고, 작가인 나는 카페에서 독서모임과 북세미나를 개최할 예정이었다. 카페 한쪽 벽면을 가득 채운 1,500여권의 책들을 관리하며 책과 음악과 소통을 사랑하는 이들과 만들어나갈 꿈의 공간을 떠오르자 피곤해도 매일이 설렌다.

광고회사 출신인 젊은 주인 부부는 육아와 새로운 꿈을 위해 카페를 우리에게 인계하려고 한다. 실내 인테리어는 워낙 잘 되어 있기에, 초기자본을 아낄 요량으로 조금만 손을 보기로 했다. 20년간 팥만 삶아온 할머니가 삶아주는 기가 막히게 맛있는 팥빙수, 아포가토로 유명한 카페, 와플이 맛있는 카페, 정성스레 향 좋은 커피를 내려주는 카페 등을 탐방했다. 언니는 요리를 배우고 나는 새로운 메뉴의 이름과 카페의 홍보, 마케팅 계획 및 독서코칭커리큘럼을 짜며 '한국독서문화교육연구소'를 세웠다. 영문명으로는 Korea Reading Culture Research Center로 디자인회사 캐챂의 이태영 실장님이 "KRCRC"라는 멋들어진 로고까지 만들어 주셨다.

'한국독서문화교육연구소'의 연구실은 카페 구석에 위치한 다락방이다. 20대 초반에 성신여대 문화산업대학원 측에서 사무실을 지원해 주셔서 창업했던 파티플래닝 회사의 사무실과는 비교할 수 없을 만큼 좁은 공간이지만 책상 하나 놓을 수 있는 공간이면 과분하다. 멋모르고 덤볐던 그때의 창업실패로 수년간 의기소침해 있었지만 실패쯤은 원하는 목표에 도달하기 위한 과정일 뿐이기에 차분히 연구소가 할 일을 선정하기에 몰두했다.

사람은 누구나 책을 읽고 싶어 하는 욕구가 있다. 양서를 통해 얻는 지식의 습득이 미래를 풍족하게 만들어줌은 '인식'하고 있지만 '실천'하지 않을 뿐이다. 독서문화교육연구소의 일차적인 목표는 책과의 교류가 친구와의 교류처럼 친근하고 편안히 다가오게 함에 두었다.

사랑한다는 것은 그 사람에 대해 더 많이 알고, 시간을 내어 대화를 하고 교제한다는 것이다. 책과 친해지려면 우선 책을 사랑해야 하고 가까워져야 하니, 일주일에 한번 정도씩 6주 과정을 통해 독서코칭 커리큘럼을 진행할 것이다. 독서문화연구소의 연구실이 북카페이니만큼, 이곳은 서울에서 가장 책을 아끼는 이들이 교류하며 소통하는 곳이기를 바란다.

다음으로 온라인 노출과 카페 외부에 배너 설치 및 각종 마케팅 활동에 관한 구상을 해본다. 낮에는 유럽의 도서관 같은 분위기로 커피를 팔고, 저녁에는 경쾌한 재즈음악과 함께 와인 잔이 부딪치는 싱그러운 소리가 들리기를 바란다. 사람들의 웃음소리와 함께 고소하게 파이 굽는 냄새가 어우러지는 카페의 평일 낮 시간을 활용할 방안이 뭐가 있을까, 생각하다 무릎을 탁, 쳤다. 내가 파티플래너 라이센스를 가지고 있다는 생각을 잊고 있었던 것이다. 친목소모임이나 잡지촬영, 기업체의 홍보행사 등을 유치할 때 간단한 프로그램 구성과 데코레이션을 플래닝비를 받지 않고 서비스로 제공해 주어야겠다. 성장을 위한 실패를 안겨주었던 그 분야를 다시 쓸 일이 생긴 것이다. 지나온 과정들은 전혀 어울리지 않는 듯하지만 퍼즐처럼 아귀가 맞아 하나의 그림이 된다.

20대 초반, 파티플래너 아카데미 교육과정에서 나는 가장 나이가 어렸다. 아무것도 경험해보지 못했었기에 무엇이든 내가 만들어갈 가능성만으로 충만한 시기였다. 1년간의 교육과정 끝에 수료생 중 창업지원팀에 뽑혀 문화산업대학원 원장실이었던 곳을 사무실로 배정받아 얼결에 대표가 되었다. 미국에서 의상디자인을 전공하고 돌아와 청룡영화제의 데코레이션 작업을 담당하기도 했던 팀원과 대학교에서 밴드활동으로 드럼을 치던 사회복지학을 전공하던 팀원과 셋이 팀을 꾸렸고, 기타 필요한 인력은 외주를 주었다.

프로젝트를 진행하던 와중에 6개월간의 영업 끝에 Reebok의 본사 송년파티를 따냈다. 맨땅에 헤딩으로 따낸 제법 규모 있는 행사를 수주 받은 스스로가 기특해 죽을 지경이었다. 세상에 무서울 것이 무에 있었겠는가? 보통 기업체에서 의뢰받은 파티는 기업체에서 파티운영비용과 플래닝비가 충당되지만, 친목도모를 위한 자체운영 파티는 내부에서 비용이 조달되어야 하므로 기업체와 홍보제휴를 맺고 진행하게 된다. 그동안 일이 잘 풀렸기에 당연히 다음번에도 잘 풀릴 거라 믿고 준비도 없이 기업체 홍보제휴로 인한 후원도 없이 자체 진행파티를 열었다. 당연한 수순처럼 파티는 망했고 팀원 중의 한 명은 잠수까지 타버렸다. 폭풍 같은 시간이 지나갔고, Reebok본사 송년파티를 끝내고 그 일에서 완전히 손을 떼버렸었다.

그때에도 역시 실패에 움츠려들지 않고 일어설 수 있게 해 준 것은 책이었다. 이후 광고회사에 입사했고, 일찍 퇴근하는 날이면 부리나 케 서점으로 달려가 무수히도 많은 경제/경영 마케팅 서적과 자기 계발서적과 자서전을 읽었다. 한 분야에서 정상에 오른 이들은 단 한 명도 굴곡 없이 지나간 이들이 없다는 사실에 큰 위안을 받으며 내 일을 향해 다시 또 달렸던 것이다. 인생은 단거리 달리기가 아닌 '마 라톤'이니까.

'한국독서문화교육연구소'는 내가 책을 통해 받았던 환희적인 기쁨 과 역경의 버팀목을 사회로 다시 환원시키는 곳이다. 독서문화교육 과 더불어 이렇게 책을 쓰는 작업 또한 연구활동에 포함된다. 독서 와 마케팅을 접목시킨 방안을 생각하며 카페 메뉴를 새로 선정한다. 흔하게 볼 수 있는 허브티라도 북카페만의 느낌을 살리고 싶다.

- 스트레스의 냉정과 열정 사이, 도심 속의 휴식-캐모마일
- 머리를 맑게 해주어 집중력을 도와주는 달콤쌉싸름한 나의도시-로즈 마리
- 마음을 흔드는 사랑에 빠지고 싶을 때, 폴링 인 러브-히비스커스
- 피터팬이 되고 싶은 어른의 맛, 홍차의 샴페인-다즐링
- 인생은 즐길 가치가 있는 아름다움, 런던의 오후-얼 그레이

허브티의 명칭을 새로 정했다. 메뉴판 작업은 책 작업할 때와 다른 재미가 있다. 우리 카페만의 특별한 메뉴가 없을까 2주를 고민하다

직접 담근 오미자차와 레몬차를 선정했다. 스페셜티이니 만큼 이름을 거저 지을 순 없어 운율에 맞추어 시로 지었다.

* 어이야 새초롬 어여쁜 피부가 빛나는 비법이 궁금타-홈메이드 오미자
* 어이야 새초롬 상큼한 그대의 달콤한 매력에 반했다-홈메이드 레몬차

유기농 웰빙을 내세우며 몸에 좋고 맛도 좋고 색도 좋은 음료이니, 한국적인 정서를 살려 시조 느낌으로 '어이야'라는 후렴구를 둔 것이다.

메뉴판까지 짜고 나니 오픈일이 며칠 남지 않았다. 그간 새로운 분야의 일들을 제법 많이도 해보았건만 다시 새로운 일을 시작하니 두렵고 떨리면서도 기대가 된다. 설레이는 온갖 감정이 교차한다. 처음부터 같이 준비한 게 아니라 갑자기 언니가 벌려놓은 판에 얼결에 투여되어 동참한 터라, 실은 어안이 벙벙하기도 하다. 내게도 분명 새로운 도전이지만 할 일의 범위가 늘어나 연구할 시간이 없으면 어쩔까 하는 이기적인 걱정도 든다. 에라, 모르겠다. 일어나지도 않을 일을 걱정할 시간에 책이나 읽어야겠다. '어느 자리에 있건 최선을 다하자'는 모토로 지금껏 잘해왔으니까. 새로움에 대한 두려움은 책으로 도피하며 날려버린다. 사람들의 두려움이 책을 읽을 때마다 별이 된다면, 하늘빛은 밤에도 낮과 같을까?

슬픈 일 있더라도 슬퍼할 것 없다

도피와 방황을 별로 하늘에 띄울 때

눈감으면 코 베어간다더니 삼성동 코엑스 화장실 세면대 위에 손때가 묻고 줄이 가득 쳐진 애서를 잠시 올려두고 3분도 채 안되어 화장실 밖으로 나왔건만 그 책을 누군가 가로채 가버렸다. 책을 잃어버린 마음도 안타깝지만 손때가 묻고 줄이 쳐지고 여기저기 접어놓은 '정서'를 누군가가 도둑질해갔다는 사실에 마음이 상해 한참을 화장실 앞에서 떠나지 못하다, 같은 제목의 책을 한권 더 산 것이 피천득의 『인연』이다.

'나는 오늘도 그저 도연명을 생각한다'며 작가와 문학을 아끼고, 세익스피어를 사랑하며, 하나밖에 없는 딸 서영이를 사랑했던 피천득. 그는 평생 맑은 마음과 고고한 문학을 향한 행보로 소년처럼 살다간 문인이셨다.

나는 그 분의 유일한 수필집을 만나며 '독서의 숨쉬기화'를 만들기 위한 방법연구에 더욱 골몰해졌다. 오월에 태어나, 오월에 세상을 떠났기에 '오월의 소년'이라 불리는 그에게 오월 오일(평생 어린이!)이 생일인 나는 동질감을 느끼기도 했다. 지독하게 골치 아프고, 도망치고 싶거나, 쉬어가고 싶을 때마다 그의 수필을 찬찬히 음미했다. 이 책은 내게 서정적 감성을 회복하게 해주었다.

기쁜 일이 있으면 기뻐할 것이나, 기쁜 일이 있더라도 기뻐할 것이 없고, 슬픈 일이 있더라도 슬퍼할 것이 없느니라. 항상 마음이 광풍제월 같고 행운유수 같을지어다. _춘원 『인연』

도산 선생을 스승으로 모셨고, 춘원을 좋아했던 피천득님이 그와의 인연들을 이야기하며 춘원이 하셨던 말을 수필에 옮겨 적은 글을 읽고, 읽고, 또 읽었더랬다. 인생을 풍요롭게 해주는 덕목 중의 하나로 '웃음'을 꼽는 나에게 기쁜 일이 있더라도 기뻐할 것이 없다는 말은 무척이나 기운 빠지고 허무한 글이었기에 처음에는 납득이 잘되지 않았다. '글'이라는 '남의 생각'은 무조건적으로 수용하기 위해서 만들어진 것이 아니다. '남의 생각'을 읽으며 '나의 생각'을 정립해가는 수단이다. 때문에 나는 더욱 두 줄의 문장을 놓고 골몰히 생각을 하였다. 기쁜 일이 있을 때 기뻐할지나 심히 기뻐한다면, 머리에 꽃을 달고 웃으며 날아다니는 光(광)스러운 사람일 것이요, 슬픈 일이 있더라도 곡조를 울리며 슬픔에만 잠겨 있다면 우울한 사람일 것이다. 감정기복이 심하기보다 기쁜 일과 슬픈 일을 고루 감당하며 광풍

제월처럼 유한 사람으로 남길 바라는 춘원의 뜻을 곱씹는다. 책 하나 잃었을 뿐이다. 낙담할 필요가 없다. 새로 시작하게 될 카페가 기대와 두려움이 동반되지만 크게 두려워할 것도, 크게 기뻐할 것도 없다. 그저 담담히 혹은 담대히 해야 할 일들을 하며 순간을 즐기면 되는 것이다.

『인연』에서 '은전 한 닢'이라는 수필에는 그가 상해에 있을 때 늙은 거지 하나가 전장(돈 바꾸는 집) 여러 곳을 전전하며 떨리는 손으로 은전 한 닢이 진짜가 맞는지를 재차 확인한다. 어디 달아나지는 않을까, 눈앞에서 사라지지는 않을까 애지중지 은전 한 닢을 아끼는 거지에게 그는 '누가 그렇게 많이 도와 주었냐' 묻는다. 늙은 거지는 떨리는 다리로 달아나려다 '한 푼 한 푼 얻은 돈에서 몇 닢을 모아 마흔여덟 닢을 각전 닢과 바꾸기를 여섯 번을 하여 여섯 달이 걸려 은전 한 닢을 얻었다'고 대답한다. 왜 그렇게까지 애써서 그 돈을 만들었는지, 그 돈으로 무엇을 하려고 하는지 거지에게 묻자 거지는 다시 대답한다. '이 돈 한 개가 갖고 싶었습니다'라고.

아무 곳에도 쓸 곳이 없으나, 그 은전 한 닢을 가지고 하고픈 일도 없으나 그저 남들이 가지는 그것이 가지고 싶었던 것이다. 늙은 거지에게는 그것도 숭고한 일이다. 그렇다면 나는 카페와 독서문화연구소를 통해 무엇을 가지고 싶을까? 행여 누가 물으면 머뭇거리지 않고 도망치지 않고 무어라 대답할꼬. 즐거운 고민을 하며 웃는다.

—4—
나를 알고 적을 알아야
'철학적 괴물'이 된다.

'빨리 무언가가 되고 싶은' 조급한 마음은 어떤 과정선상에 있는 이들에게 분야를 막론하고 나타나는 청춘의 전매특허 감정이다.

며칠 전 한 모임에서 이제 막 대학을 졸업하고 기업에 인턴사원으로 근무한지 두 달차 되는 앳된 기운이 여실히 드러나는 청춘이 고민을 토로한다. 학교에 다니면서 꿈꾸던 이상과 현실에서 능력을 펼칠 수 있는 기회가 회사에서는 적용되지 않고, 명색이 해당분야에서 손꼽히는 기업에서 자신이 배울 것 하나 없는 것 같다는 고민이었다. 미간에 살짝 주름까지 지어가며 진지하게 고민을 토로하는 청춘을 바라보던 마흔 줄에 가까운 회계사 선배가 말문을 연다.

"행정고시에 합격하면 공무원 5급으로 들어갈 수가 있지. 근데 처음에 입사하면 뭘 하느냐, 복사부터 시작해. 사법고시에 합격하면 검사가 되지? 근데 바로 검사가 되느냐, 검사보라고 해서 2년 동안 연수기간을 거쳐야 해. 토익 만점 받은 애가 언어특기생으로 군대에 갔어. 걔는 거기서 일 년 동안 설거지만 하다 나왔어! 전화 와서 한다는 말이 '형! 설거지하다 손에 습진 생겼어요!'더라. 걔 언어 특기생이란 말이야!"

그의 말에 열 명 가량 되는 주변인들 모두 공감의 웃음을 보냈다. 같은 자리에 있던 5년차 디자이너도 말문을 연다.

"꼭 드라마에서는 디자이너 실장님들이 예쁜 옷 입고 몇 시간 일도 않고 퇴근하더라! 머리부터 발끝까지 풀 세팅이야. 그렇게 꾸미려면 돈이 얼마가 드는데!"

실상은 밤샘 근무에 다크서클이 허리까지 내려와 있고, 값비싼 제품들은 협찬으로 겨우 받은 물건들인데 말이다.

이번에는 내가 입을 열었다.

"네가 지금 겪고 있는 고민은 당연한 거야. 지금 시기에는 이상과 현실에 대한 괴리감을 느낄 거야. 네가 입사하기 전 꿈꾸었던 상황들은 어느 정도의 경력이 쌓여야만 할 수 있는 일들이야. 잘하고 있어!"

그 친구가 느꼈던 방황을 나도 느꼈다. 그 자리에 함께 있던 선배들 모두 느끼며 겪어온 성장통이다. 이상과 현실의 괴리감을 극복하려 발버둥 치며 깨지고 부딪히는 과정을 통해 단단하게 빚어진다. 윗자리로 올라갈수록 책임감은 높아지고 부담감은 늘어난다. 허울 좋은 명예나 권력은 누릴 수는 있지만 자유와 기댈 수 있는 보호막은 사라진다. 그렇기 때문에 시작단계에서부터 열심히 고민하고 부딪히고 깨져야만 단단한 리더가 된다. 더불어 가공할만한 노력을 플러스해야 함은 필수불가결의 원칙이다.

 서울 청파동의 전병욱 목사는 출석 성도 2만여 명의 대형교회에서 매일 새벽예배 설교를 한다. 주일에는 각기 다른 내용으로 3번 설교를 하며, 주 평균 10번 이상의 설교를 한다. 가끔씩 출강하는 강의를 준비하려면 나는 최소 3일 정도의 시간이 소요되는데 일주일에 10번 이상의 설교를 준비하면서도 대형목회를 이끌어 가는 전병욱 목사는 대체 어떤 괴물 같은 저력을 지닌 인물이란 말인가. 교회를 잠수해서 책을 읽고 연구하는 '잠수함'이라 표현하는 그는 한 달에 100여 권 이상의 책을 직접 구입하는데, 인터넷서점보다는 전체적인 흐름을 볼 수 있는 오프라인 매장에서 책을 구입한다. 목사이지만 신앙서적보다는 80%이상의 일반서적을 구입해 읽는다. 새벽 2시 40분에 일어나 3시까지 교회에 도착해 새벽예배를 인도하는 것 외에는 12시간 동안 심방도 않고, 타 목회자들과 거의 어울리지도 않고 책을 읽고 설교를 준비하며 또 책을 읽는 학자적인 삶을 살아간다.

 40여권 이상의 책을 출간한 베스트셀러 저자이기도 한 전병욱 목사는 동시대적인 감각을 유지하기 위해 책만 읽는 게 아니라 동영상으로 세미나도 듣고, 영화와 TV드라마도 보는 40대의 젊은 목사이다. 전병욱 목사는 독서에도 경륜이 필요한데, 수많은 책을 읽다보면 각 책들의 유사점과 차이점을 알 수 있기 때문에 독서의 경륜이 쌓일수록 분별력도 생긴다고 여긴다. 새 책을 접하면 그 책의 독특성과 차별성을 집중해서 보기 때문에 차이점들을 금방 찾아낼 수 있고 독서속도도 빨라진다고 한다.

하루에 12시간 독서가 말이 쉽지, 나에게 대입시켜 생각해보라. 새벽 3시부터 깨어 일을 하고 이후 시간에도 연구와 독서를 하고 무섭게 일에 집중한다면, 그런 이의 5년 후, 10년 후의 미래는 쉽게 예상된다. 건강을 해치지 않기 위해 자전거와 독서로 운동을 유지하며 무서운 집중력을 보이며 한 분야에서 꾸준히 우물을 판 사람이라면 틀림없이 전문가가 되어있을 것이다. 전문가가 별 것인가? 내가 좋아하고 열심히 일할 수 있는 분야에서 최선을 다한다면 그런 사람이 바로 전문가이다.

청소를 유난히 잘하는 사람이 하루에 12시간 동안 청소를 하고, 청소를 더욱 잘할 수 있는 방법을 연구한다면 청소전문가가 된다. '한경희 스팀다리미'로 굴지의 기업으로 성장한 한경희 대표의 시작도 오랜 시간 주부로 살다 청소를 편하게 할 수 있는 연구에서부터 시작되었다. 어떤 분야에서든지 경륜이 쌓여야만 전문가가 될 수 있다.

불도저처럼 좋아하는 일을 하기 위해 하루 종일 책을 붙들며 연구를 거듭하는 그를 보면 한 사람이 떠오른다. '시도는 해봤어?'라며 불가능을 가능으로 만들었던 현대 정주영회장님의 모습.

살다보면 재수가 좋든지 나쁘든지 천재를 만나게 된다. 억울하게도 노력하는 천재를 만나기도 하지만, 그에게 주눅 들어 살 바에야 지독한 노력의 경륜을 쌓아야 한다. '빨리 무언가가 되고 싶은' 그런 조급함은 그것들을 극복하는 과정에서 해소되기 시작한다.

일주일에 한 번씩 미술치료 수업을 듣기 시작한지도 벌써 세 달째에 접어들었다. 미술치료 수업을 듣기로 결심하게 된 동기는 내면 깊숙한 곳에 자리 잡은 무의식을 그림이라는 도구를 통해 의식화시켜 심리를 치료한다는 점에 매료되어 독서치료와 접목할 요소가 무엇일까, 하는 호기심에서 시작되었다. '나를 알고 적을 알면 백전백승'이라는 고어처럼 모든 수업은 나의 내면을 들여다보기 위한 작업이다. 첫 시간에는 그래프를 그려놓고 인생의 각 나이별 시기별로 만족도와 성취도에 대한 그림을 표현하는 시간이었다. 둘째 시간에는 나에 대한 이미지를 형상화시켜 그림을 그리기였다. 셋째 시간에는 찰흙으로 유년시절에서 가장 부각되는 기억을 만들어보기였다.

나에게는 책이 얼마나 의식 깊숙이 박혀 있는지, 매 시간마다 그림 속에 책이 빠지지 않고 등장한다. 인생 그래프에선 20세 이전의 그림을 그리려니 책밖에 떠오르지 않아 커다랗게 책을 그려 놓았다. 찰흙으로 유년기를 만드는 시간에는 꽃병 속에 꽂힌 꽃이 소심하게 세상을 관찰하며 책을 손에 들고 있는 작품을 만들었다. 유년시절의 나는 내성적이었고, 소심했고, 낯선 세상에 대한 관찰자의 시선으로 바라보았지만 익숙한 책이 곁에 있었기에 차츰 차츰 이방인에서 현실인으로 전환될 수 있었다. '나'를 알기 위해 하는 '여행'이 즐겁기만 하다. 비록 '조급함' 따위가 따라다닐지라도, 그놈 역시 여행길 벗이 될 테니.

내가 나를 모르는데,
난들 어찌 남을 알겠는가

마음 속 구석구석 훤히 들여다보고 싶을 때

"언니는 책을 읽는 게 아니라 사람 마음을 읽네?"

잔뜩 고민이 많은 후배의 이야기를 한참 듣고 있다, 이런저런 내 생각을 이야기했더니 후배가 한 말이다. 사람의 마음을 읽는다니, 정말 그럴 수 있다면 좋겠다. 내게 관심이 있는 것만 같은데, 행동하지 않는 애매모호한 그치를 『그는 당신에게 반하지 않았다』라던가 『화성에서 온 남자 금성에서 온 여자』등 연애서에서 분명한 어조로 '행동하지 않는 남자는 반하지 않았으니 자기합리화는 집어치우라'고 말한다. 하지만 애써 사실을 부정하며 혼자서 모락모락 환상을 피워나간다. 이럴 때, 그치의 마음을 들여다 볼 수 있으면 얼마나 좋을까? 혹은 개념은 국에 말아먹은 듯한, 어떤 생각을 하고 있는지 알 수 없는 동료나 상사, 가족과 친구들 등 일상 속에서 만나는 '관계'로 얽힌 사람들의 머릿속을 들여다보고 싶다. 그런데 말이다, 그들의 생각을 모두 읽으면 행복할까? 진저리나게 솔직한 매순간을 상처받지 않고 버텨낼 수 있을까?

미술치료 담당 교수님께 교재로 쓰이는 책 말고, 스스로의 생각을 읽기에 좋은 책을 추천해달라고 요청해서 『이구동성 미술치료』와 『미술치료는 마술치료』를 추천받았다. 남의 생각을 읽느라 신경쓰다 보니 정작 자아의식 속에 자리 잡은 스스로의 생각과 내면적 구성요소가 궁금해졌기 때문이다.

『이구동성 미술치료』는 프로이트 이론과 융의 분석심리학, 게슈탈트, 실존론적 접근, 인본주의 심리치료, 행동주의적·인지론적·발달론적 접근법과 사례들이 풍성하게 기재되어 있어 '읽는 재미'와 '대입시키는 재미'가 난다. 프로이트는 정신분석적 이론에서는 수용할 수 없는 생각이나 충동을 긍정적인 방법으로 표현하는 과정을 '승화'라고 칭한다. 미술치료는 미술이라는 도구를 통해 감정을 '승화'시킴으로 인해 건강한 정신세계로 완화시켜 감을 도모한다. 미술로 인한 격한 감정 분출 후에 얻는 카타르시스로 인해 감정이 승화되어가기도 하며, 연필그림으로 인해 '나는 흥하지 않다'고 승화된 감정이 찰흙이라는 물체를 손에 다루며 고통을 망상적으로 느껴 다시 퇴화되기도 한다. 미술치료는 감정이 승화되는 과정에서 물리적으로 제어하거나, 억압하지 않고 '물감그림'이라는 다른 요소로 또 다른 승화를 도모하며 대상자의 안정을 도모한다. 사람의 '심리'를 미술이라는 '도구'로 치료하는 과정이기 때문에 미술치료와 정신, 심리적 분석은 함께 가야 한다.

심리학과 미술은 여러 면에서 동반한다. 『색채심리 마케팅』에서는 색채를 정신심리학과 구매심리학을 이용해 효율화를 최대화시켜 판매에 즉결시키는 색채 이론적 사례를 소개한다. 심리학과 미술은 또한 '소설'이라는 곳에서도 끈끈하게 붙어있다. 대표적인 예로 서머셋 모음의 『달과 6펜스』는 미술가 폴 고갱의 생애에서 테마를 얻었다. 주인공 스트릭랜드는 지금까지 자기를 묶어놓았던 모든 것을 벗어버렸다. 그는 발견했다. 그렇다고 소위 말하는 자아를 발견했다는 것은 아니다. 상상을 초월하는 힘을 지닌 새로운 영혼을 발견한 것이다.

『달과 6펜스』, 그런데 서머셋 모음이 얻은 영감 속의 폴 고갱의 생애와, 실제 고갱의 이야기는 다르다고 『반고흐vs폴고갱』의 저자 브래들리 콜린스는 말한다. 스트릭랜드가 '뿌리깊은 창조본능'에 시달려 격정적으로 그림을 그려야겠다는 결심을 한 것은 비슷하나, 소설 속 스트릭랜드처럼 주식 중개인이라는 직장을 갑자기 때려치우고, 아내와 아이들을 돈 한 푼 없이 나 몰라라 하지 않았다. 그는 화가로 성공해 가족과 재결합하리라는 의지까지 가졌다. 소설의 영감이 된 스토리를 제대로 들여다보지 않으면 사실이 왜곡되고 만다. 자신의 마음속을 먼저 들여다보아야 타인의 생각과도 건강한 조화를 이룰 수 있다. 내가 나를 모르는데, 난들 어찌 남을 알겠는가.

— 5 —
정신적 가치는
후손들에게 대물림된다

미국사회에서 금발은 백치미가 가득한 섹시함을 상징한다. 해서
「원초적 본능」이라는 영화에서 금발머리를 우아하게 업스타일로 올
려 묶은 자태로 관능미를 자랑하던 여배우 샤론스톤이 '금발은 멍청
하다'는 속설을 깨고 IQ가 154임이 알려졌을 당시 상당한 화제가 되
었다.

그녀는 자신이 고등학교를 조기졸업하고 17세에 펜실베니아 주의
에딘보로 대학교의 문예창작을 공부한 영재였던 만큼 자식교육에도
관심이 지대했다. 자신의 세 아들의 교육을 위해 종종 한인부모의
학부모 모임에 동참해 교육열이 뜨거운 한국 엄마들과 교류를 나누
며 정보를 얻었다.

이처럼 할리우드의 간판스타도 한인엄마들에게 조언을 구할 정도

니, 세계 지도상에 작디작은 면적 밖에 차지하지 못하는 한국의 저력은 바로 '끈기'와 '교육'이지 싶다. 그들이 주목하는 영재학교인 먼 초등학교의 벽에는 존 스타인백의 소설 『진주』를 읽고 작성한 영어 독후감이 붙어있다. 아이들이 책을 통해 융합적 사고력을 발휘할 수 있도록 장려하려는 목적이라 추정된다.

비단 미국영재초등학교 뿐만 아니라 국적을 불문하고 독서교육은 열풍이다. 따지고 보면 나도 영재교육을 받은 셈이다. 딸 셋의 막내로 부모님이 워낙 바쁘신 시기에 태어나 시골의 할아버지, 할머니 품에서 5살 때까지 자랐다. 장남인 아버지의 셋째 딸이기 때문에 날 때부터 집안에서 환영받지 못한 손녀딸을 측은히 여기신 할아버지는 유난히 나를 귀여워 해주셨다. 흙으로 만든 집 뒤에는 바로 산이 있었고 텃밭에는 할머니가 고추며 상추 같은 것들을 기르셨다. 함께 어울릴 만한 또래 친구라고는 두어 명이 전부인 그런 단촐하고도 조용한 시골이었다.

한가로운 그곳에서 한문학을 즐기셨던 할아버지는 내게 다섯 살 때부터 천자문과 사자성어를 가르치셨다. 지금으로 치면 일찍부터 고사성어를 통한 영재교육을 받는 셈이건만, 당시에는 뜻도 모르는 누런 책을 공부하라니 몸서리가 절로 쳐졌다. 그저 새우깡 하나 얻어먹으려 종달새처럼 외다 도망치곤 했는데 내용은 거의 잊었지만 첫 장의 음절만은 또렷이 기억난다.

하늘 천(天) 땅 지(地)검을 현(玄)누를 황(黃)

하늘은 위에 있어 그 빛이 검고 땅은 아래 있어서 그 빛이 누르다.

집 우(宇)집 주(宙) 넓을 홍(洪) 거칠 황(荒)

하늘과 땅 사이는 넓고 커서 끝이 없다. 즉 세상의 넓음을 말한다.

날 일(日)달 월(月) 찰 영(盈) 기울 측(昃)

　해는 서쪽으로 기울고 달도 차면 점차 이지러진다. 즉 우주의 진리를 말한다.

　이제 보니, 뜻도 모르고 불렀던 천자문의 노래가 하늘과 땅 사이는 넓고 커서 끝이 없으니 세상을 향해 넓은 사람이 되라는 할아버지의 마음이었구나, 싶다. 해도 차면 기울고 달도 차면 기우는 만큼 영원한 것은 없으니 흥망성쇠에 굴하지 말라는 마음이었구나, 싶다.

　파평 윤(尹)씨 집안은 내가 태어나기 전의-역사책에서 읽었던-조선시대에는 왕비가 가장 많이 배출된 가문이었다 한다. 시조는 고려 태조를 도와 후삼국을 통일한 공을 세운 삼한벽상공신(三韓壁上功臣) 신달(莘達)이며 고려 중엽 문무를 겸비한 명장인 중시조 윤관(瓘) 장군이다. 과거급제자들과 뛰어난 학자들과 벼슬아치들이 많은 조선 최대의 문벌가문으로 불리우던 화려한 과거를 뒤로 하고 할아버지에 대한 기억은 가난한 시골 선비의 삶, 그 자체였다. 땡볕이 내리쬐는 한낮에도 책을 즐겨 읽으시며 역시 책을 통해 독학으로 침술을 공부해 직접 본인의 몸을 치료하시며 아흔경까지 정정한 삶을 살다 가신 할아버지. 할아버지가 뜻도 모르는 천자문을 외게 한 이유는 넓은 세상으로 나아가 큰 사람이 되라는 뜻일 것이다.

쓰고 먹을 것이 풍족치 않은 시골에서 할아버지는 물질적 유산이 아닌 문중에서 대를 타고 내려온 책을 읽는 습관을 물려 주셨다. 그때 받았던 책을 읽는 정신적 가치의 유산은 훗날 도통 공부에 취미를 붙이지 못해 집안의 근심거리 대상자였던 나를 사회의 구성원으로써 건강히 세상에 발붙이며 살아갈 수 있는 자산이 된 것이다.

어린아이가 어린아이 같지 않은 세상이다. 지나치게 똑똑하고 논리적인 아이들로 만들기 위해 조기교육을 맹목적으로 실천하는 학부모들이 알아야 할 점이 있다면 인성교육이 제대로 형성되지 않은 상태에서 이루어지는 교육은 안 하니만 못한 부질없음이다.

서울의 유명 사립초등학교에서 교사로 근무하는 지인의 말에 따르면 문제를 일으키는 아이들의 대부분은 영어유치원을 졸업한 아이들이라 한다. 유년시절에 접하는 가치관이 인생의 전반을 결정지을 만큼 중요한 인격형성 시기에 의미를 알지 못하는 영어를 가르치니 아이들은 흡수력이 빨라 말은 곧잘 따라하지만, 생각은 그만큼 자라주지 않는다는 결과이다.

조선시대 서당에서 아이들에게 글을 외게 했던 이유는, 가난한 시골 선비인 할아버지가 어린 내게 천자문을 외게 했던 이유는 '말' 자체가 목적이 아니라 수단이 되게 하기 위함이다. 목적이 동반되지 않는 수단이 무슨 의미가 있는가. 책을 읽게 하는 목적은 사람이 스스로 생

각할 수 있는 아이로 자라게 하기 위함이다. 조기영어교육의 목적은
단지 남들보다 빨리 영어를 배워 우수한 성적을 내게 하기 위함이다.
우수한 성적이 수단은 될 수 있지만 인간살이의 목적은 될 수 없다.

삶의 목적이 다만 '우수한 성적, 좋은 간판'으로만 국한된다면 그것
들을 획득한 이후에는 무엇을 목적으로 하며 살아가야 할까. 리더들
의 특징은 후손에게 정신적 가치를 물려준다는 점이다. 명문가의 자
식교육에 관련된 책들을 읽어보면 물질 자체를 물려주기보다 그것을
유지하고 지키기 위해 무엇이 필요한지를 먼저 교육시킨다. '왜' 그것
이 필요한지를 깨닫게 하기 위한 수단으로 공부를 시키고 책을 읽힌
다. 우리는 다음 세대에게 좀 더 살기 좋은 세상을 만들어갈 발판을
물려주어야 할 의무가 있다. '왜'냐고 묻는다면 우리 역시 선조들이
물려준 발판으로 인해 성장했기 때문이다.

카페에 쓰일 커피머신과 집기류를 사러 서울 중구 황학동에 들렀
다. 미리 도착해 언니를 기다리며 지하철역 앞에 서있는 황학동의 유
래를 읽었다. 성동구 상왕십리동과 신당동, 종로구 홍인동, 숭인동과
맞닿아 있는 황학동은 오래된 미싱, 카메라, 전화기, 카페에서 쓸 수
있는 집기를 비롯해 희한한 물건들을 파는 만물시장으로 유명하다.
어르신들이 활기를 띠고 즐길 수 있는 몇 안 되는 동네인 이곳은 논
밭이었던 부지에 황학(黃鶴)이 날아들었다는 이야기에서 유래된 동
네 이름이다.

현재 신당 5동 관내에 옛 자연부락의 하나인 백학동이 있어 이에 견주어 생긴 이름이라 하니, 무심코 지나던 동네 이름 하나에도 세월 속의 이야기가 살아 숨쉰다. 문득 내가 살고 있는 동네의 역사가 궁금해졌다.

현재 나는 송파구에 거주하고 있다. 늘 그곳에 있어 무심코 지나쳤던 '몽촌토성'의 유래를 살펴보니 2,000년 고대국가 백제문화가 꽃피우던 시절의 역사를 담고 있는 귀한 문화유산이었다. 오늘날 내가 편히 발붙이며 살아가는 터전은 우리 선조들이 치열하게 지켜내주었기 때문에 존재한다. 정신적 가치가 무너지면 나라도 무너진다. 1251년 고려인들이 세계 최대의 제국 원나라와 맞서 싸우며 완성한 합천 해인사에 보관된 '팔만대장경'은 천년의 역사 속에서 일본의 침략을 맞으면서까지 정신적 가치를 지켜냈다. 그 소중한 유산을 우리가 물려받았고 우리들 또한 후손에게 물려줄 유산이다.

그대는 그대를 닮은 아이에게 어떤 유산을 물려줄 것인가? 책과 더불어 어린 시절 할아버지는 자전거 안장 앞자리에 빨간색 유아용 보조의자를 설치해 나를 태우고 시골길을 달리셨다. 다섯 살 이전의 일이지만, 할아버지에게 보호받고 사랑받고 있다는 기분으로 달리는 자전거가 하나도 무섭지 않았다. 할아버지는 나에게 책을 읽는 습관의 시초와 한가로운 시골길을 달리던 추억을 선물해 주셨다. 이미 수년전에 돌아가신 할아버지의 자전거가, 아니 할아버지가 참 보고 싶은, 그런 날이다.

'검의 날은 숫돌에 갈아야 빛이 난다'

명문가의 교육법을 학습하고 싶을 때

주거형태가 바뀜에 따라 1인 가족이 늘어나고 있다. 개인적 생활이 중요시되고, 가족이라는 개념이 희미해져 가고 있다고는 하지만 여전히 아이의 미래를 위해 가정과 가정교육이 중시되고 있다. 기계가 사람의 몫을 대신 해주는 자동화에 익숙해진 탓인지 요즘 들어 부모가 자식을 로봇으로 치부하며 자동판매기적 교육을 하는 부모들도 등장한다.

딸에 대한 애착심이 강한 엄마인 A씨는 오로지 딸을 좋은 간판을 따게 하기 위한 목적으로 길렀다. 해서, 공부에 취미가 없는 아이를 달달 볶아 학원이며 과외에 시달리게 하여 좋은 대학에 보냈다. 대학생활에 흥미가 없는 아이를 A씨의 친척이 있는 회사에 보냈고, 사귀는 남자들마다 확인받던 A씨를 결국 선을 보게 해서 조건 좋은 남자와 결혼을 시켰다.

허수아비 같은 삶을 살아가는 A씨 딸의 표정은 무미건조 그 자체이다. 아이에게 '진정한 삶의 이치'를 깨닫는 목적을 가르쳐주지 않고 외형적 조건만을 만들었기 때문이다.

'수신제가치국평천하'라는 말은 한 사람이 사회에 발을 디디려면 먼저 자신을 수양하고 가정을 잘 다스린 다음에야 비로소 하고자 하는 일을 잘 할 수 있다는 말이다. 따라서 명문가에서는 자식교육에 대한 법도를 세우며 올바르게 훈육하고자 노력했다.

전통사회에서 가장들은 '가서'를 통해 책에서 배울 수 없는 솔직하고 경험이 우러난 지혜로 자식들을 교육했다. 「공자가어」「안씨가훈」「주백려치가격언」이 그 대표적인 것들이다. 인간살이의 처세와 가치들을 담은 내용들 중에서 『명문가의 자식교육』을 통해 가훈들을 살펴보자.

동방삭은 아들에게 '최고의 처세법은 이치에 맞게 사는 것이다', 제갈량은 아들에게 '맑고 투명한 뜻을 세워라', 유향은 아들 흠에게 '정중하고 부지런해야 오래 명예를 누릴 수 있다', 요신은 아들에게 '귀천은 정해진 바가 없다', 서원여가는 동생들에게 '검의 날은 숫돌에 갈아야 빛이 난다'고 가르쳤다. 모두 진심을 담아 가르친 편지들이다. 이중 눈길을 끄는 편지는 서문에도 소개한 중국번이 아들 기택에게 '보고 읽고 쓰고 짓는 것이 공부법이다'라고 보낸 편지이다.

공부하는 방법으로 보고, 읽고, 쓰고, 짓는 네 가지 중 하나라도 걸러서는 안 된다고 당부하며 '본다'는 것은 『사기』『한서』『근사록』 『주역절중』같은 책을 보는 것이라 말한다. '읽는다'는 것은 『사서』 『시』『서』『역경』『좌전』 등과 같은 경전과 『소명문선』이나 이백두 한 유 소동파의 시, 한유 구양수 증공 왕안석의 문장을 읽는다는 뜻이 다. 이때 크지 않은 목소리로 낭송하지 않으면 문장들의 웅위한 기 개를 느낄 수 없고, 낮은 목소리로 가볍게 읊조리지 않으면 글의 심 오한 멋을 파고들 수 없다 한다. 즉, 읽을 때마다 다른 책의 심오한 뜻을 숙고하여 여러 번 읽고 쓰라는 당부이다. 『명문가의 자식교육』 에서는 주로 스스로 생각하여 이치를 터득할 수 있도록 전체적인 가 치관을 제시해준다.

가정은 미래의 시대를 만들어갈 주인공을 키우는 중요한 사회공동 체이다. 내가 할아버지에게 물려받은 유산은 천자문을 외우는 습관 과 더불어 책을 읽는 모습까지이다. 할아버지에 대해 남아있는 잔상 은 하얀 모시저고리를 입으시고 시간이 날 때마다 하도 읽어 누렇게 닳아버린 책을 손에 들고 있는 모습이다. 건강한 정신적 가치의 대물 림이야말로 가장 아름다운 상속이 아닐까.

─6─
한없이 초라해지는 순간
앞에서도 도망치지 마라

　세상에 잘난 사람들은 참 많다. 굳이 언론에서 유명 인사를 찾지 않더라도, 엄마친구 아들과 딸들에게서 찾지 않더라도, 주변을 둘러보면 왠지 나만 빼고 다들 알아서 착착 제 할 일도 잘하고, 잘 먹고 잘 사는 것 같다. 할 몫은 다만 혼자서만 못 챙기는 것 같고, 죽어라 노력해도 씨도 안 먹힐 일들을 남들은 한 번에 어찌나 척척 잘도 해내는지. 그 어렵다는 시험은 잘도 합격하고, 좋은 직장은 손쉽게 들어가서 승진까지 잘하고, 어쩜 결혼들도 잘한다. 가장 자괴감이 밀려 올 때는 나는 절대로 그게 되지 않는데 남들은 엄청 쉽게 이루는 것 같아 보일 때가 아닐까. 그렇게 살다 조금씩 미끄러지면 위안이 되기도 하련만. 끈기와 의지까지 있는 그들에게는 도통 실패라는 단어 따위는 입력되어 있지 않은 듯하다. 성공하기 위한 잘난 유전자를 타고 나는 것만 같다. 그대 앞에만 서면 나는 왜 작아지는지.

나 역시 그런 순간들을 만나왔지만 유독 작아지는 순간은 마이크 앞에서이다. 여러 사람들 앞에서 강의를 하거나 인터뷰를 하는 등 주목을 받아 말을 해야 하는 상황에서 마이크를 잡는 순간부터 호흡이 가빠지고 식은땀이 흐른다. 검은 눈동자 수십 개가(때로는 수백 개가) 소리 없이 내 입술만 주목하며 웃음도 울음도 없는 무표정의 기대감으로 바라보는 그들과 마주 할 때면 아득한 땅 끝으로 발밑이 꺼질 것만 같다. 호흡이 가빠지고 식은땀이 흐르며 얼굴부터 목까지 새빨개진다. 한번은 무안한 그런 순간을 모면하기 위해 소그룹 모임 인도에서 감기에 걸렸다 핑계를 대고 부러 헛기침까지 해대었던 웃지 못할 에피소드도 있다. 교수나 전문강사로 활동하고 싶은 내가, 평소 '말 잘한다' 소리 꽤나 듣는 내가, 대중 앞에 서는 두려움이 있다는 사실은 가까운 지인들조차도 놀랄 일이다.

이런 마이크 울렁증에도 불구하고 사람들 앞에 서야만 하는 일들이 있다. 몇 달 전, 신간도서가 출간되자 '한국경제TV'에서 '스타북스'라는 한 시간짜리 프로그램 섭외가 들어와 흔쾌히 수락을 했다. 녹화 당일이 왔다. 역시 녹화 전까지는 아무렇지도 않은 척 태연히 웃으며 준비를 했다. 하지만 마음 깊은 곳에서는 '오늘도 얼굴이 빨개지면 어떡하지', '한 시간짜리 방송인데', '떨려서 제대로 하고 싶은 말도 못 하는 거 아니야?'라며 불안감이 물밀듯이 밀려왔다. 그때에도 '괜찮아, 잘할 수 있어' 하며 스스로를 토닥이며 녹화에 들어갔다. 아니나 다를까 녹화가 진행되며 점점 얼굴은 물론이요, 목에 새빨갛게 화끈거리는 기운이 몰려왔다. 얼굴이야 메이크업이 되어 있으니 덜하겠지만 불타오르는 목 부분은 그대로 드러남이 틀림없었다. 남들은 마이크를 잡건 대중 앞에 서건 얼굴 표정 하나 바꾸지 않고 여유롭게 잘들도 하더만. 대체 나라는 인간의 종자는 어떻게 된 노릇인지 적응이 될 만도 하련만 이 토록 아찔하게 떨린단 말인가!

마음속으로 허공의 벽에 머리를 쾅쾅 박으며 방송국을 나섰다. 유난히 눈이 부신 햇살과 차가운 바람에 홍조를 겨우 가라앉히고 심호흡을 내쉬며 하늘을 올려보다 문득 장 자끄 상뻬의 『얼굴 빨개지는 아이』가 보고 싶어졌다.

캐리커처 속에 섬세한 관찰력과 삶에 대한 통찰력을 담아내는 프랑스의 삽화가 장 자끄 상뻬와 첫 만남은 '즐거움은 창작의 원천이요, 놀이가 생산이다'라는 모토로 영화사 「신씨네」에서 '행복은 성적순이 아니잖아요'로 마케팅을 시작했다. 「씨네월드」의 기획제작이사를 거친 영화사 아침의 대표였던, 지금은 고인이 되신 정승혜 씨와의 만남을 통해서이다. 광고, 포스터, 카피, 제작, 기획 등 영화와 관련해서 전천후 다방면으로 열정적인 활동을 했던 그녀는 모든 놀이와 흡수가 아이디어의 원천이라 말했다. 가장 좋아하는 책으로 『꼬마 니꼴라』와 더불어 『얼굴 빨개지는 아이』를 꼽았다. 얼굴 빨개지는 아이는 아무 이유도 없이 시도 때도 없이 얼굴이 빨개지는 아이 마르슬랭 까이유와 아무 이유도 없이 재채기를 하는 바이올린을 잘 켜는 아이 르네 라토를 만난다. 이 책은 이 두 아이가 꼬마시절의 우정부터 성인시절에 다시 만나 나누는 우정을 그린 기분 좋아지는 그림책이다. 이후 그녀의 목소리가 한 챕터를 차지했던 『하이힐 신고 독서하기』를 출간한지 한 달 후, 그녀가 지병으로 인해 세상을 떠났다는 기사를 접하고 충격에 휩싸였다. 죽음을 눈앞에 둔 상황에서도 해야 할 일과 자신이 필요한 곳에서의 모든 상황에서 최선을 다했던 그녀. 정말 안쓰럽고 존경스러웠다. 그녀를 애도하며 당신처럼 최선을 다해 매순간을 즐기는 삶을 살리라 다짐했었다. 방송국 문을 나서며 잔뜩 상기된 얼굴을 하늘을 바라보며 가라앉히던 순간 『얼굴 빨개지는 아이』의 대사 한 줄이 영화처럼 머릿속을 스치고 지나갔다. 아무 이유도 없이 얼굴이 빨개진 마이슬랭 까이유가 홀로 서서 '나는 왜 얼굴이 빨개지지?'하고 혼잣말을 하는 삽화 속에 그대로 내가 들어가 같은 질문을 스스로에게 던진다. 정승혜 대표의 고마운 마음을 기리며 『얼굴 빨개지는 아이』에서 배운 '있는 그대로를 인정하는' 자세를 가지리라 했던 다짐이 무색해졌다. 아무도 주목하고 있지 않았지만 모두가 보고 있는 것처럼 발가벗겨진 기분이 들었다. 남들과 비교하며 괜한 열등감에 쌓인 내가 쑥스러워 피식, 웃음을 지었다.(글에서도 여러 번 언급되지만 자주 웃는다. '공원 으슥한 곳으로 끌려가지 않기 위해? 아니, 진짜 웃음이 나와서.)

필요한 순간에 적절한 책의 내용이 생각나는 이 고마운 순간은 한 문장을 소유하기 위해 필요한 문장들이 차곡차곡 저축되도록 꾸준히 좋은 문장을 섭취함을 통해 가능해진다. 영어를 잘하려면 우선 알파

벳과 단어가 저축되어야 한다. 수학을 잘하려면 우선적으로 숫자개념과 사칙연산을 저축해야 한다. 적절한 문장은 때를 가리지 않고 늘상 필요하다. 회사업무를 위해 전화통화나 커뮤니케이션을 할 때에도 문장으로 형성된 대화로 이루어진다. 대인관계에서의 소통이나 연인과 사랑을 할 때에도 마음이 통하려면 먼저 말이 통해야 한다. 어느 때에나-스스로를 위로하는 때조차도- 내 마음이 통하려면 문장이 형성되어 있어야만 가능하다.

그대는 혹시 책을 읽고, 또 책을 읽고, 책을 읽으며 쌓이는 솔루션들이 겹치고 쌓이다가 사라져버릴 것만 같아 아까운 심정인 착한 독서 컴플렉스에 빠져 책을 등한시하고 있지는 아니한가? 우리가 읽어내는 모든 내용을 기억하지 못함은 인정한다. 허나 제 아무리 천재라도 기억력의 한계성이 있기 때문에 모든 내용을 기억하기는 어렵다. 읽어서 당장 도움이 되지도 않고, 기억력의 한계로 모두 기억하지도 못할 책을 굳이 많이 읽을 필요가 무에 있냐, 생각할 수도 있다. 하지만 책을 꾸준히 많이 읽은 사람들은 카터 데이비드의 마술처럼 기가 막히게 필요한 순간에 맞춰 필요한 문장이 떠오른다.

'얼굴 좀 빨개지면 어떠리, 나는 나일 뿐인데-내게는 얼굴 빨개지지 않는 이들이 가지지 못한 장점이 있잖아!' 하고 나에게 파이팅을 외친다. 필요한 순간에 적절한 문장이 떠올라 위로가 되었던 순간에는 '꼭 이럴 때 이 문장을 써야지' 하는 이해타산적인 독서가 아닌, 조건 없이 여러 분야의 책을 읽어왔던 독서습관이 있었기에 가능한 일이다. 진정한 사랑은 마음이 통할 때 가능한 것이고 찰나의 순간에 떠오르는 문장도 책과 통했기 때문에 가능한 것이다. 사람 사는 일도, 책을 읽는 일도 '진심'과 '정성'이 왕도이다.

"나는 사람들 앞에만 나서면 말을 못해"

있는 그대로의 자신이 용납되지 않을 때

오랜만에 저자 강연이 있는 날이다. 1년 전에 출간한 책으로 강연을 하자니 무슨 이야기를 해야 할까, 쑥스럽다. 지난번 아트커뮤니티 강연에서는 보다 신선한 임팩트를 주고 싶어서 마술사 선생님과 상의하며 2주간 강습을 받아, 강연 말미에 간단한 마술을 선보였었는데. 이번에도 준비할 걸 그랬나, 하는 뒤늦은 후회가 밀려온다. 이제와 후회만 하면 무얼하리. 아쟈아쟈 파이팅!을 외쳤건만 이번 강연에서도 여지없이 마이크를 들고 청중들 앞에 서자 머릿속이 하얗게 마비되었다.

화이트 페이퍼를 들지 않고 자연스럽고 매끄럽게 이야기를 이끌어가야 하건만 한심하게도 나는 땀을 뻘뻘 흘리며 생각대로 나오지 않는 이야기들에 스스로 당황한다. (오 마이 갓! 옷에는 마이크가 달려있고 동영상 촬영과 녹음까지 되고 있는 상황이다.) 더군다나 예상시간보다 5분을 앞당겨 끝냈다. 다행히 마음 넓은 주최 측과 호응 좋은 청중들의 박수로 터질 만큼 가빠진 호흡과 맥박은 서서히 가라앉는다.

내게는 타인과의 융화력이 매끄러워야 한다는 압박과 많은 이들이 나를 좋아해주길 바라는 욕망이 있다. 그런 감정에서 아직은 매끄럽게 자유하지 못하다. 그런 욕망들은 이렇게 나를 보기 위해 사람들이 모여 있을 때, 역할을 원활히 해내지 못했다는 자책감으로 변신해 머리끝을 괴롭힌다.

강연 이후 바로 프로젝트팀의 워크샵이 잡혀 있어서 속초행 고속버스에 몸을 싣고서도 심장은 두근거린다. '왜 이렇게 사람들 앞에만 나서면 말을 못해' 창문에 머리를 박으며 자책한다.

속초행 워크샵에서 돌아와 컴퓨터 책상 옆에 꽂아둔 맥스 루케이도의 『너는 특별하단다』를 만난다. 웸믹이라는 작은 '나무사람들'이 있는 마을에 여러 웸믹도 있고, 목수 아저씨도 살고 있다. 재주가 뛰어난 웸믹들은 별표를 받는데 주인공 펀치넬로는 다른 웸믹들과 달리 재주가 없기 때문에 별표가 아닌 점표를 받았다. 사람들의 수군거림에 점점 의기소침해진 펀치넬로는 열등감에 시달리며 살아가다 목수인 엘리 아저씨를 찾아간다. 목수 엘리 아저씨는 '남들이 어떻게 생각하느냐보다 네가 어떻게 생각하느냐가 중요하다'며 누구보다 '네가 특별하단다'라고 말한다. 웸믹의 몸에 붙은 점표는 타인의 시선을 신경 쓸 때마다 붙어있는 것이며 펀치넬로가 세인의 시선보다 조금 더 자신을 사랑하게 될수록 점표는 떨어질 것이라고 알려준다.

이 책은 수년전 나를 아끼던 지인이 손수 책에 펀치넬로의 이름이 등장할 때마다 내 이름을 써서 붙여 넣어주셨다. 책장을 펼치면 맨 앞장에 '정은아 너는 특별하단다'라고 속삭이고, 책장을 넘길 때마다 '난 정은이가 아주 특별하다고 생각한단다. 정은이는 정은이기 때문에 특별하단다. 특별함에는 어떤 자격도 필요 없으며, 너라는 이유만으로 충분하단다'라고 속삭인다. 이 책을 선물 받은 뒤부터 위로가 필요하거나, 자격지심이나 자책감이 들 때, 타인과의 비교에 상대적 빈곤감이 들 때마다 펼쳐본다. 실수에 대한 회복의 자생력이 높지가 않아서 매번 이렇게 책의 힘을 빌린다. 정호승 시인이 라디오 광고에서 '저는 교보문고에 빚이 많은 사람입니다' 하시던데, 나야말로 여러 서점과 도서관들에게 빚이 많은 사람이다. 책장을 덮고, 여느 때처럼 다시 으쌰으쌰! 한다.

키플링은 '만일 모든 사람이 너를 의심할 때 너 자신은 스스로를 신뢰할 수 있다면 그러면서 그들의 의심까지 용납할 수 있다면'이라 말했다. 누구보다 내가 나를 특별하고 귀하다고 여김이 건강한 인간관계의 기본이다. 언제쯤이면 마이크 울렁증이 사라질까? 어쩌면 평생을 마이크 울렁증을 극복하기 위해 노력해야 할 과제일지도 모른다는 생각이 든다. 괜찮다. 나는 특별하니까. 내가 실수를 하건, 잘하건 별다른 조건 없이 나라는 이유로 특별하니까.

— 7 —
사유의 씨앗,
"가장 행복한 중독은 활자 중독"

신문기사나 잡지책에 해마다 자주 등장하는 토픽들을 관찰해보면 대부분 엇비슷하게 교차된다. 정치경제나 시사문제나 소소한 가십거리 외에 흥미위주의 토픽이다. 죽기 전에 꼭 가봐야 할 여행지, 알뜰 바캉스 비법, 연말 솔로 탈출 대작전, 10일 안에 애인 만들기, 가장 선호하는 배우자 직업 등. 한번 읽고 돌아서면 잊어버려 다음해 다시금 클릭하게 만드는 주제들이 반복된다. 위와 같은 토픽들 중 역시나 해마다 빼놓지 않고 등장하는 기사는 '여대생들이 가장 선호하는 직업인' 혹은 '21세기 유망직 이런 직업이 뜬다'이다. 매번 기사를 읽으며 '음, 그래 서비스 창출산업이 뜨는 거지-나도 이런 일을 해볼까' 하고 고개를 끄덕이다 어느 해에는 '역시 지식산업이 최고지. 아니 근데, 내 직종은 왜 이렇게 순위가 낮은 거야?'라며 기사와 대화를 하곤 한다. 익숙한 토픽이지만 그럼에도 읽을 때마다 새롭고 재미있다. 정보는 바뀌지만 주제라는 틀은 여전한 필요 관심사이기 때문이다.

신문기사와도 대화하는 나는 이동하는 순간에도 눈이 바쁘다. 승용차나 흔들리는 버스에서 책을 오래 읽으면 울렁거리는 현상에 책을 읽지 못하니 무의식적으로 차창 밖에 있는 모든 간판들과 현수막 문구들을 읽는다. 문구만 읽음에 그치지 않고 옆자리에 지인이 있다면 '기분 좋은 한의원이네, 저기서 치료 받으면 기분 좋아지는 거야?' 하고 간판 텍스트를 주제로 가벼운 대화를 한다. 혼자 있는 상황에서는 '와이셔츠 세탁이 990원이네, 맞벌이하는 부부라 치면 일주일에 3개씩 맡기면 3,000원 정도가 소요되고 와이셔츠를 세탁하고 다리는 시간이 절약되니까 기회비용으로 따지면 오히려 경제적이구나. 신혼부부 타깃 층 공략 잘했네' 하고 마음속의 나와 대화한다.

독서 후에도 읽은 내용에 대해 저자의 생각을 날로 먹지 않고 내 것으로 소화하기 위해 적어도 3차 되묻기를 하는 오랜 습관이 낳은 결과이다. 그렇다면 사고를 넓혀주는 3차 되묻기 독서는 무엇일까?

예를 들어 '나무만 보다 숲을 보지 못한다'는 문장이 마음을 두드렸다고 가정해보자.

1차 → 나무라는 게 어차피 숲을 구성하는 요소인데 나무만 보면 안 돼?
2차 → 하긴 나무라는 당장 눈앞의 일에만 동동거리다 정말 중요한 걸 놓칠 수가 있지.

3차 → 지금 내 앞에 놓인 그깟 나무 한그루에 불과할 문제에 동동거리다 이미 형성된 울창한 숲을 만나지 못하겠어. 일찍 열매 맺는 나무도 있고 늦게 열매 맺는 나무도 있지만 중요한 건 그것들이 모여 숲을 이룬다는 거지. 본질은 숲이라는 거야.

3차 되묻기 습관을 통해 단순히 문장을 읽음에만 끝내지 않고 마음을 울리는 한 줄의 텍스트를 만날 때면 지금 상황과 적용하여 내 것으로 만들 수 있다. 흔히 사람은 읽은 것으로 인해 만들어진다고 한다. 이 말은 단순히 읽음이라는 인풋에만 끝나지 않고 끊임없는 사색을 통한 아웃풋으로 배출됨으로 인해 만들어진다는 뜻이다.

아름다운 피겨스케이터 김연아 선수도 하나의 동작을 완성하기 위해 밤새도록 차가운 빙판 위에서 넘어지고 다시 일어서고 넘어지기를 반복한 끝에 피겨여왕이 되었다. 이와 같이 텍스트도 읽고→ 생각하고→ 되묻고→ 소화하기 과정을 통해 읽은 텍스트들이 자연스레 인격과 사고로 형성되어 행동으로 배출되는 세상에서 가장 행복한 중독, 활자 중독자의 특권을 누릴 수 있게 된다.

되묻기 독서를 통해 행복한 활자중독증에 걸린 대표적인 인물은 안철수연구소 소장이자 포스코에서 최연소 이사회의장을 맡고 있는 한국과학기술연구원(KAIST)의 안철수 교수이다. 그는 '서울대 의대생 출신 의과대 학과장'이라는 안정된 미래가 보장된 길을 자발적으로 탈피했다. 그 후 컴퓨터 바이러스를 퇴치하는 백신프로그램을 개발하는 회사를 창업하고 경영자의 길로 들어서 소신 있는 기업 운영과 끊임없이 성장하는 인생으로 세간의 주목을 받았다.

페이지를 나타내는 숫자와 책 뒤의 정가까지 읽어 치워야 직성이 풀린다고 하는 그에게 진한 동지애를 느꼈다. 나는 숫자와 책 뒤의 정가는 물론이요, 지나가는 간판 읽기와 노래를 들을 때에도 가사를 읽으며 노래를 듣고, 드라마를 볼 때에도 화면에 집중하기보다 대사에 집중한다. 그래서 드라마를 '본다'고 말하지 않고 드라마를 '읽는다'라고 표현하며, 음악을 '듣기'도 하지만 가사를 음미하며 '읽는'다.

안철수 교수의 말을 빌자면 하도 책을 많이 읽다보니 때로는 그 생각이 자신의 머리에서 나온 것인지 책에서 읽은 것인지 분간되지 않을 때도 있다고 하니 책이 그의 사고를 가득 채우고 있음이 절로 느껴진다. 책을 읽을 때 단순히 눈으로만 글자를 훑어 내리며 아무 생각도 하지 않고 읽음은 차라리 아니 읽음만 못할 정도로 무의미한 시간낭비이다.

안철수 교수의 독서법은 본인이 책속의 등장인물로 크로스 오버되는 것이다. 소설을 읽을 때면 등장인물의 생각과 행동에 빠져 들어간다. 등장인물의 인생이 곧 내 인생이 되기 때문에 읽고 난 후에도 줄거리와 결말은 남지 않고 오직 크로스 오버를 통해 경험한 간접경험만 남는다. 이런 방식의 독서는 등장인물이 되어 최소한 「1)왜 이런 상황이 발생했을까? 2)왜 이런 행동을 했을까? 3)나라면 어떤 반응을 할까?」라는 3단계 되묻기를 거쳐야만 가능한 독서법이다.

책을 읽기에만 그치지 않고 내 것으로 만들기 위해서는 책을 읽은 만큼 생각을 해야 한다. 안철수 교수는 책을 통해 간접경험을 한 등장인물들의 인생을 통해 포용력을 쌓았고, 누구보다 사람을 이해하고 마음을 움직여야 하는 경영이라는 분야에 적절히 적용되어 배출된 것이다.

이러한 몰입독서는 하루아침에 이루어진 결과가 아니다. 안철수 교수는 어려서부터 걸어서 30분밖에 걸리지 않는 등하교 길을 책을 읽으며 걷고, 초등학교 6학년이 되자 학교 도서관에 읽지 않은 책이 없었다. 심지어 목욕을 할 때도 책을 읽을 정도로 열렬한 독서광이다. 그는 분야를 가리지 않고 정독하며 책이 인생 최고의 스승이라 여긴다. 이미 알고 있던 것이라도 다시 한번 스스로 깨닫게 해준다는 점과 본인이 모르는 세상이 존재한다는 사실을 깨닫게 해준다는 점을 독서의 이점으로 꼽는다.

책이 읽은 이에게 영향을 끼치려면 어느 정도의 시간이 필요하기 때문에 충분히 사색하고 책을 읽은 후에 갖게 된 새로운 시각에 적용하고자 노력할 때 언젠가는 내재된 의식과 에너지가 빛을 발할 것이라는 믿음을 가지고 있는 안철수 교수. 그의 활자로 빚어진 신념이 아름답다.

책을 읽을 때 맹목적으로 저자의 생각에 동의하는 것도 좋지 않은 독서습관이지만 일괄적으로 저자의 생각에 비판만 하는 것도 권하지 않는 독서법이다. 저자의 상황과 입장이 되어 '나라면'으로 생각하며 내 방식으로 소화시켜 내재된 정보와 융합하여 새로운 시각을 탄생시켜야 한다.

 만약 아직 되묻기 독서습관이 형성되지 않은 이라면 위에 소개한 3차 되묻기 사고의 예처럼 문서를 작성해보자. 형식만 기재하고 문장부분과 되묻기 부분은 빈칸으로 남겨둔 채 책을 읽을 때 마음을 두드리며 벌떡 일어서는 문장을 만나게 된다. 그때에는 잠시 독서를 멈추고 글로 표현하며 사고해보자. 입으로 내뱉거나 속으로 중얼거리는 것보다 창의력을 자극하는 손 글씨로 써본다면 평소에는 전혀 인식하지 못했던 사고를 발견하게 된다. 자신의 생각을 발견하여 아는 것부터가 생산적 독서의 시작이다. 자신의 생각을 알고 되묻기 독서를 하는 틀이 갖추어지면 나머지는 시간과 노력의 투자문제다.

새는 세계를 깨고 나온다

사고의 영역을 확장시키고 싶을 때

"새는 알을 깨고 나온다. 알은 세계다. 태어나려는 자는 세계를 파괴해야 한다."_데미안

'성장'이라는 것을 하기 위해, 어른이 되는 관문을 통과하기 위해선 이전에 부모와 세상으로부터 보호받던 안락함이라는 알을 깨고 나와 새로운 세계를 창출해야 한다. 헤르만 헤세는 『데미안』을 발표할 당시 『페터 카멘친트』나 『청춘은 아름다워』와 같은 전작들에 비해 급격하게 달라진 저작 스타일의 파문을 고려해 '에밀 싱클레어'라는 가명으로 발표했다. 하지만 출간되자마자 괴테의 『젊은 베르테르의 슬픔』에 맞먹는 성공을 거둔다. 헤르만 헤세는 전쟁을 겪었으며 부친의 사망과 아들의 중병으로 인해 프로이트 계열의 정신분석의 랑(lang)박사의 정신치료를 받았다. 그는 스위스 출신 분석심리학자 융

(jung)에게도 심리분석적 도움을 받았다. 융의 『원형과 무의식』은 정신의 성숙은 남성성과 여성성의 원형들이 통합되어 자기(selg)의 실현화에 궁극적 목표를 두었다. 여기서 융이 주장하는 자기실현에 의한 '개성화'와 헤르만 헤세가 말하는 자기실현의 '개성화'는 결코 다른 것이 아니라고 『철학카페에서 문학읽기』의 저자 김용규는 말한다.

『데미안』의 소년 싱클레어는 가정과 모범의 규범소였던 '빛의 세계'와 냄새와 말투와 약속과 요구도 판이하게 다른 '어둠의 세계'라는 두 개의 세계를 통해 '안정'과 '파괴'를 서성이며 넘나든다. 순진무구했던 소년 싱클레어는 베아트리체를 만나고, 데미안을 만나고, 에바 부인을 만나며 자신이 성장하면서 추구해야 하는 진정한 것들을 깨달아간다. 수많은 영화나 드라마에서 주인공이 성장하기 위한 안내자 역할로 출연하는 모습들은 『데미안』과 유사하다. 싱클레어는 데미안처럼 되기를 갈망하며 꿈을 꾼다. 마침내 싱클레어는 낮과 밤의 세계를 통합하여 어른의 이상체인 '에바 부인'을 만난다. 에바 부인이 뚫어지게 싱클레어를 쳐다보며 했던 말이, 종잇장을 관통하여 내게로 온다.

"사람은 자기의 꿈을 찾아내지 않으면 안 됩니다. 그렇게 되면 길은 쉬워집니다. 그렇지만 언제까지고 계속되는 꿈이란 없습니다. 어떤 꿈이나 새로운 꿈과 바뀌어집니다. 그리고 어떤 꿈이라도 그것을 고집해서는 안 됩니다."_데미안

1차→ 자기의 꿈을 찾아내라더니, 언제까지고 계속되는 꿈은 없다니. 우롱

하는 거야?

2차→ 어린 시절 나의 꿈은 대통령, 사업가, 탤런트, 아이스크림가게 사장. 지금 나의 꿈은? 그것을 고집하기보다는 사고와 영역을 넓혀 확장 시키고 '변형' 시켜왔잖아.

3차→ 꿈을 꾸면서 살아가는 인생과 꿈이 없는 인생을 살아왔던 지난날 들에 반추해보았을 때, 진정 꿈을 꾸고, 그것을 이루며, 수정하며, 갇혀 있던 세계에서 깨어 나와 다른 영역과 조화되었을 때 성장하 였지. 고집스레 한 가지 것을 고집하기보다는 유연하게 포용하는 거야. 어쩌면… 영원히 어른이 되지 못한 채 육체의 나이만 늙어갈 수도 있겠지만.

이렇게 책을 읽다가 문장이 마음속에 확-꽃히는 순간을 잡아 3차 되묻기 반추를 해보자. 이렇게 받은 아포리즘을 소화시킴이 사고의 영 역을 확장시키는 훈련이다. 『데미안』과 같은 성장소설 속에서 당신이 주인공인 싱클레어가 되어도 좋고, 데미안이 되거나, 에바 부인이 되거 나, 혹은 소설 속에는 큰 존재감이 없지만 전체를 바라보는 아버지나 어머니의 역할에 빠져보자. 마음속에서는 '나라면?'이라는 의문과 함 께 시간이 오래 걸리더라도 천천히 곱씹는 몰입독서는 수백 권을 빠르 게 읽어치운 인스턴트 독서보다 백배는 낫다. 내 안에 '남는 문장'이라 도 있으니 되묻기 독서를 위해서는 『삼국지』『공자』『토지』『논어』『플 라톤』『소크라테스』처럼 깊게 찬찬히 읽을 수 있는 책을 권한다.

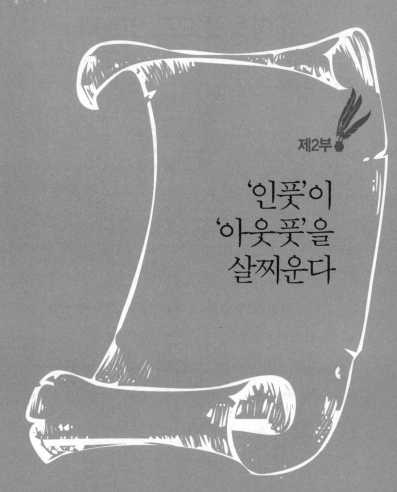

제2부

'인풋'이
'아웃풋'을
살찌운다

1
진심이 '인풋'을
'아웃풋'으로 잇는다

　하루 열네 시간을 꼬박 컴퓨터 앞에 앉아 있었건만 단 한 줄의 글도 건지지 못하던 날 밤, 뻣뻣하게 굳어버린 뒷목과 손목의 통증에 쉬이 잠이 들지 못하던 날 밤, 불현듯 고궁이 보고 싶어졌다.

　신경숙의 장편소설 『어디선가 나를 찾는 전화벨이 울리고』에서 정윤이 도시에 발붙이기 위해 걷고 걷다, 경복궁을 발견하고 느꼈다는 희열의 마음이 내게로 온 것이다. 소리 없이 그 자리를 지키고 있는 고궁을 만난다면 뭔가 답을 찾을 수 있을 것만 같은 기분이 들었다. 날이 밝고 서둘러 아침을 먹고 지하철 3호선을 타고 경복궁으로 향했다.

　사흘을 내리 비가 쏟아지더니 하늘도 지쳤는지 보슬비만 흩날리는 잿빛 날이었다. 한 장의 큰 판석을 통과하면 만수무강과 불로장생을 얻는다는 창덕궁의 불로문을 모방하여 제작한 작은 불로문을 통과해 경복궁에 발길을 내딛는다. 5번 출구 앞에 위로 올라가 그토록 삼청동 길을 지나다녔으면서도 들어갈 엄두를 내지 않았던 국립고궁박물관에 들어섰다. 찬란히 빛나던 500년 조선왕실의 역사와 문화를 찬찬히 살펴보다 문학가로 알려진 세종과 정조대왕 외에도 당대 최고의 학문가이자 서예가는 임금들이었다는 기록을 발견한다. 이들은 국가의 흥망성쇠와 존폐를 결정짓는 통치권자이니만큼 세자 시절부터 아침, 점심, 저녁시간을 넘어 자율학습시간까지도 학문에 열중하며 후계자 수업을 받았다. 왕위를 이어받은 이후에도 왕실에서 시를 짓고 각종 학문에 열중하였을 것이다. 왕을 보필하는 왕비 또한 이러한 수업을 받아 덕성과 지혜를 갖춘 여인으로 왕실에 들여졌다.

왕비는 회임을 하게 되면 고전을 읽고 음악을 들으며 태교를 하였다. 나라의 리더인 왕이 되려면 모태에서부터 리더로 훈련받는 것이다. 고려 왕조의 한계를 극복하고 태조 이성계에 의해 조선이 건설되었으며 초기의 학문은 선진사상인 성리학을 받아들였다. 이후 4대손인 세종에 의해 현재 우리가 사용하는 한글이 창제되었다는 사실을 모르는 국민은 거의 없을 것이라 본다.

조선왕조의 리더교육 덕분이었을까. 세종은 취미는 공부요, 특기는 독서였을 정도로 높은 학구열을 지녔다. 덕분에 그는 빠르고 영민한 판단력을 지녔으며 이지적이고 실리주의적인 성향을 지녔다. 즉위

1년 만인 1419년에 벌인 대마도 정벌이나 1420년 궁중에 집현전을 설치함으로써 조선 문화를 꽃 피우는데 박차를 가하기 시작하는 과단성 있는 결단력을 발휘하기도 했다.

나라의 근본인 백성이 튼튼해야 나라가 편안하다는 민본정책을 펼쳤던 세종의 업적은 튼실한 학문을 기초로 다방면에서 발전을 기록한다. 화폐주조, 편경제작, 농사직설 편찬, 천체관측기구 혼천의 제작, 물시계 자격루 제작, 천문도 천상열차분야지도 석각본 제작, 국악의 기초 확립, 금속활자 갑인자 제작, 삼강행실도 간행, 해시계 앙구일보 제작, 천체관측기구 일성정시의 제작 등. 세종은 이를 거쳐 오랜 숙원이었던 백성을 일깨울 훈민정음을 1443년, 즉위 25년 만에 창제한다.

나라의 근본인 백성들이 읽기 쉽고, 쓰기 쉬운 글을 만들어야 한다는 굳은 그의 일념이 빛을 발하는 순간이었지만 익숙하지 않은 문자가 처음부터 환영받을 리가 없었다. 평소 과학, 음악, 서화 등 분야를 막론하며 다방면에 정통하였던 세종은 편경의 소리만 듣고도 음이 틀린 것을 한 번에 알아맞힐 수 있는 절대음감의 소유자였다. 그는 거부감 없이 자연스레 백성에게 글이 녹아들 방편으로 음악을 활용한다. 우리말 노래를 먼저 만들고 그에 대한 한역시를 뒤에 붙인 한글로 만든 최초의 책인 『용비어천가』를 지었다. 권력을 이용해 무조건적인 압력으로 받아들이게 만들지 않고, 당위성을 입증하기 위해 노래를 통해 자연스레 백성들의 정서에 녹아들게 만들었다. 또한 조선왕조 건제의 당위성을 널리 퍼뜨림에도 『용비어천가』의 목적이 있다. 그는 『용비어천가』를 지어 체계를 다듬고 자연스레 다가설 때쯤인 1446년에 훈민정음 해례본을 배포하며 정식으로 발표한다.

세종은 이후 『석보상절』 『월인천강지곡』 『몽유도원도 그림』 『동국정운』 등 6권을 편찬하고, 로켓화기 신기전 제작, 병기 기술서 총통 등록 편찬 등 화려한 업적을 뒤로 하고 1450년 승하한다.

학자들을 아끼며 학문을 좋아하고, 토론을 즐기며 남의 말을 경청할 줄 알았던 리더인 세종대왕이 있었기에 오늘날 우리는 '한글'이라는 유네스코문화유산에 등록된 우리만의 글을 가질 수 있게 된 것이다. 한글의 우수성은 날로 입증되어 '찌아찌아족'에서는 공식문자로 채택되었으며, 우즈벡 등에서도 사랑받고 있다. 이 정도로 대단한 학문인데, 한글로 된 글을 읽고 쓰는 당신은 우리글에 대한 자부심을 어찌 충분히 가지지 않을 수 있겠는가.

나라를 통치하는 가운데 백성을 사랑하고 아꼈던 세종의 방대한 업적 뒤에는 '진심'이 찬란하게 숨 쉬고 있다. 세종이 글을 읽고 학문을 연구하는 모든 목적 뒤에도 '진심'으로 나라의 장래를 책임지려는 마음이 담겨 있었다.

늘 안타까운 점은 오늘날의 우리는 나라의 통치자가 좋은 일을 행하면 당연함이라 치부하며 코웃음을 치고, 흠을 보이면 그럴 줄 알았다며 잡아먹을 듯이 비난을 한다. 부당한 리더도 있는가 하면 진심을 다하는 리더도 있건만 역대 대통령 중에 재임기간 동안 사랑을 받는 이가 있었던가? 미국의 대통령은 성추문을 일으키고도 사과문으로 당당히 복귀하고 그의 아내마저 국무장관으로 사랑받는다. 프랑스 대통령은 재임기간 중 이혼을 하고 곧바로 재혼을 하며, 영부인은 가수 본연의 활동을 살려 음반을 발표한다. 그럼에도 국민들은 그가 제대로 일을 하고 있다면 지지율을 떨어뜨리지 않는다.

물론 국민과 정치인이 서로 불신하는 배경은 제대로 이행되지 않는 공약들과 사랑과 믿음으로 꾸준히 지지하지 않은 대립에 있기도 하다. 하지만 세종대왕과 같은 시대의 르네상스를 일으킬 리더를 기대하며 언론플레이에 휘말리지 않기를 바란다. 그들이 일으키는 부정부패를 무조건적으로 용납하자는 것이 아니라 정치인들은 적당한 허풍으로 실현 가능한 공약을 내걸고 국민들은 눈에 보이는 가시적인 성과에 연연치 않고 믿어준다면 어떨까?

"나의 백성은 손이 있어도 글을 쓰지 못하고 눈이 있어도 글을 읽지 못한다. 어리석은 백성들을 위해 조선엔 우리의 말에 맞는 새로운 문자가 필요하다."_세종

재임 후 무려 32년 동안이나 나라를 통치하며 찬란한 문화적 르네상스를 일으킨 세종대왕처럼 '진심'으로 민본을 일으키는 리더가 다시 나와야 하지 않겠는가. 기다려주고 믿어주는 쪽이 조금 더 성숙한 이가 아닌가. 박물관에 들어설 때까지만 해도 인왕산 자락에 안개가 뿌옇게 드리워져 있더니 몇 시간 만에 안개가 걷히고 경복궁은 조용히 위엄을 드러낸다.

관광객 무리 중 경복궁을 배경으로, 가이드는 구로동에서 온 십여 명의 주한외국인들과 함께 사진을 찍는다. 자청해서 사진사가 되어, 가이드에게 카메라를 받아들고 한국이라는 나라에 기대감도 없어 보이는 지친 표정의 그들에게 소리친다.

"좀 웃으시고, 브이 해보세요!"

그제야 웃으며 일제히 브이를 따라 하며 이를 보이며 환히 웃는다. 아…저렇게 해맑게 웃을 줄 아는 이들이었구나. 깡마르고 남루한 옷차림의 그들을 보며, 모두가 살기 좋은 세상을 만들고 싶다는 나의 '진심'이 스멀스멀 올라온다. 시대와 역사를 등에 업고 가는 사람이 아니라 가슴에 안고 가는 이가 되리라.

책속에 내 마음을 풍덩 빠뜨려라

비 갠 뒤 산책하고 싶을 때

신경숙의 장편소설 『어디선가 나를 찾는 전화벨이 울리고』 속의 정윤이 그랬듯, 언제부턴가 나는 궁궐의 매력에 빠져 도시를 걷게 되었다. 왕으로서, 왕비로서, 세자로서, 왕족으로서 궁궐 속에서 갇혀 살며 궁궐 밖 세상을 궁금해 하며 주어진 역할에 충실했던 그들의 이야기에 관심이 새로이 갔다.

유년시절에 내가 가장 좋아했던 책은 제목까지 생생한 20여권이 넘는 『이야기 한국사』였다. 빨간색 하드커버 표지를 넘기면 풀 칼라의 그림과 글이 함께 적혀 있어, 의미도 모르고 내내 그 책을 붙들고 살았던 기억이 난다.(이사를 하며 버려진 그 책을 궁궐처럼 다시 복원할 수 있다면 좋겠다.)

그때 읽었던 사도세자 이야기를 『쏭내관의 재미있는 궁궐기행』을 통해 다시 읽는다. 정치적 소용돌이에 희생양이었던 그가 안타깝다. 어릴 때부터 평범하지 않았던 사도세자는 3살에 『효경』을 외우고 7살 때 『동몽선습』을 끝내고 10살 때 소론이 주도한 '신임옥사'라는 사건을 비판했다는 일화가 있을 만큼 똑똑한 인물이었다. 그러나 세자가 똑똑할수록 이를 음해하려는 세력이 많은지라, 현재의 여당과 야당 같은 관계였던 소론과 노론 중 노론의 음모로 인해 영조대왕은 사도세자를 뒤주에 가두어 죽이고 만다.

훗날 영조대왕의 손자인 정조대왕에게 왕위를 물려주려고 하자(사도세자의 아들) 노론은 거센 반발을 했다. 하지만 정조대왕은 25세의 나이로 즉위를 하고 조선의 22대 임금이 되어 개혁을 감행하며 빛나는 업적을 남겼다.(조선의 왕들 중, 세종과 정조의 업적은 길이 남을 만하다.) 정조는 아버지 사도세자의 능이 있는 수원으로 자주 능행을 하였는데, 여기에는 민심을 직접 파악하고 왕권을 강화하려는 뜻이 있었다.

화려할 것 같은 왕가의 일상은 실로 '공부'와 '업무'의 연속이다. 후계자인 세자는 '동궁전'에서 아침 문안인사를 시작으로 성군이 되기 위해 아침 먹고 공부, 점심 먹고 공부, 저녁 먹고 공부, 잠자리 들기 전 다시 문안인사 등의 빡빡한 스케줄을 소화하며 왕으로 길러졌다. 참고 또 참아야 하는 세월을 지나 임금이 되었다.

『우리 궁궐산책』에서는 임금의 하루 일정을 기재하고 있다. 기상(해 뜨기 이전)-웃어른께 문안인사-경연(해 뜰 무렵)-아침-조회-조계(업무보고)-점심-주강-관료 접견, 민원업무-야간숙직 관료 확인-석

강-야간집무-문안인사 등이 그것이다. 이처럼 왕들은 세자 때보다 배가 넘는 일정을 소화했다. 조선왕들이 단명한 가장 큰 이유는 과중한 업무량과 운동부족 등 철저한 워커홀릭형 군주들이었기 때문이다.

"임금은 덕으로 나라를 다스리고, 하늘을 이고 땅을 딛고 사는 사람들은 배불리 평화롭게 사는, 덕과 의가 지켜지는 그런 새로운 왕조를 준비하는 창업자들에 의해 조선의 정궁 경복궁은 지어졌다. 예와 의와 덕이 조화롭게 지어진 경복궁은 조선예술의 결정체이자 온 백성들의 꿈이다. 그것이 조선이고 그것이 경복궁이다." _『우리 궁궐산책』

조선의 건국과 함께 탄생한 '경복궁'은 태조대왕 4년에 '새로운 시대, 새로운 수도가 만들어지고 궁궐 또한 생겼으니 이곳 한양이 영원히 복을 받길 바란다'는 뜻에서 '경복'이라는 이름으로 지어졌다. 이후 임진왜란과 일제 침략기를 거치며 치욕과 아픔의 역사를 고스란히 안고 부서진 경복궁은 현재도 재건공사가 진행 중이다. 경복궁의 해태, 백호, 봉황과 아름다운 서까래, 주춧돌 하나에도 우리가 살고 있는 이 땅의 깊은 역사가 살아 숨 쉬고 있다.

조선의 마지막 황후셨던 순정효황후 윤 씨께서는 1910년 국권이 피탈될 때 어전회의 진행을 병풍 뒤에 숨어 엿듣고 있다가 친일파들이 순종에게 합방조약을 강요하자 치마 속에 옥새를 감추고 내놓지 않으셨던 인물이다. 조선의 마지막 황후로 낙선재에서 사시다, 한국전쟁 당시 북한의 인민군이 쳐들어올 때에도 피난은커녕 인민군들에게 '네 이놈들, 이곳이 어떤 곳인지 모르더냐? 이곳이 이 나라의 어미가 사는 집이니라. 당장 나가지 못할까?' 호통을 치며 서슬 퍼렇게 자존심을 지켜내셨다. '낙선재'에 가보아야겠다. 흐트러졌을지도 모를 마음을, 정갈히 하고 숭고한 그곳에서 다시 '진심'과 '열정'을 다져볼 것이다.

─ 2 ─
내가 **나를 바꾸고**
세상을 바꾸는 주도자

  수소처럼 단순한 한 개의 핵과 오직 한 쌍의 전자를 가진 원자도 복잡한 스펙트럼을 가지고 있으며, 수소 같은 원자의 방출 스펙트럼은 피아노나 오르간과 유사하다는 화두가 제시되고 있었다. 그를 풀려고 도전한 이가 독일의 물리학자 막스플랑크였다. 그는 원자 속 전자의 궤도를 마치 진동하는 현처럼 전자가 정상파처럼 행동할 때만 궤도의 진동에너지가 보존된다는 것을 발견했다. 그리고 '정상파'를 바탕으로 유차하여 현지 진동할 때 모든 에너지는 그 파절(진동체의 정지점)에 있다는 양자화를 발견했다. 그는 계산을 해나가며 양자화된 다발들이 원자 스펙트럼의 선 하나하나로 표시되는 에너지양과 많은 부분 일치한다는 개별원자의 '화음적' 특성을 알아냈다. 이것이 양자론의 기원이다.

아인슈타인은 이 양자론을 '사고의 영역에서 보여줄 수 있는 음악성의 최고형태'라 찬사하며 음악성과 과학성의 연관성을 인정했다. 아인슈타인은 이를 바탕으로 양자론에서 통찰을 얻어 광파(빛의 파동)가 어떻게 해서 현재 '광자'로 불리는 입자처럼 움직이는지를 설명하며 1992년에 노벨상을 받았다. 그는 '음악과 과학 사이의 유사성'이라는 기존에 있던 의문을 창조적인 사고력으로 연구를 거듭한 끝에 얻은 통찰로 인해 각 광자 한 다발에 들어있는 에너지양인 양자는 광파의 함수이거나 광선의 색채임을 밝혀냈다. 과거에도 그랬고, 현재에도 그렇고, 미래에도 여전히 창조적 산물의 배경에는 시대를 먼저 읽어가며 리드해 나가는 민첩함과 흡수성으로 인해 진화된다.

세기에 걸친 노력으로 비밀을 밝혀준 덕분에 이제 과학기술은 로켓을 쌓아올리거나 미래첨단열차를 만드는 대규모의 미래지향적 가치를 추구하기보다 인간생활에 편리하게 다가서며 혁신시킬만한 가치를 찾고 있다.

과학기술과 문화예술과 인문사회간의 정보교류와 공유를 통한 크로스오버가 어느 때보다 활발하다. 콘텐츠 미디어의 발달로 영화계에도 3D바람이 불었고, 예술계에서는 애플의 MP3플레이어인 아이팟을 들고 무대 위에 올라가 꽹과리, 징, 북 등의 디지털 타악기로 연주를 하기도 한다. 유투브(Youtube)라는 동영상전문사이트로 인해 자신을 PR하고 기획사의 도움 없이 스타가 되기도 한다.

전자책의 발달 또한 문화기술CT의 발달로 이루어진 성과이다. CT

의 가장 고무적인 성과는 블랙베리와 아이폰의 국내 도입으로 인한 스마트폰의 활성화라 할 수 있다. 아이폰에서 사용되는 메뉴인 어플리케이션은 사용자들이 자유롭게 등록하여 다운받을 수 있도록 창을 열어두어 창업자들에게는 아이디어만으로 승부를 걸 수 있는 기회를 주었다. 벤처열풍 이후 침체되어 있던 IT업체들에게 새로운 사업모델로 승부를 볼 수 있는 장을 열어준 것이다.

스마트폰의 활성화는 소비와 생산의 일반적 메커니즘을 따르지 않고 자유롭게 양방향으로 소통할 수 있는 소셜미디어(SNS)의 전문화 및 활성화에도 기여했다.

첫 책이 출간되었을 때 무턱대고 구독율이 높은 블로거인 '혜민 아빠'에게 나를 인터뷰해 달라는 이메일을 보낸 것으로 시작된 인연인 홍순성 대표. 그는 좋아하는 분야에 푹 빠져 있다 보니 민첩하게 트렌드를 읽어 흡수한 CT의 수혜자이자 리더이다. 그는 남편이자 혜민이라는 열한 살짜리 딸을 둔 아빠이며 소셜미디어 디자이너이자 휴먼다큐멘터리 블로거이다.

홍순성 대표는 현재는 저자이자 강연가이고 블로거이지만 과거에는 회사에 소속된 엔지니어였다. 치열한 사회생활 속에서 처음부터 독서가는 아니었다. 한 달에 2~3권 정도의 책을 읽는 것이 전부였고, 업무를 위해 화이트페이퍼 같은 문서만 읽던 이였다. 결혼 이후 아이가 태어났고 변화가 필요하다는 갈급함에 '하버드 비즈니스' 같은 책을 읽기 시작하며 삼십대 이후부터 늦은 독서를 시작했고 우연히 참여한 북세미나가 그를 리더로 변화시키는 시발점이 되었다.

세미나장에서 '일 년에 책을 100권 이상 읽는 사람은 손을 들어보세요'라고 강연가가 말하자 10여 명 가량이 손을 들었다. '그럼 일 년에 200권 이상 읽는 사람은 손을 들어보세요'라고 말하자 서너 명이 손을 들었고, 200권 이상 읽는 사람을 묻는 질문에도 두어 명이 손을 들었다.

'아, 사람이 일 년에 책을 180권 이상 읽는 게 가능하구나!'

나보다 책을 많이 읽는 사람들이 있다는 것은 살면서 지인이나 언론을 통해 충분히 느낀다. 그로 인해 홍 대표처럼 자극은 쉽게 받을 수 있지만 변화를 도모하는 사람이냐, 변화에 끌려가는 사람이냐, 그 차이점은 '행동'을 취함에 있다.

홍 대표는 그날의 자극 이후 바로 책을 읽기 시작했고, 그 후 연간 180여 권이나 읽는 독서가가 되었다. 2005년 8월부터는 책에서 읽은 내용을 메모하기 위한 용도로 블로거를 운영하기 시작한다. 처음에는 단순히 책에서 얻은 아포리즘을 메모만 하는 정도였으나, 자신의 생각을 넣기 시작했다. 그 후 1년 정도가 지나자 저자를 만나야겠다는 생각이 들었고, 저자를 만나고 인터뷰를 시작했다. 틀에 박힌 채로 평생을 살기보다는 개방적이고 스스로 할 수 있는 무언가를 찾기 위해서 프리랜서 활동을 병행하며 소셜미디어로 본격적인 활동을 시작한다.

책을 읽고, 저자를 인터뷰하며 그는 '글을 읽는 법'을 배워나갔다.

책에서 표현한 텍스트들과 저자가 인터뷰에서 직접 표현하는 내용은 많은 차이가 난다. 주어와 서술어를 맞추어 기술해야 하듯이, 인터뷰를 하며 그 내용을 써내려가며 개념정리를 하였다. 이 과정을 통해서 이전에 책을 읽을 때와 달리 집중도가 생기고 하나의 주제에 대한 꼭지를 확실히 씹어 먹기가 가능해졌다.

두 번째 책을 들고 홍 대표와 인터뷰를 하러 만남을 가졌을 때, 그는 내게 트위터(twiter.com)라는 생소한 웹사이트로 인터뷰를 하자고 제안해왔다. 뭔지는 모르겠지만 첫 시도라는 혁신적임에 이끌려 노트북을 들고 홍 대표와 만났다. 그리하여 @hongss라는 그를 친구로 등록한 팔로워들과 실시간으로 질문을 주고받으며 저자 인터뷰를 진행했다. 당시에는 스마트폰이 한국에 상용화되기 전이었다. 홍 대표는 아이폰이 국내에 들어오고 스마트폰이 상용화된다면 트위터가 가지는 영향력은 언론을 넘어설 것이라고 예견하며 적극 트위터 활동을 권유하였다.

트위터는 영어로 '(새가)지저귐'이라는 뜻이다. 140자라는 텍스트 안에 자신이 하고 싶은 이야기로 소통하는 공간이다. 트위터는 공동창업자인 에반윌리엄스(Evan Williams)가 친구들이 뭘 하고 있는지 궁금해서 단문메시지를 주고받을 수 있는 프로그램을 만들게 된 것이 시초이다. 트위터의 장점은 다양한 세계 속 사람들이 격의 없이 의견을 나누고 소통하며 파급력이 빠르다는 점이다. 한사람의 트위터를 정기적으로 구독하기 위해서는 그저 'follow' 버튼 하나만 누르면 가능해진다. 과연 자유민주주의가 맞는 것인지 의아스러울 정도로 진실이 유기당한 시대에 통제를 벗어나 눈치 보지 않고 마음껏 정보를 공유하며 자유로운 목소리를 낼 수 있다는 것, 그 자체만으로도 매력적인 소통수단이다.

디지털에 무지했던 나를 트위터에 입문시키며 트윗인터뷰 및 방송으로 변화를 선도하는 실험을 펼쳤던 홍 대표는 마침내 『트위터 200% 활용, 7일 만에 끝내기』를 출간하며 저자가 되었다. 1년 전만 해도-남자들이 수다에 대한 욕구가 이리도 엄청나구나를 느낄 만큼 한국의 트위터는 발 빠른 IT개발자들의 수다의 장일 때-아이폰이 국내에 도입될 것이라는 변화를 예견하고 준비해온 결과물이었다.

홍 대표의 관망처럼 아이폰이 국내에 도입되자 트위터 유저는 확산되었고 실시간으로 의견을 표출하고 자신의 위치나 정보 등을 알릴 수 있게 되었다. 사진이나 동영상 전송을 통해 사건현장을 알리기도 한다. 트위터에는 신문이나 TV, 인터넷 등에 올라오는 뉴스와 정보가 소개되고, 사람들의 다양한 의견, 경험, 관점을 공유하고 소통할 수 있다. 여기에 실시간으로 세상 돌아가는 정보를 얻을 수 있다는 점에 대중들은 빠져들고 있고 인간관계 형성의 벽을 허물고 진화되고 있다.

나도 트위터를 통해 독자들과 대중들과 소통하며 시를 짓거나, 일상적인 이야기를 하거나, 정보를 교류한다. '철학이 밥 먹여준다'는 광경을 목도하고 있다. 소통의 시대이다. 앙드레 지드의 『좁은문』을 깨고 나오려면 변화에 질질 끌려가는 사람이 아니라 혁신적으로 변화를 주도하는 사람이 되어야 한다.

홍순성 대표는 리더는 어딘가를 향해 스스로 가는 모습을 보여주는 사람이라고 생각하며 '이렇게 흘러가는 사람도 있다'라는 모델링을 보여주는 표본인 삶을 살고 있다. 수학자나 과학자 물리학자만이 개혁의 선두에서 세상을 바꾸지 않는다. 자유로운 소통이 가능해진 시대에, 바로 내가 세상을 바꾸는 주도자이다.

그림을 '듣고' 음악을 '보아라'

생각의 틀을 깨고 싶을 때

소셜네트워크가 미치는 영향력은 과연 어느 정도일까? 영국 서머 싯학교에서는 자녀의 비만을 걱정하는 부모를 위해 학교 점심메뉴를 트위터에서 받아볼 수 있도록 사이트를 개설, 1개월 간 무려 600만 명이 트위터를 이용하는 등 폭발적인 인기를 끌고 있다고 한다.

미국의 버락 오바마 대통령(@BarackObama)은 역사에 남을 의료보험개혁안의 국회통과를 위해 그의 트위터에 지지 글을 올렸으며, 순식간에 240명(followers)에게 퍼져 리트윗(재개시글 RT)을 통해 수천만 명에게 노출됐다. 이는 미국 정부가 소셜미디어 활용을 통해 시민과 함께 개혁을 이끌어낸 의미 있는 일이라 평가받는다.

소셜네트워크는 소크라테스가 아테네광장에서 새벽녘까지 시민들과 정의와 진리에 대해 토론했던 장을 IT로 옮겨온 곳이다. 누구나 자유롭게 자신의 의견을 표출할 수 있고 진리와 이치와 이슈를 토론한다. 다만 바라는 것은-소크라테스가 철학을 한다는 이유로 독잔을 마시고 죽음을 당한 것처럼-언젠가 IT아테네광장에 보이지 않는 힘으로 규제와 탄압이 가해지는 것이다.

소셜네트워크인 트위터의 힘은 2010지방선거에서 선거문화를 바꾸어 놓을 정도로 영향력을 발휘했다. 지방선거일인 6월 2일 오전까지만 해도 선거율이 저조했으나 트위터나 문자메시지를 통해 투표를 독려함으로써 15년 만에 사상 최고의 투표율을 기록하며 언론리서치의 예상치를 완전히 뒤집었다. 잠자고 있던 20대의 투표율을 끌어내며 트위터를 통해 투표인증사진과 인증메시지를 배포하여 딱딱한 선거가 아닌 '페스티발' 분위기를 주도하는데 일조한 것이다.

바람직한 현상이다. 뒷짐 지고 쳐다보며 탓만 하는 바보가 아닌, 참여하며 만들어가는 나라를 만드는 젊음들의 움직임. 시대를 탓하며 방관하는 것은 젊음에 대한 유린이다. 젊음의 유린을 피하기 위해 진보하는 IT가 진보하는 젊음을 선동하고 있다. 『논어』의 학이 편에서는 '學而不思則罔(학이불사즉망) '思而不學則殆(사이불학즉태)라고 했다. 뜻인 즉 배우기만 하고 생각하지 않으면 어리석어지고, 생각하기만 하고 배우지 않으면 위태로워진다는 말이다.

생각의 사고를 확장하는 훈련을 통해 다듬어지고 깨어져야 '창조'로 나타난다. 배움을 통한 지식과 생각을 통한 창조적 사고의 산물은 의도한다고 나오는 것이 아니다. 로버트 루트번스타인과 미셸 루트번스타인이 저술한 『생각의 탄생』에서는 지식과 창조적 사고를 통합하여 인류에게 나타났던 창조적 산물에 대해 이야기한다. '무엇'을 생각하느냐 보다 '어떻게' 생각하느냐에 따라 관념의 단계가 현실의 단계로 나아가게 도와준다.

세기의 천재 아인슈타인도 실은 수학적 능력이 떨어져 동료에게 어려움을 호소했다는 사례에 큭큭, 웃었다. 우리가 위인이라 알고 있는 이들의 위대한 업적 너머에 숨겨져 있는 인간적인 면모를 이렇게 발견할 때마다 동질감과 더불어 안도감을 느낀다. '아, 그들도 완벽한 인간은 아니었구나!'라며 내게 있는 유약한 점에 대해 너그러워진다. 『생각의 탄생』에서는 천재와 일반인의 차이란 타고난 재능이나 노력이 아닌, 남과 다른 독특한 '창조적 사고'를 기르는데 있음을 주장한다. 예를 들어 그림을 '듣고' 음악을 '보며' 방정식을 '느끼며' 연구 세포와 '일체'된다. 대부분의 수학자나 과학자들은 공식을 먼저 발견하는 것이 아니라 이론을 정립한 후에 그것을 현실적으로 뒷받침해줄 가설을 성립하기 위해 공식을 찾기 시작한다. 서론에서 언급한 양자론의 시초, 양자의 발견 역시 그런 예이다.

창조적 사고가 바로 자산이다.

자수성가형 백만장자로서 최연소인 페이스북(facebook.com)의 공동 창업자인 마크 주커버그 역시 프로그래밍과 게임과 음악을 취미로 즐기는 평범한 청년이었다. 그는 2004년 하버드대에 진학한 후 학교 학생들의 정보교류와 친목도모를 위해 사진과 글을 올리고 친구를 찾을 수 있는 사이트인 페이스북을 취미 삼아 만들었는데 뜻밖의 열풍으로 인한 사업성공으로 이어져 차세대 스티브잡스라 불리는 젊은 IT리더가 되었다.

고로, 당신에게 먼 이야기가 아니라는 말이다. 창조적 산물을 탄생시키는 이들은 기존의 관념에 얽매이지 않고 좋아하는 일에 푹 빠져서 그것과 혼연일체가 되었다는 『생각의 탄생』을 정독하고 나니, 신비를 글로 풀어내는 과학자가 되고 싶어졌다. (엉뚱하다고 생각하는가? 누가 아는가? 어쩌면 가능한 일일지.)

── 3 ──
남성과 여성이
샌드위치 된 양성형 인간

챗바퀴 굴러가듯 똑같은 일상 속 지루함에 몸서리쳐질 때쯤, 책에서 얻는 자극과 다른 형태의 자극을 느끼고 싶어 평소 관심 있던 분야의 자격증 시험을 신청했다. 당장은 생뚱맞을 정도로 필요 없지만, 거시적으로 봤을 때 필요할 것이라 믿었다. 열린 포부로 자격증 시험을 신청해놓고도 다른 일들에 밀려 까맣게 잊고 있다, 시험 일주일 전에 달력에 표시된 날짜를 보고 그제야 책을 펼치며 공부를 시작했다. 도통 생소한 내용의 글자들만이 머리를 어지럽혔다. 그런데 생각을 바꾸어보니 내가 읽는 책들도 매번 생소한 내용들이었다. 그저 마음을 비우고 글에 집중하다보면 알아가는 것이니, 문제집도 책이라 생각하고 읽어 내려가면 되겠구나, 싶어 암기보다는 책을 읽듯 이해를 하려고 노력했다.

시험 전날, 가족모임이 있던 터라 식구들과 도란도란 저녁을 먹고 나서야 문제가 적혀 있는 책을 읽을 수 있었고, 새벽 한시쯤엔가 잠이 들었다. 유난히도 날씨가 좋았던 시험 당일, 옅은 긴장감과 흥분을 동반한 설렘마저 감돈다. 인근 지역의 중학교로 배정된 시험장에는 비장한 각오로 문제집을 잡아먹을 기세로 집중하는 수험생도 있고, 시험시간이 다 되어서야 겨우 들어와 대충 찍을 태세로 편안히 시험에 임하는 수험생도 있다. 각기 다른 목적을 지닌 이들이 시험장에서 풍기는 열정을 느끼며 문제풀기에 집중하다보니 아드레날린이 솟구치며 내 안의 잠든 열정이 기지개를 편다.

시험을 끝내고 뻣뻣해진 뒷목을 주무르며(뒷목이 유들유들해졌으면 좋겠다) 계단을 내려서다, 게시판에서 멈추어 섰다. 남자 혹은 여자라는 성에 고정된 역할에 대한 관념을 허물어 남성과 여성이라는 이유로 차별받지 않고 평등하게 대우받음에 관한 내용이 한 벽면의 게시판을 가득 채우고 있다.

사회적으로 양성평등이라는 주장을 하지 않을 만큼 자유로운 인식체제가 성립되기를 바라온 터다. 남성은 생계유지, 여성은 자녀양육과 가사활동을 전담하는 사람이라는 사고방식을 벗어나 개인마다 차이가 있다는 것을 인정하며 저마다의 기질, 성격, 본인의 능력에 따라 행동할 수 있는 자유를 주어야 하는 것이다. '남자는 울면 안 돼'라던가 '여자가 그래서야 되겠어?'라는 틀을 중학교 시절부터 깨주려는 학교 당국의 노력이 신선했다. 유독 눈길을 끄는 게시물은

「양성평등 10계명」이었다. 내용을 요약하면 10가지이다.

1. 우리는 모두 소중한 사람들이므로 남녀 모두 연령과 직급을 떠나 서로 존댓말을 씁시다.
2. 싹싹하고 부드러운 남자, 씩씩하고 건강한 여성이 새로운 경쟁력이므로 '여자답게, 남자답게'라는 말을 쓰지 맙시다.
3. 직장에서의 일은 남자일, 여자일이 아니라 적성과 능력에 따라 나누도록 합시다.
4. 회식시간과 방법을 결정할 때 의견을 존중해 즐거운 회식문화를 만듭니다.
5. 임신과 출산을 사회적 기여로 인정해 임신, 출산한 동료를 가족의 입장에서 생각합니다.
6. 집안에서 일어나는 일을 아이와도 의논하며 집안일을 함께 하고 함께 쉽니다.
7. 자녀의 모델은 부모이므로 학부모 모임은 부부가 같이 참석하거나 번갈아 참석하며 자녀를 부모가 함께 기릅니다.
8. 결혼 후 모은 재산은 부부 공동명의로 하며 상속에 아들과 딸을 구별하지 맙시다.
9. 시댁과 처가의 경조사 및 인사는 평등하게 대우 해 드립니다.
10. 제사나 명절은 함께 참여하며 남녀노소가 참여하는 명절, 제사문화를 만듭니다.

위의 「양성평등 10계명」은 개인의 능력이 인정받을 수 있는 기회가 늘어나면서 사회는 '남녀평등'이 아닌 '양성평등'을 10대 시절부터 교육하고 있는 현장이다.

우리 사회는 시대적 환경에 따라 모계사회와 부계사회의 형태를 반복하며 진화되어왔다. 우리나라는 조선시대 때부터 왕권강화를 위한 틀을 형성함이 계승되어 유독 가부장적인 사상이 강한 나라라, 이전에는 여성 인권신장을 위해 '남녀평등'을 주장하는 일례들이 많았다. 현재는 성역의 투쟁보다는 여성스러운 남성도 인정하며 성역할을 구분 짓지 말자는 '양성평등'의 실현을 구현하는 과정이다.

이념뿐만 아니라 여성적이라 평가받던 영역에 남자들이 진출했다. 양성이 조화롭게 믹스된 그들의 감각은 메트로섹슈얼적 분위기를 창출하며 눈이 부시게 아름답다. IT산업처럼 냉철한 두뇌와 트렌드를 읽어내는 능력이 소요되는 직종뿐만 아니라 메이크업아티스트나 헤어디자이너, 요리사 등 다양한 분야에도 양성적인 성향을 지닌 이들이 승승장구하고 있다.

사실, 양성적인 사람들이 각광받는 시대는 비단 오늘날뿐만이 아니다. 일본의 도쿠가와 이에야스가 추구하던 인간경영은 여성의 성향이라 꼽히는 사람의 마음을 세심하게 읽음과 남성의 영역이라 꼽히는 과감함과 추진력이 결합된 능력이었다. 문화를 살펴보아도 미적인 아름다움을 추구하는 섬세함을 소유한 여성적 성향과 강경하고 끈질긴 의지력 등의 남성적 성향이 결합된 예술가들이 문화르네상스를 이룩하였다. 과거보다 쇠퇴하지 않을 바에야 양성적인 성향을 결합하는 이들이 사회를 주도하며 만들어가는 세태는 어쩌면 당연한 결과이다.

샌드위치는 부담 없이 먹을 수 있으며 간편하고 영양가 있는 식사를 할 수 있다는 점에서 현대인에게 각광 받는 음식이다. 샌드위치에는 여러 가지 재료가 들어간다. 양상추, 햄, 치즈, 참치, 양파, 토마토, 계란 등 '빵'이라는 틀 안에 제한 없이 원하는 재료를 쌓아 넣기만 하면 샌드위치가 된다. 그런데 이렇게 간단한 음식이 1,200원~12,000원까지 10배 이상의 가격 차이가 나기도 한다. 시각을 만족시키는 공간구성적인 요소의 차별화와 청각을 만족시키는 음악이라는 요소와 치킨, 새우 등 약간만 다른 재료를 추가하면 1이라는 가치의 샌드위치가 10이라는 가치의 샌드위치가 되는 것이다.

매번 같은 재료를 사용해 같은 샌드위치를 만들어내는 사람도 있고, 여러 실험을 통해 색다른 샌드위치를 만들어내는 사람도 있다. 사람의 인생도 샌드위치와 같다. 아직 아무것도 올리지 않은 무지의 '빵'에서 출발한다. 고집스레 평생 같은 재료를 고사하며 단조로운 맛의 샌드위치 인생을 사는 사람과 다양한 실행을 통해 색다른 조화를 이루어내며 살아가는 샌드위치 인생 중 당신은 어느 쪽인가? 지리멸렬한 그것을 그만! 먹으려 하지만, 샌드위치 안에 그간 먹어보지 않았던 새로운 종류의 치즈 한 장 올리기조차 겁내지 않는가?

질리지 않으면서도 맛있고 새로운 샌드위치를 맛보고 싶다면 여러 재료들을 배합하는 실험정신을 통해야 한다. 현재 자신이 아집으로 고집하고 있는 고정관념적인 성향을 타파해야 한다. 행여 남성적이다, 여성적이다, 그런 한계에 갇혀 팔리지도 않고 유통기한이 지나 외면당하는 샌드위치 같은 인생을 살고 있지는 않은가.

현재 우리시대는 부드러운 카리스마를 원하고 섬세한 결단력을 요구한다. 감각적인 하드웨어와 시대의 욕구를 읽는 재치 빠른 소프트웨어를 결합해 양성형 샌드위치 인간이 되길 바란다.

양성형 인간인 나는 '책'이라는 제한된 물체에 구애받지 않고 게시판에 적혀 있는 홍보물이나 길거리에서 흔히 볼 수 있는 한 장짜리 홍보물도 책이라고 생각한다. 지루함을 탈피하기 위해 신청한 자격증 시험장소에서 만난 게시판 책을 통해, 오늘 먹을 샌드위치의 재료가 교체되는 순간이다. 유통기한이 지난 팔리지 않는 샌드위치보다 줄서서 기다리는 잘 팔리는 샌드위치가 되자. 이런 성찰을 얻었으니, 시험의 합격여부와 무관히, 오늘의 도전은 대단한 횡재임에 틀림없다. 올레!(기분 좋으니까 이번에는 소리내어 웃으며!)

나는 여성성이 강한가? 남성성이 강한가?

개인적 성향을 파악해보자 … Gender-role identity

BEM의 성역할 검사-아래의 성격 특성이 나의 성격을 얼마나 잘 반영하고 있는가를 1부터 7까지의 척도를 써서 답해본다.

1) 전혀 나의 성격과 같지 않다.

2) 대체로 나의 성격과 같지 않다.

3) 때로는 나의 성격과 같다.

4) 가끔 나의 성격과 같다

5) 자주 나의 성격과 같다

6) 대체로 나의 성격과 같다

7) 언제나 거의 성격과 같다.

ex) 전혀 나의 성격과 같지 않다고 여기면—————— 1

문항	내용	점수체크	문항	내용	점수체크
1	자기소신을 지킨다		16	이해심이 많다	
2	변덕스럽다		17	터놓지 않고 숨긴다	
3	독립심이 강하다		18	인정스럽다	
4	양심적이다		19	상한 기분을 잘 달래준다	
5	다정하다		20	자부심이 강하다	
6	단호하다		21	지배적이다	
7	개성이 강하다		22	따뜻하다	
8	강경하다		23	자기 주장을 굽히지 않는다	
9	믿을만하다		24	상냥하다	
10	동정심이 강하다		25	공격적이다	
11	질투심이 많다		26	적응력이 있다	
12	지도력이 있다		27	아이들을 매우 좋아한다	
13	다른 사람의 필요에 민감하다		28	재치가 있다	
14	진실하다		29	부드럽다	
15	모험심이 강하다		30	관습적이다	

여성성 문항 : 2, 5, 8, 11, 16, 18, 22, 24, 27, 29(10문항)
남성성 문항 : 3, 6, 7, 8, 12, 15, 20, 21, 23, 25(10문항)

여성성 문항의 10문항 점수만 모두 더하여 10으로 나눈다.
남성성 문항의 10문항 점수만 모두 더하여 10으로 나눈다.

구분	점수
남성성	
여성성	

결과점수에서 여성성평균－남성평균을 구한다. 구한 값이×2.322를 한다.＝ 자신의 점수

1) 2.025이상 : 여성성
2) 1~2.025사이 : 여성성
3) -1~1사이 : 양성성
4) -2.025~ -1 사이 : 남성성
5) -2.025 이하 : 남성성

위의 검사에서 남자가 여성성이 강하게 나오거나, 여자가 남성성이 강하게 나온다고 해서 위배되는 것은 아니다. 상반되거나 모순되는 성향이 아니라 한 사람 안에서 발달환경에 의해 영향을 받기 때문에 둘 사이의 균형을 이루기 위해 알아본 검사이다. '나'라는 재료의 구성요소를 알아야 다른 재료의 첨가여부를 결정짓지 않겠는가.

• 결과점수는 번역된 자료에 따라 수치가 조금씩 다르게 표기되어 있기 때문에 어떤 자료에서는 성향평가 수치가 위의 항목과 차이가 있을 수 있음을 명시한다.

— 4 —
책이라는 '인풋' 통해
책이라는 '아웃풋'으로

"아, 바람에 '파동'이 느껴져."

해가 길어진 여름저녁, 신사동 가로수길 골목에 있는 레스토랑에서 가정의학과의사인 J원장이 (극구 실명 밝힘을 거부했기에 J라고 이니셜 처리) 바람이 불어오자 파동을 느끼며 말했다. 불어오는 바람뿐만 아니라 한강을 바라보더라도 물결의 파동이 먼저 계산된다는 J원장의 유년시절 애독서는 『수학백과사전』이었다. 『수학백과사전』하나만 있으면 시간 가는 줄도 모르고 즐거이 놀던 어린 수학자의 소양이 쌓여 오늘날 J원장을 만들어 놓은 결과가 흥미롭다. 「원인=결과」의 공식 적용이 입증되는 순간이기 때문이다.

"수학을 좋아하며 즐긴다(INPUT)→이성적인 판단력이 요구되는 의사가 되었다(OUTPUT)"

문득 파동이 느껴진다는 바람이 왜 부는 것인지 그 원인이 궁금해진다. 바람이란 공기가 움직이는 현상이다. 대기가 지구의 자전과 같은 속도로 움직인다면 바람이 왜 생겨나는 것일까? 지구는 적도상에서 시속 1,600킬로미터의 속도로 서에서 동으로 돌고 있고, 적도의 북쪽이나 남쪽지역에서는 그보다 느린 속도로 움직이며, 적도상에서 북쪽으로 올라가나 남쪽으로 내려감에 따라 같은 시간에 다른 쪽에 비해 더 작은 원을 그리며 돈다. 이러한 지구의 자전이 바람의 일차적 원인이 될 수 없음은 학자들이 밝혀냈지만 대기의 움직임과 바람에 관한 법칙을 완전히 풀어내지는 못하였다. 인간 지식의 한계를 뛰어넘고 바람에 관련된 혼돈의 법칙을 풀어낸다면 기상관측 예보는 백퍼센트 적중할 수 있을 것이다.

인류는 자연물리적인 현상을 수학과 과학의 법칙으로 풀어 지구의 신비를 파헤친 이들로 인해 궁금증을 해소하며 진화해왔다. 무서운 집중력과 지속력의 소유자로 지기 싫어하는 성격까지 가졌던 아이작 뉴턴이 발견한 지구의 중력법칙은 질량의 비밀을 풀어주었다. 그는 독립적인 세 분야인 역학, 미적분학, 천문학을 다시 쓰게 한 『프린키피아(자연철학의 수학적 원리)』를 발표하였다.

사람들은 대부분 혁신적인 업적을 남기고 싶어 하는 마음에 비해 기울이는 노력은 한없이 적다. 성급하게 성과를 보려 하고, 차분히 쌓아올린 내공이 빛을 발하는 순간을 기다리지 못한다. 그러나 위대한 업적이 탄생하기 위해서는 '시간'을 쌓아올려야만 한다. 충분히 익기까지 기다려야 한다.

 뉴턴이 위대한 업적을 남긴 저서는 이전에 있던 저서를 통해 완성될 수 있었다. 미분법에서는 페르마, 적분법에서는 윌리스, 양자의 관계에서는 배로라는 본보기가 있었다. 운동에 대한 세 가지 법칙 중 두 가지는 갈릴레이가 시작한 것이었다. 천문학에서는 22년 동안 초인적 노력을 기울여 관측자료를 통해 발견한 케플러의 세 가지 법칙이 있었다. 뉴턴이 한 일은 전혀 다른 세 분야를 하나의 유기체로 통일시킨 연구였지만 이것만으로도 충분히 역사를 뒤흔들 사건이었다. 즉, 타인이 남긴 자료들이라는 인풋은 뉴턴의 독창적 연구라는 아웃풋으로 발생된 것이다.

 내 독서의 시작은 천자문과 역사서와 백과사전과 고전문학이었다. 하지만 철학, 종교, 음악, 미술, 여행, 과학, 경제, 경영, 시, 소설, 만화, 잡지, 실용 등 다방면으로 독서분야를 넓히며 내공을 쌓아온 덕분에 글을 쓸 수 있는 접점을 만났다.

 필자처럼 다방면 독서를 바탕으로 접점을 쌓은-유리형함수와 해석곡선과의 관계를 규명한 독일 태생의 헤르만 바일(Herman Weyl1881~1955)은 철학과 음악을 통해 내공을 쌓았다. 28세에 취리히 공과대학의 교수가 되었던 바일은 역시나 천재 수학자로 불리는 아인슈타인과 동료이자 라이벌로서 대등하게 경쟁하였던 인물이다. 1915년에 아인슈타인이 상대성원리를 발표하자 바일은 상대성이론와 미분기하학을 통합하여 통일장이론을 토대로 강의했다. 그는 이를 바탕으로 1918년에 『공간,

시간, 물질』이라는 책을 출간했고, 즉각 과학분야의 베스트셀러가 되었다. 뿐만 아니라 이로부터 10년 후, 하이젠베르크가 『양자역학』을 창시하자 3년 후에『군론과 양자역학』을 저술하여 양자역학의 수학적 기초를 제공한다. 그는 과거나 동료의 업적과 책으로부터 받은 자극에 스트레스를 받지 않고, 그를 바탕으로 놀라울만한 연구를 거듭하여 세상에 발표했다. 이 행위는 이후 세대들에게 다시 연구를 거듭하며 첨단발전을 이룩하도록 도왔다. 그는 '내게 있어 표현과 형식이란 지식과 똑같은 중요성을 갖는 것이다'는 소신처럼 수학자 특유의 무미건조함과 단조로움을 탈피해 수학적 이론의 본질을 언어로 전달하려는 노력을 기울였다.

수학자였지만 철학과 문학, 예술을 즐기며 많은 책을 즐겨 읽었던 애독가이자 다독가였던 바일은 괴테나 릴케의 감성적인 시, 니체의 『짜라투스트라는 이렇게 말했다』 등과 같은 책들을 자식들에게 읽어주는 것을 좋아했다. 수학과 시가 하나라고 생각하며 형식주의보다는 직관주의를 지지했던 이 수학자는 책과 더불어 경제학자인 모겐스턴, T.S 엘리엇과 같은 작가나 피아니스트인 아트루트 슈나벨 등과 같은 친구들을 통해 영향을 주고받는다.

'영향'을 받는 매개체를 중요시 여기는 습성은 그와 내가 동일하다. 그와 책을 통해 만났지만 만약 책을 읽고 연구를 하며 토론하기를 즐겼던 헤르만 바일과 같은 시대에 살고 있다면 그를 찾아가 나와 친구해주기를 청하고 싶을 만큼 그 열정에 매료된다. 다양한 분야의 독서를 추구하며 다양한 분야의 친구들과 교류 나누기를 좋아하는 나는 한 가지 꿈에 미친 순정을 바치는 이를 격하게 아낀다. 청춘이기에, 가급적이면 사회와 타협하는 무기력함보다는 행동하지도 않을 거면서 잡다한 이상만 쫓는 꿈을 꾸기보다, 어지간한 위협요소에는 끄떡하지 않고 꿈을 향해 당차게 나아가는 이가 좋다.

인생 오래 산건 아니지만 사회에 발붙이고 살다보니 별별 황당한 일이 다 있다. 전혀 그 일에 관여하지 않았건만 불이익을 얻는 경우도 있고, 뒤통수를 맞기도 하며, 파도 파도 끝이 보이지 않는 암흑의 땅굴 속에 갇혀 있는 듯한 순간들도 있다. 뭐, 이것뿐이겠는가. '내가 너보다 털끝만한 인품이 더 있으니까 참는다, 더러워서 성공하고야 만다!' 하고 이를 갈게 되는 감정은 주기예고도 없이 찾아온다.

이래서 전쟁터에 비유되는구나, 싶은 사회생활이다. 그래도 배알 꼴리고 더럽고 치사한 상황들은 코웃음 치며 넘겨버릴 만큼 하나의 꿈을 찾아 추구하며 살아간다면 인생은 노력을 배반하지 않는다고 나는 믿는다. 나의 믿음이 배반당하지 않을 것이라는 확신은 손꼽을 수 없이 숱한 책들에서 만난, 미리 꿈에 청춘과 열정을 바친 이들이 입증해준다. 꿈에 대한 순정과 더불어 사회생활에서 필요한 빠른 판단능력과 중요한 요지를 캐치하는 능력 등은 개별훈련을 받는다고 생기는 역량이 아니다. 때문에 우리는 중요한 결정을 앞두고 개인의 역량으로 판단내리기 어려울 때 친구나 부모 혹은 멘토에게 조언을 구하며 길을 연다.

정신없이 꿈에 순정을 바치며 살다보니, 어느새 다른 분야에서 열정적으로 함께 순정을 바쳤던 친구들도 그 꿈꾸는 모습이 닮아있다. 책에서 해답을 찾지 못할 때 그들에게 조언을 구하기도 하고, 그들 역시 내게 조언을 구한다.

문제에 관한 조언을 구할 때나, 각자의 친구들에 대한 소식을 나눌 때 안타까움이 절로 드는 답답한 상황에 직면한 사람들이 꽤나 많다. 시도조차 해보지 않고 앓는 소리를 하는 친구에게 가만히 동조해주며 듣고 있다 기회를 틈타 묻는다. '혹시, 너 책은 읽고 있니?'라던가 '그 사람, 책 좀 읽으라 그래!'라고. 지금 당장은 아무 짝에도 쓸모없고 시간을 죽이는 비생산적인 행위라 여겨질 수도 있지만 그간 읽어온 책이 뇌에 축척되어 전부를 구성하는 경륜이 쌓임에 따라 개개인의 역량이 여실히 차이가 나기 때문이다. 책을 읽으라는 말을 고루한 잔소리로 치부하지 말라. 순정을 바칠 꿈 하나를 찾음에 영향을 미치고, 꿈 하나 붙들고 버티는데 위로를 준다.

가급적이면 세상을 바꿀 수 있는, 세상에 유익을 줄 수 있는 큰 꿈을 꾸는 매력적인 청춘이 되자. 나와 연관된 모든 사람들이 행복해지며, 나로 인해 세상의 놀라운 비밀을 푸는데 일조할 수 있다면, 그런 꿈을 꾸는 것만으로도 청춘을 살아가는 눈부신 가치가 있다. 가치 있는 인생, 그것이 우리가 꿈꾸는 로망이지 않는가. 순정이 고루함으로 치부되는 시대에 로망을 이루어가는 순정을 간직할 줄 아는 희소성 있는 매력인이 되어주지 않겠는가.

내 '생각'과 섞여야
새로운 아웃풋이 싹튼다

아웃풋을 남기기 위해 '스토리'가 있는 인생을 위해

'지구는 둥그니까 앞으로 나가면 온 세상 어린이들 다 만나고 오겠네'라는 단순한 동요(in put)는 '지구'를 비롯한 사회과학에 관심을 가지게 해주었다(out put).

동화를 처음 접한 시기가 언제인지는 기억나지 않지만 우리가 알고 있는 이야기들의 서두는 대부분 '옛날 옛적에'로 시작한다. 우리가 즐겨보던 만화에서는 친근한 목소리의 성우가(지금 보니 대부분 한명의 성우였을 수도 있겠다) 만화의 시작을 알리며 '옛날 옛적에 어느 마을에 ○○○가 살았습니다'라며 환상의 세계로 인도한다. 그때부터 현실과의 경계를 넘어 동화 속으로 몰입되는 순간이다.

『서사철학』에서도 '백설공주와 일곱난장이' 동화를 예로 들며 동화 속으로 들어가 환상 삼매경에 빠지게 하는 장치로 '옛날 옛적에'

로 시작하는 첫 페이지를 꼽았다. 세상은 대문자로 씌어진 '유아독존의 현실'이 아니라 어떤 개개의 '현실'이 모여 '현실들'로 구성되므로 현실들 사이에 자리 잡은 '환상들'은 서로의 경계를 자유롭게 넘나들며 '통풍효과'를 낼 수도 있다고 말한다.

아리스토텔레스는 「영혼론」에서 환상의 개념을 설명하며 '보는 것'은 '없는 것'을 보는 것이 아니라 '있는 것'을 보는 것이기 때문에 이런 해석들은 감각의 차원에서도 환상과 현실의 교류 가능성을 의미한다고 했다.

앞장에서 이야기한 J원장이 바람을 통해 파동을 느끼는 것도 '파동'이라는 현실적 지식을 습득하였기에 바람을 통해 '파동'이라는 눈에 보이지 않는 감각을 현실로 인지하는 것이다. 학습되어졌기 때문에, 지식은 입력되어졌기 때문에, 보고 듣고 읽고 체험하며 자연스레 습득되었기 때문에, 그것을 기반으로 일차적 세계인 현실을 넘어 이차적 세계인 환상을 경험할 수 있다.

'예술이 밥 먹여주냐', '철학이 무슨 돈이 된다고'라며 예술이나 철학을 평생의 업으로 삼겠다는 발언만으로도 맹렬한 비난을 받던 시대는 갔다. 현대는 '예술이 밥 먹여주며', '철학이 돈을 벌어주기' 때문이다. 무슨 이야기인고 하니, 예술이라는 분야, 즉 글, 그림, 음악 등을 전공하지 않더라도 사회적 소득과 기초적인 의, 식, 주의 욕구가 충족됨으로 인해 예술을 영위하기 때문에 밥벌이를 할 수 있는 힘의 원천이 생기기 때문이다. 철학을 함으로 인해 지성을 발현할 수 있는 토대를 닦을 수 있기 때문이다.

　소크라테스나 아리스토텔레스만 철학하는 인간들이 아니란 말이다. 현대는 브랜드의 시대이고, 이야기의 시대이다. 개개인에게 저마다의 '플롯'이 있어야 하며, 매력적인 스토리가 있어야 한다. 현대는 군중에게 묻혀가는 시대가 아니다. 성과에 묻혀 대충 시간을 때우며 돈을 버는 사람은 단명한다. 재능과 의견을 '표출'하며 '분출'해야 한다. 그런데 자신의 목소리를 제대로 내려면 우선 내 안에 이야기가 있어야 한다. 철학, 즉 필로소피아(philosopia)는 지혜를 사랑한다는 뜻이며, 끊임없는 탐구로 세상 만물과 인간 삶의 이치를 추구하는 것이다.

　"하지만 역설적으로 한계가 자유를 가능하게 한다는 현실에서의 자유의 특성을 이해한다면, 프레임 서사의 활용도를 다시 가늠해 볼 수 있다. 이를 위해 칸트가 자유의 개념을 설명하기 위하여 든 예를 상기해볼 필요가 있다." _『서사철학』

　한계가 자유를 가능하게 한다는 역설을 무어라 설명할 것인가? 칸트가 자유의 개념을 대체 뭐라고 설명했기에 이런 어이없는 명제를 납득할 수 있단 말인가는-『서사철학』을 읽으며 스스로 깨닫기 바란다. 이렇게 한번 읽어서는 쉽사리 이해가지 않는 문장들을 스스로 깨닫고, 깨달은 것을 노트나 인터넷 기록장에 메모해두는 과정을 거치면 그것이 나의 언어가 된다. 온전히 저자의 생각만을 깨치는 게 아니라, 나의 '생각'과 융합되어야 또 다른 사고의 아웃풋이 발생한다.

―5―
나는 일이 잘 풀리지 않을 때는 시를 읽는다

정말이지 머리가 터져버릴 만큼 스트레스가 쌓여 폭발 일보 직전의 날이다. 지난 몇 달간 북카페 오픈을 위해 그릇이며, 메뉴며, 음식이며, 커피며, 마케팅 플랜이며 온갖 준비를 다했건만 어이없는 변수로 인해 북카페 오픈이 취소되었다. 그것도 오픈예정일 전날에 말이다. 혹시 내가 작업에 방해되겠다, 싶어 잠깐 했던 이기적인 생각 때문에 이렇게 된 건 아닐지, 언니에게 괜스레 미안해졌다. 패닉상태에 빠져 해결방안을 모색하려 머리를 쥐어짜 보아도 아무 생각도 떠오르지 않는다. 험난한 세상살이, 맨발로 땅을 밟으며 대지의 위로를 받고 싶다.

소설가 박경리 선생님의 대작 『토지』의 배경인 섬진강가의 하동으로 내려갈까? 거지가 일 년 내내 집들을 돌며 동냥을 해도 들르지 못한 집이 세 집이나 된다는 풍요롭고 인심 좋은 그 땅에서 만석지기 사대부집 최참판 댁에 들러 향 좋은 차를 얻어 마시고 싶다. 최참판 댁에 오르는 길목에 작은 흙길을 따라 용이, 월선, 임이네, 두만네 초가집에서 인심 좋은 시골밥 한 그릇 얻어먹고 외양간에 묶인 소에게 풀 먹이기를 도우며 착하고 순한 소의 눈을 바라보며 찌든 욕심을 씻어내고 싶다.

『삼국사기』에 의하면 신라 흥덕왕(3년) 때 사신 김대렴이 당나라로부터 차 씨앗을 들여와 재배를 시작한 곳이 『토지』의 배경인 하동이라 기록되어 있다. 우리나라 차 재배의 시발점이 된 드넓은 녹차 밭을 바라보며 상한 마음을 달래고 싶다.

허나 눈을 뜬 현실은 치열하다. 『토지』의 배경인 하동의 최참판 댁 별장에 누인 몸을 일으켜 세워 차분히 감정을 가라앉히고 이성적으로 행동해야 한다. 숨 가쁘게 벌어진 일들을 처리하고 집으로 돌아오는 길, 무의식적으로 발길이 서점으로 향했다.

고작 일주일 동안 서점을 들르지 않았을 뿐인데 반가움에 왈칵 눈물이 난다. 축구선수 박지성 씨가 신간을 내었구나. 서른 살인 그가 마흔 살의 본인에게 쓴 편지를 읽으며 오늘의 실패를 경험이라 웃어넘길 수 있는 미래의 날을 상상해본다.

서강대학교 영어영문과 교수로 재직하며 번역가와 수필가로 활동하며 소아마비라는 장애와 세 차례의 암 투병에도 굴하지 않고 세상의 빛을 밝혔던 장영희 씨의 유고집도 출간되었다. 따뜻하고 겸손

했던 삶의 태도가 그대로 반영된 글을 즐겨 읽었기에 『이 아침 축복처럼 꽃비가』라는 제목을 읽으며 마치 그녀를 직접 대면한 듯한 반가움이 든다. 이 책, 저 책을 뒤적이다 그마저 눈에 들어오지 않아 서점에서 책을 읽는 이들을 위해 마련한 공간에 앉았다. 저녁 늦은 시간이라 타인이 읽다 쌓아두고 간 책들이 주변에 놓여있다.

나는 서점이나 도서관에서 타인이 골라놓은 책을 살피는 행위를 좋아한다. 다양한 분야의 독서를 시도하지만 아무래도 손이 많이 가는 분야가 한정되어 있기에 타인의 취향을 엿봄으로써 특템할 수 있기 때문이다. 타인의 취향을 살피던 중 한 문장이 뇌리에 박혀 종을 울린다.

'일이 잘 풀리지 않을 때는 시를 읽는다' _스티브 잡스

덩치 큰 기업일수록 풀기 어려운 문제들이 발생할 텐데 세기의 리더인 스티브 잡스가 시를 즐겨 읽는다니! 우물쭈물 하다보면 우물 안에 갇혀 버린다. 우물 안에 갇히지 않고 흐르는 바다 같은 리더가 되고 싶다면 정보를 얻는 즉시 실행하여야 한다. 더 이상 시가 팔리지 않는 세상, 시가 읽히지 않는 세상이라 언론은 말하지만 시대의 리더는 시를 통해 문제를 해결한다.

내가 생각하는 어리석은 자는 정신이 모자란 이가 아니고, 공부를 못하거나, 돈을 적게 버는 이도 아니다. 세상이 마음대로 풀리지 않는다고 앉은 자리에서 한탄만 하는 이가 가장 어리석은 이라고 생각한다. '나는 원래 재수가 없는 놈이야'라고 한탄할 시간을 줄여 책을

붙잡을 줄 아는 현안의 소유자가 좋다.

오늘은 왠지 국내 시인들을 만나고 싶다. 김소월에서 기형도까지, 이상에서 박노해까지, 천상병에서 정호승까지, 모두를 한자리에 모셔 놓고 싶다. 민음사에서 출간한『애송시 100편』을 사들고 서점 밖으로 나왔다. 살살 걸으며 시의 축제를 벌이다 한 편의 시를 읽고 읽고 다시 한번 읽으며 걸음을 멈추어 섰다.

바다와 나비 - 김기림

아무도 그에게 수심(水沈)을 일러준 일이 없기에
흰나비는 도무지 바다가 무섭지 않다.
청(靑)무우밭인가 해서 내려갔다가는
어린 날개가 물결에 절어서
공주처럼 지쳐서 돌아온다.
삼월 달 바다가 꽃이 피지 않아서 서글픈
나비 허리에 새파란 초생달이 시리다.

도통 어울리지 않는 바다에 나풀거리는 여린 흰나비가 검푸른 바다를 무서워하지도 않고 들어갔다 지쳐서 돌아온다. 새파랗게 절은 가녀린 나비, 허리를 비추는 시린 초승달 풍경은 냉혹한 현실에 처량함을 그린다. 바다를 냉혹한 현실로 표현하고 나비를 순진한 꿈의 표상이라 표현한 시인은 1930년대 이상과 더불어 모더니즘의 선봉에

서있었으나 분단과 전쟁이후 생사조차 알 수 없게 돼버렸다.

　푸른 무밭인 줄 알고 겁도 없이 바다를 향해 덤빈 나비의 모습이 꼭 나와 닮았다. 다른 점이 있다면 시 속에서 나비는 서글프고 시리게 돌아오지만 현실의 나는 젖은 날개를 곱게 말려 한 번도 수심을 경험해 본 적이 없었던 이처럼 다시 바다를 향해 날아갈 용기를 낸다는 것이다. 그래도 안 된다면 검푸른 바다를 건너갈 배를 마련할 것이다. 축 처져있던 어깨를 다시 올리며 길을 걷는데 휴대폰 진동이 울린다. 뱃속까지 까뒤집어 속내를 터놓아도 부끄럽지 않을 친구에게 상황을 이야기했다.

　"그래서, 너 지금 어딘데?"

　꽤나 걱정하는 말투인 친구를 향해 나는 일부러 더 유쾌하게 웃어 넘기며 대답한다.

　"나? 어디긴 어디야, 서점이지!"

　한 줄의 문장 발견만으로 문제를 해결하는 방법을 터득하고, 당장 여행을 떠날 수 없는 상황에서 하동에 가지 않아도 박경리 씨의 『토지』를 통해 대지의 숨결을 느낄 수 있으니 이보다 더 좋을 공간이 어디 있으리.

　카페를 오픈도 하기 전에 문제가 생겼다는 건 그곳은 우리가 갈 곳이 아니었다는 뜻이다. 오히려 잘된 일이다. 오픈 후에 더 큰 문제가 생기지 않고 지금 이렇게 된 것이. 마음을 추스르고 집으로 돌아가는 길, 비가 내린다.

"빗물을 따라 마음도 흐른다. 뭐랄까…마음이 흐르는지, 비가 내리는지의 구분이 흐릿해진다."

떨어지는 빗방울을 바라보며 한 줄의 시가 마음에서 흐른다. 아픔은 시가 되고, 기쁨도 시가 되고, 일상도 시가 된다. 마음은 시가 되어 다시 나를 위로한다.

시도 '인풋'과 '아웃풋'을 맺어준다

당신도 시가 된다 … 시 짓기 연상훈련

　시는 우리 주변에 있다. 내 안에도 있다. 모든 일상이 시가 되고 매일 스치는 길가와 바람과 하늘과 사람이 시가 된다. 시대의 아픔이 시가 되고 사랑의 유희가 시가 된다. 내가 직접 지은 시의 시작은 십대시절부터였다. 당시에 원태연, 이풀잎 등 기존 한국시와 다른 솔직하고 감성적인 시가 한창 유행하였다. 용돈을 쪼개 원고지를 두 권 구입해 삐뚤빼뚤한 글씨로 시를 적어 내려갔다. 지금 다시 읽어보면 낯부끄러울 만큼 간지러운 표현들로 가득하지만 시의 평가기준은 없다. 일상에 담긴 노래가 시가 되는 것이다. 이창동 감독의 영화 '시'에서 김용택 시인은 '사물을 보고, 느끼고, 사물이 무슨 생각을 하나, 사물이 내게 어떤 말을 거나 느끼는 것'이 시라고 말한다. 어렵지 않다. 음절이나 운율 그리고 형식의 모든 것을 갖추려 얽매이지 말자.

예를 들어보겠다.

A. 원감정-온갖 형식에 구애받지 말고 자유로운 생각을 하면 그게 바로
   시상이 된다.

> →『애송시 100편』을 읽으며 김기림 시인의 '바다와 나비'를 통해 현
> 실의 모습을 투영해보던 날, 그 밤의 별빛은 유난히도 반짝였다. 반
> 짝이는 하늘이 눈물빛인지 별빛인지 헷갈렸다. 도시 하늘에 별이 이
> 리도 많았던가? 언제부턴가 하늘에는 별이 사라지기 시작했다. 유
> 난히 오늘은 별이 많은 걸보니 사람들 가슴이 시린 날인가보다.

B. 시로 표현-3음절로 맞추고 싶어 일부러 되지도 않는 단어를 늘렸다.

어이야 마음빛 누우가 알런가 어언제부턴가 하늘에 별빛이 사라져
어이야 하늘서 내려온 별빛은 사람들 가슴에 새겨져 바안짝 바안짝
어이야 눈물빛 가슴에 쌓이면 하나둘 별빛에 띄워서 하늘에 날리지
어이야 유난히 오늘은 하늘에 별빛이 반짝여 눈물빛 별들이 노래해

위의 시는 한국시를 읽었으니 우리 가락의 후렴구인 '어이야'를 시
에서 후렴구처럼 사용해 별이 사라진 하늘의 안타까움과 오늘의 눈
물은 하늘의 별빛으로 승화됨을 희망하며 지었다. 시를 짓고 나니
마음이 후련했다.

A. 원감정-시의 소재는 멀리 있지 않고 생활 속에 있음을 기억하자.

→ 이상기온현상 때문인지 봄이 추웠다, 더웠다 반복하며 여름과 겨울 같은 날들이 지속된다. 이렇게 간절하게 봄을 기다리다 만나니 더 반갑다. 봄이 오는 것처럼 내게도 님이 왔으면 좋겠다.

B. 시로 표현-애타게 그리다 만난 봄이 반가운 만큼 사랑이 오길 바라는 마음에 봄을 사랑에 은유시켰다. 시로 긍정을 표현하니 희망이 스멀스멀 올라온다.

그리다 그리다 만나다
애달픈 봄빛을 그리다
사초롱 불빛에 그리다
탄성을 자아낼 비경을
자체로 그림이 되는, 봄

─6─
내·가·그·쪽·으·로·
갈·수·도·있·는·데

　한 달 전쯤 젊은 직장인들이 읽는 사보지의 문화칼럼을 의뢰받았다. 소설과 순수문학이 외면당하는 시대에 신간 위주의 감각적인 글을 청탁받고, 그날의 일기에는 음표까지 잔뜩 넣어 행복감을 표했다. '글을 쓴다'는 매개체는 같지만 그간 책만 출간해온 나로서는 칼럼작업은 라디오 DJ와 더불어 소원하던 분야 중의 하나였기에 내일이라도 당장 좋은 글이 음표처럼 쏟아질 거라 생각했다.

　'한 달이나 남았다'는 생각으로 여유롭게 지내다 '이번 달 말일이 마감일인 거 아시지요?'라는 에디터의 문자메시지에 깜짝 놀랐다. '네! 알아요~ 염려마세요'라고 당당하게 답장하고 싶었지만…실은 잊고 있었다. 세상엔 숨길 수 없는 게 세 가지가 있다고 하는데 '기침과 가난과 사랑'이다. 유사하게 세상에는 시간에 총알을 매달아 날아오듯 유난히도 빨리 다가오는 날이 있다. 바로 '마감일과 카드대금 청구일'이다. 그렇다면 유난히도 천천히 오는 날은? '월급일'이 아닐까 싶다. 거북이걸음마냥 느릿하게 걸어오는 월급날과 더불어 느릿한 날은 사랑하는 '그 사람을 기다리는 날'이다.

칼럼을 쓰려고 책장을 살펴보았다. 혹자는 신상구두를 '우리 애기'라 칭한다는데 나는 새로 들여오는 신상 책들을 '우리 애기'라 칭한다. 책장에서 똘망똘망한 눈빛으로 에너지광선을 내뿜는 우리 애기들 중에서 최근에 들여온 신간 위주로 몇 권을 뽑았다. 성석제의 위트 있는 소설 『인간적이다』도 일상에 찌들어 지친 직장인들에게 펙트 있는 웃음을 줄 것 같고, 달콤한 책의 연가 『건지 감자껍질파이 북클럽』도 메마른 마음에 감동을 줄 것 같다. 어떤 책을 읽어야 할까, 하는 선택의 기로에서 내가 책을 선택하는 게 아니라 책이 나를 선택할 때가 있다는 생각이 들었다.

신경숙의 『어디선가 나를 찾는 전화벨이 울리고』라는 소설이 반고흐의 해바라기 같은 의미 있는 황금빛 눈빛으로 나를 찾아온 그 순간에 들었던 생각이다. 지난주에 친구를 만나 밥을 먹다가 지난 생일을 챙기지 못했으니 가지고 싶은 걸 말해보라기에 주저 없이 'A4 용지!'를 외쳤다. 그것을 사줄 순 없다는 말에 다시 '검정 잉크!'를 외쳤건만 그것도 안 된단다. 그래서 곰곰이 생각을 하다 가장 가지고 싶은 '책!'을 외쳐 간택된 선물 받은 책들 중 한권이 그 책이었고, 집에 들여와 곱게 책장에 모셔두었던 그 책이 나를 선택했다.

소설 같은 책을 읽을 때 나는 소설 속으로 들어가 주인공이 된다. 화자의 시선으로 그 자취를 따라가면 잔상과 생각이 머리에 남아 내 생각과 부딪히거나 화합하여 새로운 사고를 창출해낸다. 책을 펴자 숨 쉴 틈도 없이 소설 속의 정윤이로 흡수되며 몰입한다.

작품 속 화자인 '나' 정윤과 대학친구인 명서, 명서의 어릴 때부터 의 친구 미루, 윤을 짝사랑하는 고향 친구 단이, 그가 말하는 네 개의 사랑을 찾아가는 종소리가 시작된다. 열병 같은 청춘을 앓는 가운데 엄마의 죽음에 충격을 받아 휴학했던 윤은 학교로 돌아와 명서와 미루를 만난다. 그는 제 눈앞에서 언니가 분신자살하는 것을 목격하고 정서적 혼란에 빠지고 결국 죽음에 이른다. 윤을 짝사랑하던 소꿉친구 단이도 군대에서 죽음에 이른다. 청춘의 열병을 마음속에서 죽음으로 종식시키는 것이 성인의 시작인 것인가?

"우·리·는·숨·을·쉰·다."

예기치 않은 일들로 가득한 낯설고 팍팍한 도시에서 우리는 숨을 쉰다. 스타카토로 끊어진 문장을 따라 읽으며 참았던 호흡을 내뱉으며 '나·도·숨·을·쉰·다' 에밀리 디킨슨의 시집 한 권이 내내 우리를 따라다니며 Pain, Ego, Death의 분위기가 소설을 감싼다. 청춘이 이렇게도 고독하고 불안하고 절망스러운 아픔이란 말인가.

소설의 배경은 대학생들의 가두시위와 진압 전경, 최루탄 등에서 알 수 있듯 1980년대 그 즈음이다. 작가가 아름답고 찬란하게 청춘을 보냈던 그 시기를 배경으로 삼기라도 한 듯 시위를 겨우 파헤쳐

나와 잃어버린 신발을 찾으려 명서의 등에 업혀 걷다 윤은 꽃집으로 들어선다. 가스 밴 공기에 풀이 죽은 테이블야자를 생면부지인 청춘들에게 거저 건네며 시무룩한 표정으로 꽃집아주머니는 말한다.

"집에 가져가면 다른 화분에 옮겨 심고 물 충분히 줘… 시위 안 해도 되는 세상 물려주지 못해 미안해… 미안하다구."

시위 안 해도 되는 세상을 물려주지 못해 미안하다는, 기성세대를 대변하는 듯한 작가의 목소리로 들려온다. 괜찮은데. 눈 뜨자마자 혼돈이었으니 새삼스러울 것도 없는데. 당연한 수순인 것만 같은데.

소설 속의 주인공은 그녀가 인터뷰에서 밝혔던 본인의 20대 시절처럼 낮에도 창문에 검은 도화지를 붙여놓고 책을 읽으며 청춘의 열병을 앓는다. 작가는 20대부터 자연스럽게 본인이 거주하기 편안한 공간이라기보다는 책을 위한 공간이었다는 말을 밝힌다. 현재 거주하는 천장이 높은 평창동 집에 사방벽면이 책으로 둘러싸인 공간을 보며(2층으로 올라가는 계단에조차 책이 쌓여있다) 탄성을 질렀다. 책꽂이를 하나 더 만들기 위해 2층 화장실까지 포기한 온통 책으로 둘러싸인 서재였다. 언젠가는 꼭 가져보고 싶은 그런 서재의 모습이다. 단순히 그녀의 서재에 반해 그녀가 추천했던 『그림과 눈물』이라는 책은 설명조차 읽어보지 않고 무작정 구입했더랬다. 작가와 함께 한 책들 속에 녹아나는 사고의 근원지를 찾고 싶은 마음이었다.

책을 많이 읽는 사람은 똑똑하다거나, 사고가 깊다는 보편적인 관념이 형성되어 있다. 영상을 눈으로 보고 흘려버리는 행위가 아니니 당연히 생각하게 되고 그럼으로 인해 지식이 많아져 똑똑해 보이는 것은 일정부분 맞는 말이다. 편협하게 책에만 빠져 일상과 조화를 이루지 않는 이를 제외한다면 말이다. 그러나 시대를 아파할 줄 아는 독서가가 써낸 글이니, 그의 깊은 사색을 읽음으로 인해 내가 다음 세대를 위해 어떤 자세로 살아야 할지를 상기시켜 주어서 참 고맙다. 청춘의 열병이 지겨웠는지, 네 명의 청춘은 우스운 상상을 한다. 노인의 시간을 청춘의 때에 먼저 살고, 청춘의 시간을 노인의 때에 살아가고 싶단다. 생각해보라. 한창 피어나야 할 그 시기에 세상을 모두 알아버린 새하얗게 머리가 샌 노인이 되고, 추억과 조우하며 평화로운 생의 마무리를 해야 할 시간에 불안하지만 도전하는 젊은이의 눈빛이 되어 있는 사람을 말이다. 저들도 어이가 없는지 이야기를 하다 말고 웃는다. 그들이 웃자 나도 풋, 하고 웃었다. 불안하고 위태롭고 답답하니까, 그것을 벗어나려 발버둥치는 과정에서 '진보'가 일어난다.

"내·가·그·쪽·으·로·갈·까?"

팔 년이라는 지루하고 긴 기다림 끝에 은사의 죽음 앞에서 옛 연인은 전화를 걸어 아무 일도 없었다는 듯 전처럼 이쪽으로 온다. 대답은 주인공 윤 대신 내가 한다. '내·가·그·쪽·으·로·갈·수·도·있·는·데' 그들처럼 사랑하면서로 본의 아니게 할퀴고 상처 내었던 내 청춘의 옛사랑에게 대답한 것이다. 그와 사랑을 시작할 때 책 작업이 시작됐고, 그와 헤어질 때 책 작업이 끝났다. 이별을 받아들이기 힘들어 교정지를 펼쳐놓고 멍-하니 그 위에 엎드려 있다, 무심코 펼쳐진 글을 읽으니 하필 사랑의 치유에 관한 글을 써놓은 것이다. 우습게도 한창 사랑하고 있을 때 쓴 글로 인해 이별할 때의 내가 위로를 받고 교정작업을 시작했다.

새벽부터 읽기 시작한 소설 속에서 걸어 나오니 한낮이다. 지글거리는 불판 위에서 고기를 한판 구워먹고 드디어 칼럼을 완성했다. 나의 '진보'는 '밥심'인가보다. 몰입했던 책에서 빠져나와 완성된 칼럼을 이메일로 보내고, 기지개를 활짝 편다. 이루어지길 바라는 간절한 꿈에 대한, 읽고 있는 책의 결말에 대한, 새로이 사랑할 그 순간에 대한, 지루한 기다림 따위 두렵지 않다. 필요한건 쓸데없는 자존심 따위보다, 적절한 거리와 용기라는 것을 알게 되었으니까.

어제는 역사-어제는 시-
그건 철학-어제는 미스터리

사랑에 빠지고 싶을 때

"어제는 역사 그건 벌써 너무도 멀어-어제는 시-그건 철학-어제는 미스터리-거기에는 오늘이 있고 우리들이 오만한 머리를 쓰는 사이 그들은 날아가 버려요."

에밀리 디킨슨의 『영혼은 꽃마차를 타고』에 실린 '어제는 역사'라는 시이다. 유달리 시에 (-)를 많이 썼던 시인의 문체를 따라 '어제는 미스테리이'하고 길게 따라 읽어본다. 오른쪽에서 왼쪽으로만 걸어가도 이미 '과거'가 된다. 오늘을 추억하기 위해 사진을 찍는 순간, 이미 사진속의 오늘은 '과거'가 된다. 그러니 오만하게 머리를 쓰며 앞으로 나아가지도, 주저앉지도 못하게 어정쩡하게 서 있을 필요가 없다. 지난 과거에 집착하며 연연하는 바보에게 새로운 사랑은 코앞으로 바람 타고 왔다가도 달아나 버릴 테니.

신경숙 소설에서 에밀리 디킨슨의 시집이 내내 감도는 광경을 보며 오래된 미국시인의 시를 읽기 위해 서점에 갔다. 책은 너무도 많았고, 이것저것 골라보다 하나의 시에 눈길이 멈추었다.

"사랑이란 이 세상의 모든 것. 우리들이 사랑이라 알고 있는 것 그 것이면 충분하지요. 사랑의 짐은 수레바퀴에 비례하니까요."

사랑하면 기쁨과 환희만이 가득할 것이라는 환상과는 달리 감당해야 하고 이겨내야 할 무거운 '짐' 같은 일들이 많다. 그러나 수레바퀴에 비례하듯 그저 굴러가 버리고 흘러가 버리는 것이니(마치 영혼이 꽃마차를 타듯이) 사랑이라 알고 있는 충분한 그것을 위해서 기꺼이 감당해야 한다.

그때는, 사랑에 무지했기에 서툴렀다. 괜스레 그쪽으로 가는 행동이 가벼워 보일 것만 같았고, 먼저 핸드폰 버튼을 눌러 그를 찾는 일이 사랑을 키워주는 '밀고 당기는' 것이라 착각했었다. 근 몇 년간 출간되었던 연애관련 서적들을 대부분 섭렵했음에도 불구하고, 연애를 글로 배웠더니 단편적으로만 받아들인 부작용이었다.

에밀리 디킨슨의 책들 중에서 가장 오래 전에 출간되었을 법한 낡은 책을 골라 들었다. 빳빳한 새 책의 촉감은 없지만 15년이 넘은 책이니 종이는 누렇게 바래 마치 예전부터 가지고 있던 듯 편안한 느낌을 준다. 시집 가격은 3,000원이다. 횡재를 거저 얻었다. 3천 원으로 희망을 살 수 있다니!

"조금도 원망하는 기색도 없다. 나는 구름처럼 가볍게 하늘로 떠오른다. 위에는 짙푸른 하늘, 밑에는 심산대해, 대하고루, 전장, 자동차, 거류지, 공판, 밝은 저자, 어두운 밤… 그것은 앞길에 뻗어 있는 새로운 활로였다. 그리고 정말 이 새 생명이 다가오는 예감이 드는 것이다. _『아Q정전』

에밀리 디킨슨을 덮고 루쉰의 글을 읽으며, 새로운 생명과, 새로운 사랑이 다가올 기대를 한다. 3류 여가수와 곡예사 아버지에게서 태어나 빈민가의 거리에서 구걸을 하며 노래를 부르다 카바레 주인의 눈에 띄어 무대에 서게 되는 에디트 피아프. 참새처럼 작고 가녀린 몸매에 애절한 목소리는 사람들을 사로잡아 '프랑스의 목소리'라고 불리우는 샹송 대스타가 된 에디트 피아프는 '사랑은 노래를 하게 만드는 힘이다. 나에게 노래 없는 사랑은 존재하지 않고, 사랑이 없는 노래 또한 존재하지 않는다'라고 말했다.

그녀는 몇 번의 사랑을 했지만 평생 단 한 번의 진실한 사랑이라 부를 수 있었던 헤비급 챔피언 권투선수 마르셀 세르당과 사랑에 빠지며 새처럼 행복해한다. 하지만 그녀를 만나러 오는 길 '배는 너무 길어요 비행기를 타요'라는 전화를 받은 마르셀이 타고 오던 비행기가 추락해 숨지고 말자 남은 일생을 술과 마약에 찌들어 살게 된다. 사흘을 내리 식음을 전폐하다 욕실에 들어간 지 20여 분 만에 가사를 써서 완성한 노래가 바로 '사랑의 찬가'이다. '핏빛을 장밋빛이라 부를 수 있는 것은 인생을 치열하게 살아낸 자만이 가질 수 있는 특권'이라 말해온 그녀는 일생을 사랑하며 살다, 사랑에 상처받으면서도 사랑을 놓치지 않았고 말년에 Non, Je ne regrette rien(아니, 난 아무것도 후회하지 않아)라는 명곡을 남기고 50살이 되기도 전에 노인의 낯빛으로 죽었다. 한줌의 재도 남아있지 않을 만큼 열렬하게 삶과 노래와 사랑을-사랑하며 인생을 소멸한 그녀 앞에서 나도 용기를 낸다.

글로만 읽던 연애서적은 내려놓고, 유난스럽지도 않게, 부담스럽지도 않게, 그렇게 서로의 설레임과 쉼터로 공존할 수 있기를 기도한다. 보고 싶다면 용기 내어 전화기 버튼을 눌러볼 테다. 상처, 그런 것을 두려워하기보다 사랑, 그것에 만족하리. 그이가 오기를 바라지 않고, 내가 먼저 그쪽으로 가볼 테다. 어제는 이미-너무도 멀리 지나가버렸고, 어제의 서툴렀던 나도 시간과 함께 보내버렸으니까. 고요하고도 정직한 기다림을 하련다. 사랑이 심장을 두드릴 때를. 사랑만으로 구름 위를 날아가는 것만 같을 님이 오실 날을 향해.

—7—
사유, 잘 다루면 보약이지만 남용하면 독이다

　아침에는 닭죽을 먹고 점심에는 옥상에 있는 텃밭에서 어머니가 재배한 열무새싹을 자박자박한 된장에 스슥, 비벼 한 그릇을 뚝딱 해치웠다. 10분 전의 나는 배가 고파 불안했고 밥을 다 비운 나는 배가 불러 여유로워진다. 밥을 먹고 계절의 바뀜에 따라 옷장을 정리했다. 옷장을 정리하다 보니 기가 막힌다. 3년 전, 5년 전, 8년 전에 입던 옷들 중 보관해온 기간 동안 단 한 번도 입지 않았던 옷들을 고집스레 소유하고 있는 집착에 '질린다'는 생각이 들었다. 내가 버린 옷이 다시 어려운 이웃들에게 돌아가는 이웃돕기재활용수거함에 양 팔 한가득 옷을 버리고 돌아오며 일말의 집착을 잘라낸 것 같은 후련함이 들었다. 돌아보면 불필요한 소유에 대한 집착은 비단 옷뿐만이 아니다. 최소의 필요로 분명히 살아갈 수 있지만 우리는(나부터도)

잘 먹고 잘 살기 위해 수납공간이 부족할 정도로 꾸역꾸역 물질을 쌓아둔다. 물질의 쌓임과 비례하게 마음의 욕심도 함께 쌓아둔다.

법정스님은 무언가를 소유한다는 것은 한편으로는 소유를 당한다는 것이며, 무언가에 얽매인다는 것이라고 말씀하셨다. 물질이건, 사람이건, 욕심이건 무언가를 가질 때 정신은 그만큼 부자유해지며 타인에게 시기심과 질투와 대립을 불러일으킨다. 스님의 말을 계속 빌리자면 인간의 목표는 풍부하게 소유하는 것이 아니고 풍성하게 존재하는 것이다. 아무것도 갖지 않을 때 비로소 온 세상을 갖게 된다는 것은 무소유의 또 다른 의미이므로 '욕망'과 '필요'를 구분해야 한다. 소유물은 우리가 그것을 소유하는 이상으로 자신을 소유해버린다. 정말 그렇지 않은가?

무소유가 가장 부자가 되는 원리를 곱씹으며 내가 가장 집착하는 다른 소유인 '책'이라는 매개체와 '작가'라는 타이틀의 소유에 대해서도 다시 돌아본다. 남들보다 빨리 타이틀을 달고 싶어 발버둥을 치다 욕심을 내려놓고 정말 하고 싶은 일에 매진했을 때 책을 출간하게 되었고 '작가'라는 새로운 타이틀이 생겼다. 그토록 사랑하는 책으로 인해 10여 년이 넘는 마음속의 숙원을 이루고 나니 또 다른 소유의 욕심이 생긴다. 바로 '잘 나가는 작가'가 되고 싶은 것이었다.

마음에 낀 욕심은 글에도 드러난다. 좀 더 있어 보이는 책을 써야 하지 않을까 하는 욕심이 배어 개인적 체험에서 우러나온 깨달음이 아닌 기성작가들의 문체와 사고를 베낀 듯 어설픈 글을 쓴 것이다.

타 작가들의 오랜 기다림과 노력 끝에 이루어진 결과를 축하해주면서도 질투와 시기의 마음이 생겼다. 그 사람보다 내가 더 잘 쓸 수 있다는 오만도 생겼다. 해서, 정말 책을 쓰고 싶은 마음과 책을 사랑하는 마음보다는 '나의 욕심'에 급급해 출간한 책은… 부끄럽고 미안하지만 반응도 뜨뜻미지근했다.

"정은이 책 읽어 봤어? 내용은 좋은데, 나는 재밌어. 저자가 나이가 굉장히 많은 사람 같아."

친구들이 내가 욕심내서 쓴 책을 읽고 가끔 저런 이야기를 건네면 쥐구멍을 파서 기어들어가 숨고 싶다. 시대에 딸려가는 작가가 아니라 시대를 리드하며 마음을 울리는 한 줄의 글을 쓰고 싶다는 욕심에 생생한 청춘의 이야기를 내놓으며 혁신적이거나 참신한 책을 쓰기보다는 어설픈 연륜의 깊이를 따라했기 때문이다. 요즘 그런 스스로 때문에 미칠 노릇이다. 너무 일찍, 너무 많은 것을 경험으로 소유한 부작용일까? 체험의 소유, 라는 것은 잘 사용하면 약이 되지만 남용하면 독이 되는구나. 시대에 딸려가는 작가가 아니라 시대의 문화를 읽고 호흡하며 기존의 것을 답습하기보다 새로움을 창조하는데 일조하고 싶다.

마음을 울리는 한 줄의 글을 쓰고 싶다. 나의 청춘과 정신이 똑바로 서야 좋은 글을 독자들에게 전달해 줄 수 있을 텐데, 하는 번뇌에 휩싸이다 '좋은 글에 대한 욕심마저 내려놓아야 진정한 마음의 글이 나오는 것일까, 하는 고민이 극에 달할 무렵 법정스님의 책을 찾았다.

서점에서 『홀로 사는 즐거움』『산에는 꽃이 피네』『무소유』『살아 있는 것은 다 행복하라』『아름다운 마무리』라는 제목을 차례차례 손으로 짚어본다. 애독가였던 스님의 통찰을 도와 법문이나 책에서 언급한 양서를 모은 『내가 사랑한 책들』이라는 책에는 『월든』이나 『아는 것으로 부터의 자유』『내일로부터 80킬로미터』『걷기예찬』 등 책제목만 보아도 '법정스님 답다'는 책을 읽어오셨다. 물질과 소유로부터 스스로 자유스런 삶을 선택한, 자발적으로 가난하게 살다간 법정스님이 존경스럽다. 행복이란 머리에서 오는 게 아니라 마음에서 오는 것이다. 가진 만큼의 인정이 행복도를 결정하는데 거의 전부의 역할을 한다. 청빈한 그의 소박한 행복 세 가지는 '일생의 스승이자 벗인 책 몇 권 읽기, 나의 일손을 기다리는 채소밭, 오두막 옆 개울물을 길어다 마시는 차 한 잔'이란다. 전기 하나 들어오지 않는 강원도 산골에서 개울물의 얼음을 깨 차를 마시고, 밭에서 채소밭을 직접 가꾸며 수확하며, 철따라 피는 꽃과 산의 아름다움을 즐기는 스님의 모습을 보며 내가 '있는 그대로의 나 자신'을 스스로 용납해주지 못했음을 깨달았다. 자연스러운 나의 모습과 상황을 인정하지 않으니 어중간한 깨달음과 글이 나올 수밖에 없는 것이다. '근사한 나'와 '나이 들어 있는 나'를 동경만 하고 실컷 두려워하는 동안 낭비해주기를 바라는 청춘이 얼마나 서운했을까.
　"욕심은 부릴 게 아니라 버릴 것이다. 버림으로써 영혼이 빛을 발한다. 내가 가난을 강조하는 것은 궁상떨며 살자는 뜻이 아니다. 우리가 너무 넘치는 것만 바라기 때문에 제 정신을 차리고 차분하게 우리의 삶을 옛 거울에 다시 비추어보자는 것이다."_『산에는 꽃이 피네』

그래, 욕심은 버리는 것이다. 서른이 되기 전에 무언가를 이루어놓아야겠다는 압박감도 내려놓는다. 스님의 책을 읽을수록 순간순간의 삶이 아름다운 마무리이자 새로운 시작이여야 한다는 단순한 가르침이 깊은 울림이 된다. 법정스님도 참 솔직하시다. 스님 같은 사람은 왠지 불철주야 책만 읽으며 수도하실 것만 같은데, 생기에 살아 넘치는 어느 해의 여름에는 책을 잘 보지 않으셨단다. 이유인즉, 눈이 번쩍 뜨이는 책을 접할 수도 있겠지만, 비슷비슷한 소리에 진력이 났고 돋보기를 맞추어 쓴지 10년이 훨씬 넘었기 때문에 눈이 쉬이 피로해져서 책을 멀리 하셨다. 이 상황에서 나라면 '한 계절을 책을 읽지 않으니 뒤처지지 않을까?'하고 불안해할지도 모르겠다. 하지만 스님은 오히려 다행한 일이라며 종이에 활자로 박힌 글보다는 나 자신을 읽고 들여다보는 시간을 더 소중히 여기게 되셨다고 한다. 요즘 트렌드는 '솔직성'과 '진정성'인데, 산에서 수행하시며 트렌디 하실 수 있었던 스님이 참 좋다.

좋은 작가는 온몸으로 자신의 삶을 열심히 살아내며 깊은 사유를 통해 글로 재생산해내는 사람이다. 인생의 시련을 겪으며 위기를 넘길 때마다 한 움큼씩 성숙해나가는 내면과 조우할 때면 작가라는 직업으로 산다는 것이 크나큰 축복이자 형벌인 것 같다. 고통스러운 기쁨을 소중히 여기되 자만하지 않는 중용의 미덕을 지키며 청춘을 대변하는 그런 글을 써야겠다. 불안정, 그 자체가 매력 아닌가. 『친절한 복희씨』에서 소설가 박완서님은 '그래, 마음껏 청춘을 낭비하렴' 하고 말을 건넨다. 그래, 불안정하고 두려운 청춘의 외줄타기를 마음껏 즐기며 아낌없이 청춘을 낭비하련다. 그럼, 좋은 글이 나오겠지? 아직도 '좋은 글'에 대한 욕심은 내려놓지 못했지만-나는 아직 청춘이니까 그런 욕심쯤은 가지련다. 언젠가, 좋은 글에 대한 욕심까지 내려놓을 그날이 오겠지만.

'자신의 계절 속 북소리'에 맞추어 가자

욕심을 털어버리고 싶을 때

『법정 스님이 사랑한 책』에도 소개되었던, 생전에 법정 스님이 좋아하셨다는 책이라는 이유로 『월든』을 다시 접했다. 법정 스님의 맑은 심정에 영향을 끼친-이 책에는 어떤 맑음이 담겨 있을까, 하는 순수한 호기심이었다.(법정 스님은 『월든』에 감명 받아 미국여행 중 그곳으로 몇 번이나 찾아가셨다고 한다.) 이와 같이 책에는 어떤 특별한 히스토리가 붙어야 더 의미가 깊어지는 속성이 있다. 같은 책이지만 '누가' 추천했다던가, '누구'의 애독서라던가 하는 딱지가 붙으면 나 역시 그 책만은 꼭 읽어야 할 것 같은 동조심리가 발생한다. 이것은 독서를 장려한다는 점에서 좋기도 하고, 불투명한 인생을 살아가는 이가 광고성으로 추천함을 구별하지 못한다면 좋지 않기도 하다. 이것을 좋게 만드는 힘 역시 꾸준한 독서로 광고성 책제목 노출 남발에 현혹되지 않는 것이 진리이다.

"어떤 사람이 자기의 또래들과 보조를 맞추지 않는다면, 그것은 아마 그가 그들과는 다른 고수의 북소리를 듣고 있기 때문일 것이다. 그 사람으로 하여금 자신이 듣는 음악과 맞추어 걸어가도록 내버려두라. 그 북소리의 음률이 어떻든, 또 그 소리가 얼마나 먼 곳에서 들리든 말이다. 그가 꼭 사과나무와 떡갈나무와 같은 속도로 성숙해야 한다는 법칙은 없다. 그가 남과 보조를 맞추기 위해 자신의 봄을 여름으로 바꾸어야 한단 말인가?" 『월든』

헨리 데이빗 소로우는 1817년 메사추세츠주의 콩코드에서 태어나 자연 속에서 자라 하버드대학을 졸업하고 콩코드에서 교사생활을 했다. 하지만 '매질 대신 도덕적 훈계로 학생들을 가르치겠다'는 소신을 학교 측에서 받아들이지 않자 2주 만에 사직하고 형과 함께 사설학교를 운영한다. 그러나 형의 건강악화로 학교는 폐교되었고, 결국 형은 파상풍으로 사망하게 된다.

이 책은 그가 28세부터 30세까지 2년 2개월간 자기 손으로 통나무집을 지어 숲속 호숫가 '월든'에서 살았던 기록서이다. 그는 차나 커피, 버터나 우유나 육류를 먹지 않기 때문에, 중노동을 하며 에너지를 손실하지 않을 수 있기 때문에, 고요히 생활자체를 즐·기·며 (집안에 있는 물건들을 정성스레 햇빛에 말리며, 청소를 하는 등의 일을 숭고하게 즐기며) 살아왔다. 어떤 이에게는 이런 삶이 게으르고 나태한 시대에 뒤쳐진 패배자라 치부할 수 있겠지만 헨리 데이빗 소로우는 남들과 다른 북소리를 들으며, '남의 놋쇠'를 갚는 일에 인생을 허비하지 않고(로마에서는 놋쇠로 돈을 만들어 썼기 때문에 빚을 '남의 놋쇠'라 불렀다.) 세속적인 성공을 거부하며 인생을 살아간 이의 결연한 의지와 생활을 고스란히 담았다. 그에게는 고스란히 일상을 만끽하고, 자연 속에서 자급자족하는 생활자체가 오락이었으며 끝없는 장으로 구성된 한편의 드라마처럼 권태에 빠져 괴로워하지 않는 신기로움의 연속이었다. 이 책속에는 역시나 방대한 저서들이 등장하는데, 이 책들의 자취를 찾아가며 일 년 간을 여행한다 해도 수백 권을 읽는 것보다 유익하겠다는 생각이 들 만큼 그는 해박하고 방대하며 현명했다.

"여러분은 거짓말하고, 아첨하고, 선거 때는 한 표를 던져주고, 스스로를 공손의 표본으로 만들며, 공기처럼 엷은 너그러움의 분위기 속에 자신을 확산시키는 등 어떻게 해서든지 이웃 사람들을 설득해서 그들의 구두와 모자, 외투와 마차를 만드는 일감을 맡기거나 그들의 식품과 잡화를 수입하는 일을 맡으려고 노력한다." _『월든』

우리들 생애의 저녁에 이르면 얼마나 많이 행복했고, 자연을 즐겼으며, 부질없는 질투에 시달리며 신음하지 않았는지 생각해보게 될 것이다. 낙하하는 해를 바라보며 이웃의 무언가를 내 것으로 획득하기 위해 살아왔던 인생에 대한 회한을 던지지 않도록, '자신의 계절 속 북소리'에 맞추어 가자. 가자미처럼 가늘게 눈을 치켜뜨며 남의 인생을 훔쳐보는 행위만 멈추어도, 충분히 행복할 것 같다. '남의 놋쇠'만을 탐내며 '자기 그릇'안에 든 보물을 발견하지 못한 인생에 애도를 보낼 삶은 아니 살자.

제3부

나는
'은따'가 싫어
글에 빠졌다

— 1 —
미래 내다보며 익숙한 것에
딴지 걸어라

 '돈'이라는 것에 당신이 부여하는 가치의 허락치는 어느 정도인가?
당연히 돈은 중요하다. 돈은 없으면 안 되고 생활하기에 꼭 필요한 항
목이다. 우리에게 돈이 없으면 밥을 먹을 수도 없고, 잠잘 곳을 구할
수도 없으며, 입을 옷을 살 수도 없다. 기본적인 의식주 생활이 해결
되지 않을 뿐만 아니라 책을 사볼 수도 없고, 학교에 다닐 수도 없다.
돈이라는 것이 생활을 지배할 뿐만 아니라 생각을 지배하기도 한다.
 다시 묻겠다. 당신, 요즘 인생 살맛나는가? 행복한가? 행복하다면
무슨 이유로 행복하고, 행복하지 않다면 무슨 이유로 행복하지 않은
가? 만약 행복하지 않다고 대답한 이의 이유를 유추해 보자면 '현재
위치가 마음에 들지 않아서, 꿈꾸던 인생과 달라서, 피곤해서, 여유가
없어서, 몸이 아파서, 쓰고 싶은 만큼 돈을 벌지 못해서, 나보다 남들

이 잘나가는 것 같아서…' 등이 아닐까. 이와 다른 이유로 심각한 병에 걸렸다거나 절제절명의 위기에 봉착한 사람이라면 위로와 응원을 동시에 보낸다. 하지만 이가 아니라 위와 같은 이유들로 행복하지 않다면 만약 내가 행복한 순간은 언제일지 한번 적어보자. 『행복의 조건』같은 책들을 읽어가며 타인의 행복을 탐하며 괜한 시간낭비하지 말고 정작 내가 행복할 이유와 조건을 찾아야 하지 않겠는가.

지난주 목요일 미술치료 수업시간에는 6명씩 그룹핑을 해서 '인생을 행복하게 해주는 것들'이라는 주제로 조별작업을 했다. 조원 중 1명을 선정해 전지 위에 드러누워 그의 몸체를 본떠 전지에 그리고, 그 전지를 벽에 붙여 신문이나 잡지에서 오려낸 이미지들로 그 사람의 인생을 행복하게 해 줄 요소들을 찾아 붙이는 작업이었다. 조원의 구성원이 20대 2명, 30대 1명, 40대 1명, 50대 1명, 60대 1명으로 골고루 분포되었는데 각자가 생각하는 행복한 요건들을 전지 위에 그려진 몸체의 선을 넘어 빈틈없이 빼곡하게 붙였다.

그림에는 아파트 두 동이 붙어있고, 젊은 이성이 붙어있고, 전용비행기, 명예로운 직업, 옷과 신발, 보석, 차, 웰빙음식, 호화 여행지 등이 붙었다. 무언가 부족한 거 같아 크레파스로 웃는 표정을 그려주니, 다른 조원이 빨간색으로 심장을 그려 넣었다. 그렇지, 돈으로 해결되는 모든 것들을 소유한다고 해도 따뜻한 가슴과 웃음이 빠지면 허당일 뿐이다. 총 6개 조가 작업을 진행했는데 다른 조도 대부분 우리 조와 비슷하게 돈으로 살 수 있는 의, 식, 주를 호화롭게 작업했다. 6명 모두가 20대 남성들로 구성된 조에서는 심플하게 '술, 예쁜 여자, 집, 차'를 커다랗게 붙여놓았다. 그들이 발표를 하며 '이렇게 하려면 대체 얼마를 벌어야 하는지…' 하고 씩씩하게도 웃는다. 모두가 함께 웃었지만 마음 한 켠이 씁쓸해진다.

행복하기 위한 부가적인 요소로 돈을 벌어야 한다는 기존의 순수한 관념은 무조건 돈을 많이 벌면 행복하다는 의식으로 주와 부가 뒤바뀌게 되었다. 이에 따라 가치추구와 자아성장을 동반해 돈을 벌기 위해 일을 한다는 의식은 사라지고 '더 많이' 누리고 '더 때깔나게' 누리기 위해 의미 없이 시간을 흘려보내며 일을 하는 직장인들이 늘어만 간다. 물론 돈이 없으면 불행하다고 느낄 수 있다. 누릴 수 있는 것들이 제한되어 있고 돈이 없으므로 성장의 기회마저 박탈당하기 때문에 아등바등 돈을 벌려고 발버둥치는 것은 당연하다.

나 역시, 더 좋은 인생을 살기 위해 돈을 벌고 있다. 그러나 맹목적으로 돈을 쫓아가는 것보다 '돈을 버는 과정'이 중요하다는 것을 인식하기를 바란다. 돈을 쫓아가며 꿈을 몰살시키지 말고 꿈을 향해 날아가며 돈이 나를 쫓아오게 만들자. 월급을 받기 위해 대충 시간이나 때우며 다시는 오지 않을 오늘을 버릴 바에야 의미 있게 시간을 채워가며 인생을 주도하는 편이 훨씬 생산적이지 않겠는가? 행복하지 않겠는가? 그렇다면 무엇을 하며 인생을 주도적으로 살아가며 돈을 벌어야 하는 걸까.

앨빈 토플러는 본인의 저서 『부의 미래』에서 부의 물결은 제2물결인 산업화가 핵가족화를 지향하여 제1물결인 농업사회의 대가족 제도를 대체했으나, 제3물결은 다양한 가족형태를 인정하고 받아들이고 있다고 주장한다. 이에 따라 제1물결의 주체인 농민들이 토지를 인계하며 수렵 채집하는 사람들이 사라져가고, 이들은 제2물결인 공장이 있는 도시로 일자리를 찾아 이동하며 이에 따른 수요로 제3물결이 도래하여 인터넷 카페와 소프트웨어 창업이 늘어나고 있다.

그는 제1물결의 부 창출은 시스템을 키우는 것(growing)이었고, 제2물결은 만드는 것(making)을 기반으로 하였으며, 제3물결의 부 창출 시스템은 서비스하는 것(serving)것, 생각하는 것(thinking), 아는 것(knowing), 경험하는 것을(experiencing) 기반으로 한다며 부의 미래 창출요소를 관측했다.

나는 이에 덧붙여 창조성과(creativity) 인간존중성과(humanism) 정보의 우선수집능력(priority)을 부를 창출할 제4의 물결로 추가하겠다. 창조성 안에는 디자인 요소가 부가적으로 첨가되며, 인간존중성 안에는 감성욕구자극이, 정보 우선수집능력 안에는 독서력이 첨가된다.

우리는 자신감을 가지고 미래를 관측하며 익숙한 것에 딴지를 걸어 창조적인 시선으로 세상을 바라보는 창조력을 기르는 연습을 해야 한다. 과거 산업사회는 증기기관→철도→전기→인터넷의 발달을 거치며 버블과 통증을 견뎌내며 진화했다. 이제 신기술인 증강현실이나 나노기술, 신재생에너지, 로봇기술, 생명공학기술, 환경복구기술과 고갈된 자원을 대체하기 위한 대체에너지기술 등이 산업을 장

악할 것이다. 가만히 살펴보면 전기에는 기존에 없던 것들을 창출해 내는 기술이었고, 현재는 기존에 있는 것들을 진화시키기 위한 기술이다. 따라서 현대는 정보를 먼저 채집하고, 비슷비슷한 것들 사이에서 살아남을 만한 창조력 있는 기술을 가지고 이미 넘치는 소유로 버거워하는 인간의 마음을 움직일 만한 감성력과 시대를 관망하는 지혜를 가질 수 있는 능력을 지닌 이가 선도할 것이다.

이 모든 것을 소유한 사람이 인간이냐 반문할 수 있겠지만 그런 인물들이 이미 현존해 있고 흡사 그들은 우리보다 나이가 많기까지 하다. 마이크로소프트사의 빌게이츠, 영국 버진항공사의 리처드 브랜슨, 잡스와 함께 매킨토시를 개발하였으며 자선가가 된 스티브 워즈니악등, 모두 꼽자면 이 면을 통으로 할애해도 모자랄 만큼 많다.

유독 주목하고 싶은 이는 55세의 스티브잡스이다. 그는 입양아 출신에 대학을 중퇴하고 돈이 없어 차고에서 컴퓨터사업을 시작하며 최고에 올랐으나 자신이 세운 회사에서 쫓겨나 전혀 새로운 분야인 디즈니만화의 성공을 통해 새로운 업적을 이루었다. 그는 그 후 다시 애플사로 복귀하여 죽음을 선고받은 췌장암도 이겨냈다. 애플사는 기존에 있던 제품인 컴퓨터, 핸드폰, mp3를 인간의 감성을 건드릴 만한 창조성으로 '애플빠'라는 애플의 추종자를 뜻하는 신조어까지 창출해낼 정도로 전 세계적인 인기를 누린다. 그가 생각이 막힐 때마다 읽었던 책을 통해 발생한 새로운 아이디어는 제품으로 창출되어 우리를 행복하게 해주었다. 그가 17세에 책을 통해 읽었던 '만약 하루하루를 인생의 마지막 날처럼 살아간다면 언젠가는 틀림없이 성공할 것'이라는 글귀는 그의 평생 모토로 자신을 행복하게 일하는 이로 만들었다.

그는 현재 애플사에서 자진해서 연봉 1달러를 받는다. 물론, 이전에 벌어놓은 재산이 있기에 가능한 일이지만-그의 나이를 감안할 때 아직 돈에 더 욕심을 낼 수 있는 시기임에도 돈보다는 일을 통한 자아성장과 삶의 가치추구에 더욱 중점을 두었다. 췌장암을 이겨내고 바짝 마른 몸이지만 아직도 눈빛이 생생하다. 스티브 잡스는 매일 아침 거울을 보며 스스로에게 질문을 던지고 '아니다'라는 대답이 여러 날 계속되면 변화가 필요한 때임을 깨닫는다고 한다. 그 질문을 오늘 자신에게 스스로 던져보자.

"오늘이 내 인생의 마지막 날이라면 오늘 내가 하려고 했던 일을 할 것인가?"

나는 여러분이 모두 돈을 잘 벌고, 잘 쓰길 바란다. 쓸데없이 시간이나 때우며 돈을 벌기 보다는 평생을 의미 있고 가치 있는 일을 추구하며 세상을 바꾸어가는 사람들이 되어 의식 있는 부자들이 늘어나 사회의 빈부격차가 평등해졌으면 좋겠다. 이노베이션(Innovation)한 당신을 통해서!

딴지를 걸어야 '빅뱅'이 일어난다

크리에이티브(창조적인)를 증진시키고 싶을 때

"치기치기 차카차카 초코초코초~나쁜 짓을 하면은~우리에게 들
키지~"

슈퍼보드를 타고 날아다니며 선을 위해 악을 응징하는 손오공과
먹보 저팔계, 귀머거리 사오정과 삼장법사가 등장했던 만화영화 '날
아라 슈퍼보드'의 주제곡만 들리면 어깨가 들썩들썩거리며 신이 났
다. 손오공처럼 슈퍼보드를 타고 멋있게 날아다니는 사람이 되야지,
하고 다짐도 했었다.

『슬램덩크』가 한권씩 출간되는 시기를 마음 졸여 기다리며 만화
속에서 즐기는 농구의 세계에 빠지기도 했다. 초등학교 시절에는 동
네에 있는 3개 책방의 만화책을 거의 다 섭렵해서 옆 동네 책방으로
신간만화가 없나, 찾으러 가기도 했다. 만화를 보고 자라다 보니 만

화적 상상력이 습득되어 남들이 발견치 못한 기발한 아이디어를 생각해내기도 한다. 손에서 만화를 떼고 한창 공부할 무렵, 초능력에 관한 책들을 읽다 '내게도 초능력이 있지 않을까?'하는 생각에 눈으로 형광등을 깨려고 1시간 동안 집중해서 에네르기 파를 뿜는 실험을 해봤다. 물론, 형광등은 깨지지 않았지만.

『신의 물방울』에 이어 최근 가장 재미나게 읽은 만화는 강풀의 『바보』와 허영만의 『사랑해』이다. 14살 나이 차이를 극복하고 결혼한 철수와 영희 사이에 태어난 딸 지우의 알콩달콩한 스토리와 사랑스러운 그림에 절로 마음이 녹아나는 허영만 화백은 어린 시절 그토록 즐겨보던 '날아라, 슈퍼보드'의 원작자이다. 그는 『각시탈』『날아라 슈퍼보드』『비트』『타짜』『식객』『꼴』 등 한국만화계를 주름잡는 굵직한 작품들을 선보였고, 이는 드라마 및 영화로도 제작되어 또 다른 산업구조로의 수익을 창출해냈다. 그 만화의 인기는 드라마와 영화로 제작된 작품에서 배우들이 착용한 액세서리나 의상 등으로까지 이어지며 활발한 시장경제에까지 일조한 것이다.

고정관념을 탈피하며 철저한 자기관리로 유명한 허영만 화백은 새벽 4시에 화실에 출근해 오후 3시 신문이나 잡지사에 원고를 넘기는 마감시간 전까지 성실하게 작업을 한다. 데생이며 스토리 조사를 직접 하기로 유명한 허영만 화백이 7년 6개월간 제철음식을 소개하며, 영화와 드라마로도 만들어져 인기를 끌었던 『식객』은 지역문화발전에 도움을 주기까지 했다. 음식점 하나를 소개하기 위해 일일이 찾아가 맛을 보고, 정확한 컷을 위해 무수한 사진을 찍고 메모를 하여 완성되었던 『식객』에서 가을전어를 소개하자 전어가 바로 인기를 끌었고, 과메기를 소재로 삼았더니 포항시에서 감사패를 주기도 했다.

한우설렁탕, 갓김치, 정어리쌈, 냉면, 올갱이국 등 한국의 먹을거리를 재발견하고 올바른 지역경제의 성장에도 이바지한 것이다.

이처럼 만화에서 우리가 얻을 수 있는 것은 순간적 유희뿐만 아니라 세상을 바라보는 넓은 시각과, 한 컷의 만화를 그리기 위해 수고한 만화가의 손길, 톡톡 튀는 크리에이티브한 상상에 삶의 영감을 받는다. 만화를 보며 웃으니 아드레날린이 생성되어 긍정적 아우라가 생긴다. 우리가 보았던 만화들 중 악이 선을 이기는 내용이 있었던가? 선한 자가 악을 응징한다는 철학적 해학이 자연스레 의식에 스미기까지 한다. 또 하나, 숱한 만화들 중에서 『식객』을 추천하는 이유는-깨끗하고 좋은 음식을 잘 먹어야 머리도 잘 돌아가서 크리에이티브도 살아나는 것뿐만 아니라 음식을 생산하며 조리하는 숭고한 손길에 감사하는 인간존중성도 생기고 철학을 할 수 있는 힘도 생긴다. 주근깨 삐삐머리 빨간머리 앤은 말한다.

"엘리자가 말했어요. 세상은 생각대로 되지 않는다고. 하지만 생각대로 되지 않는다는 건 정말 멋지네요. 생각지도 못했던 일이 일어나는 걸요!" 어쩌면 내가 1시간이 아닌 2시간이나 3시간쯤 형광등을 노려보고 있었다면, 진짜 눈으로 형광등을 깨는 일이 일어났을지도 모른다. 생각지도 못한 일로 가득한 세상이니까!

━━ 2 ━━
빅뱅(Big Bang) 거쳐야
새로운 사고가 열린다

　천문학자들은 별과 행성, 지구와 그리고 지구의 동물과 식물 또한 너와 나를 포함한 세상의 모든 것이 포함된 우주가 약 1백50억 년 전에 일어난 빅뱅(Big Bang)이라 일컬어지는 대폭팔로 생겨났다고 보고 있다. 우주를 구성하고 있는 물질이 처음에는 하나의 덩어리로 뭉쳐져 있다가 빅뱅으로 인해 우리가 살고 있는 지구와 태양과 달과 별과 행성들이 생겨난 것이라고 보는 시각도 있다. 그 학설을 풀어 보자면, 단단하게 응집된 작은 덩어리가 굉장한 대폭발을 견디며 우주라는 세상이 열렸다는 것이다. 이제 우리는 '우주'가 되기 이전의 작은 덩어리에게 인격을 불어넣어 생각해보자. 굳이 시끄럽고 뜨겁고 아픈 폭발을 견디지 않고도 지낼 수 있겠지만, 섭리의 순리와 카오스를 극복하면서까지 빅뱅을 진행시켜 얻고 싶은 것이 무엇일까?

작은 덩어리 하나가 우주를 펼쳐 보이기 위해서는 빅뱅이라는 대폭발을 꼭 겪어야만 하는 것일까?

이 의문을 인간의 인생(人生)을 통해 풀어보자. 인생(人生)은 다른 말로 일생(一生)이라 한다. 이생(二生)이나 삼생(三生)이 아니라 인생(人生)은 일회일생(一回一生)이다. 인생이라는 응집된 덩어리는 우주 속의 일원으로 성장하다 빅뱅이라는 전환기를 거쳐 자신만의 우주를 새롭게 형성하게 된다. 대폭발을 만나기 전 하나의 응집된 인간의 우주 안에는 부모와 가정의 울타리, 친구와 학교와 직업의 울타리 등 태어났을 때부터 수순대로 얻게 되는 것들이 포함되어 있다. 물리적 성인이 되고, 사람들은 각기 유학이나 결혼이나 새로운 직장이나 이직이나 사업의 실패나 가까운 지인의 상실 등을 무수히 많은 다른 이유들로 겪으며 각각의 빅뱅을 만나게 된다. 어떤 이는 빅뱅을 조금 만나기도 하고, 어떤 이는 빅뱅을 수도 없이 만나며 폭발적인 에너지를 방출하기도 한다. 이때 기존의 우주에 머물러 있는 사람과 새로운 우주를 탄생시키는 사람이 갈린다. 나의 경우에는 빅뱅 후에 일어난 혼돈을 책으로 달래며 무너지지 않으려는 저항을 멈추지 않는 경우에 속한다.

어릴 적 나는 인기가 있기는커녕 소위 '은따'를 당하는 아이였다. '은근한 따돌림'을 당하던 나는 매일 하굣길이 고통스러웠다. 삼삼오오, 짝을 지어 하교하는 아이들 사이에서 은근히 나를 떼놓고 집으로 가버리는 친구들에게 끼어보려고 청소를 얼른 마치고 아이들에게 끼어가기 위해 눈치를 보았다. 무리의 중심에 있는 친구가 늦게 끝나면 아이들이 기다려 주었지만, 내가 늦게 끝나면 그냥 가버렸기 때문이다.(나는 '국민학교' 세대이다) 국민학교 졸업식장에 바쁜 와중에 짬을 내어 엄마가 와주셨는데, 한명도 나랑 사진 찍으려는 친구가 없어서 달랑 엄마랑 찍은 사진 한 장만이 남아있다.

초등학교 3학년 때 담임선생님은 시크한 일자 단발머리에 풀메이크업을 하고 다니시는 세련된 분이셨다. 그때 아이들뿐만 아니라 선생님마저도 은근히 나를 따돌렸나 보다. 어느 날은 어깨까지 밖에 오지 않는 머리를 짧게 자르고 오지 않았다고 오른쪽 뺨을 세게 맞았던 기억도 있다.

이 시기의 나는 응집된 나만의 우주에 머물러 있던 시기였다. 친구들과의 소통방법, 즉 사람을 사귀는 방법을 몰랐기에 나는 더욱 외로워졌고 혼자만의 세상으로 파고들었다. 예쁘지도 않고, 말도 잘하지 못했고, 공부도 어중간했고, 잘 웃지도 않는 나를 같은 반 아이들이 좋아했을 리가 없었다. 미래의 꿈을 적을 때면 '인기 있는 사람이 되고 싶다. 예쁜 여자가 되고 싶다'라는 말이 매번 적혀 있었다. 물리적 성인인 스무 살이 되기 전까지는 유일하게 먼저 다가가도 거부하지 않고, 관계유지를 위해 눈치 보지 않아도 되는 친구였던 '책'과 함께 오랫동안 외롭게 성장했다. 현실을 벗어나 미래에 일어날 꿈들을 상상해보는 습관도 '은따' 덕분에 생겼다.('왕따'인가?) 상상 속의 나는 많은 이들에게 인기를 얻고, 사랑스러우며, 마음을 터놓는 진실한 친구도 있고, 되고 싶은 모든 위치에 서 있었다.

　나는 혼잣말을 하는 습관이 있는데, 프리다 칼로처럼 어릴 때부터 허공이나 상상 속에서 친구를 만들어 대화했던 버릇 때문이다. 지독하게 외롭게 갇혀있던 우주에 빅뱅이 온 시기는 이런 자신을 벗어나려고 일부러 자기계발서, 처세술서, 자서전 부류의 책을 위주로 2년간 읽어온 후였다. 자기계발서나 처세서를 탐욕스럽고 엇비슷한 소리를 하는 책이라 비하하는 사람들도 있지만 그들은 이 책을 그저 눈으로 '읽기'만한 사람들이다. 자기계발서는 문학서가 아니다. 자기계발서는 읽고, 따라하는 실용서이다. 이 책들을 '읽고' 저자가 추천하는 행동을 한권에 한 가지씩 만이라도 '실천'한다면 정말 인생은 바뀐다. 자신 있게 말할 수 있는 이유는 내가 이 실험의 장본인이기 때문이다.

　고맙게도 성공한 이들은 아픈 과거를 딛고 일어선 개인의 역사를 책에 기록해주었다. 남루한 현실에 안주하지 않고 백조가 되기 위해 발버둥치는 미운오리새끼의 진화과정을 이야기해주었다. 자기계발서에는 어떻게 하면, 멋진 사람이 될 수 있는지를 알려주었다.

　'긍정적으로 생각하기, 어느 상황에서도 친절한 웃음 짓기, 오늘의 실패가 내일의 성공을 향해 가는 계단임을 인식하기, 있는 그대로의 나를 사랑하기, 나는 할 수 있다'라고 믿으면 진짜 할 수 있게 되기에 믿어보기, 꿈을 크게 가지기, 좌우명 가지기, 인생의 장기적인 계획 세우기, 불가능한 일이라도 생생하게 꿈꾸기, 목표를 종이에 적어 눈에 보이는 곳에 붙여놓기, 타인을 돕고 살기, 진심을 다하기' 등.

나는 배우며 하나하나 실천해갔다. 이 과정에서 어이없는 일도 생겼었다. 매번 웃으려고 노력하다보니 친구아버님 장례식장이라는 슬픈 상황에서 위안을 건네며 웃어버린 사건이 있다. 습관이 무섭다고, 웃는 습관이 그런 곳에서 무의식중에 나와 이후에는 때와 장소를 가리는 감정표출을 무던히도 연습했다.

자기계발서에서 배운 대로 내적 마음 밭을 긍정적인 에너지로 바꾸니 자연스레 주변에 친구들이 생기기 시작했다. 책과 더불어 신앙을 통해 내게 없던 '사랑'을 채워가기 시작했다. 사람들과의 관계유지를 위해서는 마음으로 진심을 다해 대하고, 공감해주고, 경청하는 힘을 배워서 실천해보니, 이제는 고맙게도 먼저 밥을 먹자고 청해주는 친구가 여럿 생겼다. 친구하나 없던 외롭고 긴 시간을 지내면서 책으로 다져진 긍정마인드와 환하게 웃는 습관, 그리고 열정적으로 인생을 성실히 꾸려가는 모습(자화자찬 하려니 글이지만 참 쑥스럽고 땀난다.) 등의 달라진 모습 덕분에 주변에 많은 친구들이 생겼다. 못난 모습까지 이해해주는 가까운 친구도 생겼다. 타인을 온전히 이해할 수 없기에, 타인도 나를 백퍼선트 이해할 수 없다는 사실을 깨닫게 되면서 '나를 싫어하는 사람'에 대한 마음도 관대해졌다. 나도 싫어할 수 있고, 그도 나를 싫어할 수 있다. 좋아하는 이들로만 둘러싸인(아첨하는 이들이나) 세상에 사는 꼭두각시들은 결코 행복하지 않다. 또한 '자신의 습관을 미워하는'감정에도 관대해져간다. 잘라버리고 싶지만-끈질기게도 달라붙어 있는 습관들을 억지로 외면하려 하지 않았다. 억지로 자르면 탈만 더 난다. 하루 하루 1mm라도 변화될 수 있다면 미운 습관들도 언젠가는 유하게 변화될 테니-차분히 있는 그대로를 인정해준다. 단맛·쓴맛·짠맛·신맛을 모두 알아야 '맛있다'를 느끼게 되듯이 좋지 않은 습관이라던가, 나를 싫어해주는 사람들 덕분에 알곡이 익어갈 수 있음이다. 이런 사실들을 일깨워준 '책'이라는 유인물이 쌓여 터진 인생의 빅뱅으로 인해 새로운 우주가 창출되었다! 얼마나 감격의 순간인지.

은하수는 우리가 살고 있는 은하이다. 은하에는 밤하늘에 보이는 별뿐만 아니라 보이지 않는 별까지도 포함되어 있다. 은하계에 있는 별을 모두 합하면 대략 2천 억개쯤으로 추정된다. 은하수는 반짝이는 수많은 별들이 깜깜한 밤하늘을 가로질러 강물이 흘러가는 것처럼 보인다고 해서 붙여진 이름이다. 우리가 눈으로 보는 은하수는 고요하고 캄캄하고 반짝이는 별들로 아름답기만 하지만 위에서 촬영한 은하수의 사진을 보면 나선형으로 소용돌이치고 있다.

빅뱅이라는 대폭발로 생긴 아름다운 별이 반짝이기 위해서도 소용돌이를 견뎌야 한다. 현재 말할 수 없는 소용돌이의 혼돈 속에 빠져 혼란스러운가? 자신이 말할 수 없이 초라하게 느껴지고, 빠져나갈 길을 알지 못해 주저앉아 있는가? 어이없게 들리겠지만 그렇다면 기뻐해라. 빅뱅이라는 폭발 직전에는 지독히 불안하고 외로운 게 당연하다. 별이 빛나기 위해서는 소용돌이의 흐름을 견뎌야 한다.

'책'이라는 '빅뱅'이 터져 내가 바뀌었다

빅뱅을 만나고 싶을 때 … '사람'을 읽는다

내게는 다양한 친구들이 있다. 어떤 직업을 가진 지인이라 친하게 되기보다는, 워낙 책에 대한 호기심처럼 사람에 대한 호기심도 많은 지라 친해지고 나서 되돌아보니 그랬다. 의사, 변호사 등 대체적으로 많은 이들이 선망하는 직업을 가진 지인들과 졸업 이후 늘 직업이 없는 백수지인, 중소기업을 몇 달 단위로 관두며 들락날락 하는 친구, 현실에 적응하지 못하고 해외로 도피하는 친구, 대기업이나 일반사무직을 성실히 근무하는 친구, 가족의 가게를 도와 상업에 종사하는 친구 등등 여러 지인들을 만나게 되었다. 환경 덕분이다. 파티 플래너, 디자이너, 전시기획자 등 밥 벌어 먹고 살던 일들이 늘 여러 사람과의 커뮤니케이션으로 업무를 진행시켜 나가야 하는지라, 다양한 연령과 직종과 성향의 사람들을 만나게 된 것이다. 소위 말하는 상위 1%의 부자부터, 온가족이 단칸 반지하방이나 월세방에 세 들어 어렵게 사는 지인도 있다. 다양한 부류의 사람들을 만나며 느낀 공통점은 어떤 위치에 있건 인생의 행복도는 '자신의 만족도'에 달려 있다는 것이다. 남들이 보기엔 비루해 보이는 일도 자신이 행복하다면 그 사람은 떠오르는 샛별처럼 빛나 보이고, 모두가 가고 싶어 하는 위치에 있는 사람도 자신이 하찮다 느낀다면 그 사람은 낙하하는 별 같다.

다양한 친구들을 만나며 그들을 통해 독서지경도 넓어졌다. 새로운 관심사가 생겨 그 분야를 자세히 탐구하기 위해 책을 읽는 동기는 '친구'와도 연관이 있다. 친구들과 이야기를 하다보면 이 친구가 가지고 있는 관심사나, 전공분야에 대해 궁금해지기 시작해서 그와 연관된 책을 찾아본다. 그간 알고 지내던 친구가 건축설계를 하고 있어 '건축'에 관련된 책을 찾아보기 시작했다. 그렇게 건축 관련서적들을 읽으며 건축의 공공적인 의미와 건축가들을 알게 되었으며 도시의 구성의미에 대해서도 관심을 가지고 돌아보게 되었다.

그들의 추천으로 인해 새로운 책을 접하기도 한다. 국문학을 전공했으나 군대 제대 직후 『체게바라 평전』과 노자의 『도덕경』을 통해 가치를 재정립하고 꿈을 가지고 의미 있게 살아갈 수 있는 용기를 얻어 전공을 정치학으로 바꾼 국회소속 국회의원 보좌진 곽원섭 씨를 통해 오르한 파묵의 『하얀성』과 에밀 아자르의 『자기 앞의 生(생)』을 만나는 등 친구들을 통해 새로운 분야로의 독서를 확장시켜 나간다.

세상에서 가장 어려운 일은 사람의 마음을 얻는 일이고, 세상에서 가장 중요한 일도 사람의 마음을 얻는 일이 아닐까. 어린왕자가 평범한 장미꽃과 오랜 시간을 보내며 단하나의 특별한 장미꽃으로 만들었듯이-사람의 마음을 얻는 일에는 시간과 정성과 기다림과 인내가 필요하다. 내가 친구에게 실수 할 때도 있고, 친구가 내게 실수할 때도 있다. 그럴 때마다 날을 세운 송곳처럼 뾰족하게 굴었던 적도 있지만-어차피 다들 부족하니까 사람인데, 굳이 그럴 필요가 없었다. 관계에 익숙하지 않아 어색했던 태도도 '함께 울고 웃고 싸우고 화해하고' 하는 것이 우정이나 사랑이라는 것을 알아가며 유연해진다. '관계'를 배워간다. 물이 흐르듯 친구들도 곁에서 흘러간다. 물이 흐르듯 친구들이 곁으로 온다. 많은 친구들보다 언제고 곁자리에 머물러줄, 말하지 않아도 이해해주고 공감해주는 친구 하나 있음이 얼마나 고마운 일인지도 알아간다. '관계유지'에 욕심내지 않으니 인간관계도 한결 수월해졌다. 언제든 곁에서 떠나갈 수도 있고, 멀어졌던 친구와도 오랜 시간이 지난 후에 다시 만나 함박웃음 지으며 악수를 청할 수도 있다. '수용의 폭'이 넓어질수록 사람과 사물을 대하는 자세는 유연해지며 세상살이도 편안해진다. '사람'을 읽음은 그 사람이 가지고 있는 고민, 생각, 자라온 환경, 현재를 둘러싸고 있는 이야기들을 가만히 들어주며 공감해 주는 것이다. 함께 있는 그 순간 마음과 마음이 통한다면-일생동안 한 번의 만남만으로도 '우리는 친구였다' 말할 수 있다. 사람을 읽다 보면 상대방에 대한 관심이 생기고, 애정이 쌓인다. 혹시 예전에 '은따'였던 나처럼 외로운 굴을 파고 은닉하여 떨고 있다면-한발 한발, 먼저 다가가 보자. 옷도 살갗에 가 까이 닿는 만큼 편안한 소재이듯 마음도 가까이 가는 만큼, 여는 만 큼 가까워진다.

— 3 —
배는 비우더라도
머리는 비울 수 없다

오전부터 연신 세 건의 미팅을 끝내고 자료조사를 위해 도서관을 뒤지다 뒤늦은 허기가 몰려와 인근의 가까운 카페를 찾았다. 음료와 샌드위치를 받아들고 2층 창가 자리로 가 허겁지겁 늦은 점심인지 저녁인지 모를 끼니를 해결하고 가쁜 숨을 몰아쉬며 창밖을 내다보았더니 건물신축 공사가 한창이다. 이십대로 보이는 젊은 인부부터 아버지뻘로 보이는 나이든 인부들이 모여 바쁘게 공사현장은 돌아간다. 지게에 흙을 싣고 흙을 나르고, 메워야 할 곳에 삽으로 흙을 떠 메운다. 한편에는 덩어리째인 돌을 잘라 크기에 맞는 타일로 만든다. 때 묻은 셔츠를 걷어 올린 팔은 까맣게 타 있고, 등에는 땀자국이 지도처럼 번져 있다. 한편에서는 흙을 메운 그곳에 물을 붓고 다시 평평하게 펴 잘라놓은 타일을 얹고 망치로 탕탕 두드린다. 세게 두드리면 돌이 깨질 테니 살살 알맞게 타일이 붙을 때까지 정성껏 두드린다. 실선을 연결해 똑바르게 하나, 둘, 셋… 열개의 타일을 붙이니 일정한 모양의 공간이 형성된다.

손에 들고 있던 책을 읽다 공사현장을 바라보고, 다시 읽다 또 바라보니 그들의 몰입은 어느새 건물바닥을 완성시켜 놓았다. 각자 다른 일만 하나 싶더니 작업이 끝나갈 때쯤 실없는 농담을 던지고 소통하며 웃는다. 수도꼭지에 호수를 연결해 물로 먼지를 씻어내며 하루의 작업을 정리하는 그들을 통해 숭고한 노동이 끝난 후 느낄 수 있는 카타르시스를 함께 느낀다.

하나의 벽돌과 타일에도 노동의 숭고한 정신이 깃들어 있고, 하나의 건축물에도 건축가의 신념과 시선이 담겨 있다. 유럽이 자신들의 건축물에 자부심을 가지고 오랜 기간 그것을 유지해왔기 때문에 도시만의 색깔과 철학이 배어난다. 하나의 건축물은 그 안에 살고 있는 사람들의 소통을 도와야 하며 주변 건축물들과 소통해야 한다. 아름답고 자연스러운 배경이 되어야 하며 그런 미학은 도시의 색깔을 만들고 나라의 이미지를 형성한다. 아름다운 조명과 건축물은 국민들의 자부심을 불러일으키며 환경을 쾌적하게 할 뿐만 아니라 관광을 조성해 외화까지 벌어들인다.

"매사 처음부터 뜻대로 되지 않았고, 뭔가를 시작해도 대개는 실패로 끝났다. 그래도 얼마 남지 않은 가능성에 기대를 품고 애오라지 그늘 속을 걷고, 하나를 거머쥐면 이내 다음 목표를 향해 걷기 시작

하고 그렇게 작은 희망의 빛을 이어나가며 필사적으로 살아온 인생이었다." _안도 다다오

일본 오사카 출생으로 프로복서를 거쳐 세계 각국을 여행한 후 독학으로 건축을 배워 1969년에 안도 다다오 건축 연구소를 설립한 안도 다다오. 그 후 지금까지 의미 있는 건축을 추진하며 강렬한 선과 노출콘크리트와 빛의 표현으로 유명한 안도 다다오의 자서전 『나, 건축가 안도 다다오』를 통해 자신의 삶을 회고한 말이다. 다부진 그의 눈매에서 배여 나오는 단단함은 녹록치 않았을 법한 그의 지난 시간들을 견뎌낸 결과임이 짐작된다.

외할머니와 단둘이 가난하게 살아가던 안도 다다오는 열일곱 살에 프로복서 라이센스를 취득해 프로복서로 학생시절을 보냈지만 아무리 노력해도 챔피언이 되기 어려울 것을 깨닫곤 이내 권투를 접는다. 그 후 무엇을 하고 살아야 할지 막막하던 안도 다다오는 '대학 건축과에 입학해서 공부하는 상식적인 진로를 가난한 집안사정과 어릴 적부터 공부를 하지 않은 탓에 떨어지는 학습능력 탓에 부득이하게 독학으로 선택한 길이었다'고 고백한다. 그는 무엇을, 어떻게 배울 것인가에 대한 판단조차 혼자 해야 하는 상황에서 대학의 건축학과에서 사용하는 교과서를 잔뜩 사다 1년 안에 독파하겠다는 계획을 세우고, 아르바이트를 하는 곳에서도 점심시간에 빵을 씹으며 책을 읽었고, 밤에는 잠자는 시간을 줄여가며 책을 읽었다. 이때 안도 다다오가 건축에 관한 모든 것을 완벽하게 깨쳤다고 하면 실망했을 것이

다. 1년이라는 가벼운 시간 동안에 읽은 교과책 만으로 모든 것을 깨쳤다면 타고난 천재임이 틀림없기 때문이다. 다행히 안도 다다오는 나를 실망시키지 않고 그때의 공부는 반 정도밖에 이해하지 못했다. 건축에 필요한 것이라면 인테리어 통신교육에 야간데생교실까지 더듬더듬 공부해가던 안도 다다오는 스무 살 때 『르 코르뷔지에』라는 작품집을 만난다. 헌책방에서 별 생각 없이 집어 들었던 그 책을 팔랑팔랑 넘기다 '이거다'라고 직감했다.

사진과 스케치, 드로잉, 프랑스어 본문이 책 판형에 어울리게끔 구성된 레이아웃에서 눈을 뗄 수 없었던 안도 다다오는 비싼 책값에 헌책방에서 남들이 사가지 않도록 구석에 책을 감추어 두었다 한 달을 안절부절못하며 확인하다 결국 돈을 모아 그 책을 구입했다. 그리고 거의 모든 도판을 기억해버릴 정도로 도면이나 드로잉을 수없이 베끼며 『건축을 향하여』같은 르 코르뷔지에의 책을 읽어나갔다. 그가 반했던 르 코르뷔지에 역시 안도 다다오처럼 독학으로 성공한 건축가이며 기성체제와 싸우며 길을 개척해 나갔음을 알자 단순한 동경을 넘어선 존재가 되어버렸다. 책을 통해 롤모델을 만들라고 입 아프게 말하기보다 안도 다다오처럼 동질감을 느낄 만한 인물에 집중한 사례를 드는 것이 백배는 효과가 있을 것이다.

이후 이십 대에 60만 엔의 돈으로 떠난 7개월간의 세계여행을 통해 건축에 대한 새로운 문물을 접하고 자신의 세계를 정립하는 단계에 이른다. 소형도시주택 설계를 시작으로 매 작업마다 '이 기회를 놓치면 끝장'이라는 의지로 안간힘을 다한 결과 학력주의 병폐가 뿌리 깊은 일본에서 성공한 건축가로 우뚝 섰다. 안도 다다오는 개인과 공공체가 의지를 가지고 살아가는 장소를 '왜 그렇게 만들어야 하는가'를 고민한다. 요즘 국내에서도 노출콘크리트로 지어진 건물이 세련되었다 인정받지만 과거에는 마감이 덜 된 듯한 재료표현감에 환영받지 못하였다.

안도 다다오는 30년 넘게 고집스레 노출콘크리트로 표현하는 건축을 유지해왔다. 장식을 배제하고 소재를 순수하게 표현한다는 초기 모더니즘을 살려 어떤 형태든 자유자재로 만들 수 있으며, 건축가가 만들고 싶은 공간을 더 원초적인 형태로 표현할 수 있다는 점에서 노출콘크리트 작업을 지향한다.

내 눈에는 그가 노출콘크리트를 고집하는 이유 중의 하나가 녹록지 않은 작업환경과 노출콘크리트를 사용하며 극복해야 할 문제점들 때문에 끝까지 건축에 관한 고민과 생각을 놓지 않으려는 '의지'와 '꿈'으로 보인다. 자연과 환경을 훼손하지 않고 보존하는 건축을 추구하며 '인간'과 '도시'와 '환경'이 어우러져 살 수 있는 건축을 추구한다. 안도 다다오 건축의 가장 큰 결실은 외장콘크리트를 마감재로 사용해 비용을 줄였다는 점이다.

"자기 삶에서 '빛'을 구하고자 한다면 먼저 눈앞에 있는 힘겨운 현실이라는 '그림자'를 제대로 직시하고 그것을 뛰어 넘어 용기 있게 전진할 일이다." _안도 다다오

빛과 그림자의 공존을 인정함은 건축세계에서 40년을 살아오며 체험으로 배운 인생관이다. 안도 다다오에게 행복이란 적어도 빛 속에만 있는 것이 아니라 그 빛을 멀리 가늠하고 그것을 향해 열심히 달려가는 몰입의 시간 속에 있다. 끊임없이 한계에 도전하고, 의미 있는 프로젝트를 진행하고, 건축에 충실한 건축가의 가치와 사는 사람에 대한 배려, 자연과의 조화를 생각하며 쉬지 않는 강인한 의지는 그가 처음 건축을 배울 때 독학을 하던 마음가짐 그대로이다. 그는 오히려 건축세계에서 생활하며 더욱 뜨거워졌을 것이다.

젊은 시절에는 먹을 것을 아껴가며 배우고 싶은 것에 투자해야 한다고 생각한다. 배는 비울지라도 머리는 비울 수 없다는 신념을 나는 가지고 있다. 그렇게 보낸 어려운 시간들 뒤에 오는 열매는 값지고, 어렵고 힘들게 버텨온 지난 시간들이 있기 때문에 쉬이 해이해지기 어렵다. 어떻게 지내온 시간들인데, 말이다.

나는 나만의 사고로 사유한다

속 시원한 혁신을 경험하고 싶다면

도쿄대학 공학부 건축학과 교수로서 후진양성까지 힘쓰는 안도 다다오는 세계적인 건축가들을 초빙해 강연했던 내용을 『건축가들의 20대』라는 제목으로 책으로도 내놓았다. 으리으리한 거장들 중에서 '프랭크 게리'가 눈에 띄었다. 당연하게 여기는 사고방식을 타파하고 규제에 사로잡히지 않으며 언제나 새로운 것을 찾아다니는 하얀 백발의 노장 건축가의 20대라니.

프랭크 게리는 '건축은 예술이다'라고 선언하며 원통형, 원뿔, 육면체 등의 형태가 꼬이기도 하고 서로 부딪히기도 하며 건축이 아닌 조각예술품 같은 작품을 추구한다. 그간 나는 '집은 왜 네모나기만 할까?'하는 의문으로 가득 차 있었다. '건축물이 박스를 탈피해 다양한 형태를 추구한다면 보다 창조적인 아이디어를 생산해내는 사람들이 늘어날 텐데' 하는 답답한 심정이 들어 혼자 동물모양, 꽃모양, 별모양, 물결모양의 집을 상상했었다.

프랭크 게리의 건축작품은 그간의 상상을 완벽하게 구현시켜 주고 있다. 스틸을 잔뜩 휘는 물결과 웨이브를 표현하며 합판, 철망, 함석 등 흔하고 값싼 소탈한 작품으로 데뷔한 그는 볼륨과 물결처럼 굽이치는 벽면을 비늘 같은 금속판으로 덮은 철가면 시리즈를 선보였다. 최근에는 스페인의 빌바오 구겐하임 미술관을 완성했다. 여러 조형물이 부조합하게 구성되어 메탈로 표면을 덮었고, 조명과 빛의 각도에 따라 변하는 건축물은 그 예술적 완성도를 더한다. 빌바오를 지을 당시 또 다른 예술계의 거장 프랭크 로이드 라이트가 자신의 예술을 무시한다는 이유로 그보다 더 멋진 공간을 만들어내려 노력했던 것이다.

개똥철학 일지언정 자신의 일에 철학과 자부심이 있는 사람이 좋다. 그가 1986년에 만든 54피트 길이의 물고기 모양의 공공휴게실은, 회의실에 들어갈 때마다 사람들이 고래 뱃속에 들어간 것처럼 포근하게 감싸 보호받는 느낌을 받는다. 여기에 평범함의 틀에서 벗어나고 싶은 욕망을 느끼며 멋진 아이디어까지 제시한다. 많은 시행착오를 겪으며 만들어낸 월드디즈니 콘서트홀은 마치 꽃과 같은-건축물이 꽃 같다니!-곡선과 도형의 아름다움을 자아낸다.

이처럼 제정신이 아닌 듯한 건축을 구사하는 대단히 멋진 노장이 처음부터 창조적이지는 않았다. 단돈 20달러를 가지고 그간의 경험을 바탕으로 로스앤젤레스에서 사무소를 냈던 그의 초기작에는(당시 그는 아내와 아이도 있었단다.) 당시 유행하던 건축물 등을 모조한 듯하며 시대적 유행이었던 미니멀리즘에 영향을 받았다. 1980년대부터 독창적인 자신의 세계를 표현하기 시작한 이 대담하고 혁신적인 작가도 젊은 시절에는 다른 작가들의 작품에 기죽지 않으려고 몇 년 동안 건축잡지를 구독하지 않았다고 한다.

예술가로 치자면 큐비즘의 선구자쯤일 것 같은 프랭크 게리의 기존의 체제를 거부하는 건축물은 컴퓨터 프로그래밍으로 모형을 제작해보는 CATIA를 개발하며 날개를 단다. 자제와 형태를 자유롭게 다루는 게리의 건축철학은 여러 조각과 회화 영화 등 예술가 그룹의 친구들과 어울리며 형성되었다. 친구들에 의해 자유로운 사고철학을 발산하게 되자 게리는 스스로 그림과 조각을 찾아다닌다. 보티첼리의 '봄'같은 회화에서 건축아이디어를 얻으며 차에 탈 때에는 마르셀 프루스트의 소설을 오디오로 듣는다. 마을과 방을 묘사하거나 언덕과 하늘을 묘사하는 장면을 틀고 또 틀며 게리의 사고로 사유한다. 앤서니 트롤로프의 '군수와 바체스터 카운티'를 들으면서도 파티장의 묘사를 들으며 곧 자신의 건축으로 연결시킨다. 그렇다. 창조성 있는 작업을 위해서는 건축가뿐만 아니라 회사원이나 성직자나 선생님이나 예술과는 전혀 무관한 분야에 근무하는 사람들, 즉 다양한 분야의 사람들과 교류하여야 하고, 정보를 습득해야 한다. 그래야 창조성이 축적되어 다양한 아이디어로 배출되기 때문이다.

굳이 게리처럼 혁신적이며 창조성 있는 작업을 위해 법률이나 규제나 기존의 관습 같은 것들과 싸워나가는 이들을 보며 '왜 남들이 하지 않는 것을 해야 하지?'하고 묻는 이에게, 나는 묻고 싶다.

"왜 남들이 해 온대로 하려 하지?"

누군가가 걸어온 길을 비겁하게 쫄래쫄래 따라가고 싶은 마음을 접고, 안락한 소파에 파묻혀 있는 엉덩이를 끌어내 게리의 손을 잡고 일어서자.

─4─
인간의 사고와
감정을 매력으로 여겨라

'스트레스가 극에 달하면, 춘천시청 앞에 있는 명곡사에 가서 비틀즈CD를 사와야지!'

낭만과 자유로 기억 속에 인식되어 있는 도시 춘천에 가고 싶어졌는데 당장은 일정이 빡빡해서 최고의 기쁨을 맛보기 위해 여행을 유보시켜 두었다, 드디어 그날이 왔다. 콧구멍에서 수박이 나오는 듯한 강도의 스트레스에 시달리다 오후 1시에 동서울터미널로 가 춘천행 고속버스를 탔다. 멋들어지게 춘천 가는 기차를 타고 싶었는데, 물리적인 여건상 기차 타러 가는 길 보다 고속버스를 타는 게 시간을 줄이고 춘천에 빨리 도착할 수 있는 방법이었다.

익숙함을 떠나는 흥분 섞인 설렘을 안고 오렌지주스를 사들고 차에 올랐다. 머릿속의 무수한 상념들은 차창 밖으로 보이는 똑같은 풍경들이 스치고 지나감에 따라 점점 사라지고 잠이 왔다. 깜빡 졸다 깨니 경춘선 개통 덕분에 한 시간 십분 만에 춘천에 도착! 같은 나라라지만 낮 설은 도시풍경에 어리둥절해 하며 '희망이 강물처럼 흐르는 도시 춘천'이라는 캐치프레이즈가 붙어있는 춘천시청 앞에 도착했다.

명곡사에 들어가 무수히 많은 비틀즈 앨범 중 베스트를 골라 나와, 거리에 서서 도시를 느꼈다. 호반도시인 덕분에 노년을 보내기 좋은 환경이라 그런지 노인 어르신 분들이 많았다. 쇼핑센터 앞에는 '티셔츠 한 장에 만 원이라는 좋은 가격으로 옷이 들어왔다'며, 백 바지를 빳빳하게 다려 입고 선글라스를 쓴 할아버지 삼총사 분들이 쇼핑을 하곤 검은 비닐봉지를 손에 들고 사이좋게 걸어간다.

명동거리로 들어가 닭갈비 골목으로 갔다. 식사시간을 훌쩍 넘긴 터라 사람이 붐비지는 않았다. 식당 하나를 골라 '1인분도 되나요?' 물었더니 친절히 들어오라신다. 한상을 차지하고 앉았는데, 닭갈비를 볶아주시는 분이 황송하게도 할머니다. '왜 혼자 왔어~ 누구 하나 달고 오지' 하며 간도 맞춰 주고, 익을 때까지 보살펴 주시는데 여럿이 식당에 왔을 때와는 다른 감동이 밀려온다.

팍팍했던 마음인지라 울컥 눈물까지 나려 해서 메인 목으로 닭갈비를 먹고 나와 걷다보니 '춘천낭만시장'이 나온다. 시장 안으로 들어가 상인들과 시민들이 어우러진 삶의 풍경들을 바라본다. 홍상수 감독의 영화 컷 안에 들어와 있는 기분이다. 거리에 앉아 나물을 파는 할머니, 과일 리어카 위에서 꾸벅꾸벅 조는 아주머니, 참외를 파는 할아버지와 참외를 사려 흥정하는 할아버지… 이곳은 어르신들이 청년 같이 현업에서 생생하시다.

한참을 사진을 찍고 돌아다녔다. 소양댐까지 보러 가려다 피로가 밀려와 다시 서울로 돌아가기 위해 시외버스터미널로 갔다. 근데, 가만히 보니 버스터미널에서 청소하시는 분도 할머니였고, 안내소에서 관광 안내를 하시는 분도 할아버지다. 그간 얼마나 많은 일들을 겪으며 살아내셨을까? 그래도 오늘의 할 일에 충실하며 현업에서 생생히 종사하시는 그분들에게 깊은 존경을 표한다. 시장에서 해야 할 일에 대해 나이라는 숫자에 무관하게 충실히 살아내는 삶의 자세를 배우고 돌아오니 콧구멍으로 튀어나온 수박이 도로 쑥, 들어가 있다.

춘천에서 만났던 청년 같은 어르신들처럼 LG CNS의 최고경영자였던 한국소프트웨어세계화위원회 위원장과 (주)프리씨이오의 명예회장인 김영태 씨는 고희를 훌쩍 넘은 나이에 전6권짜리 『환단의 후예』라는 역사소설을 출간했다. 이 역사소설은 김영태 회장이 선사시대부터 신라통일시대까지의 신화와 사료를 토대로 10여 년 간에 걸쳐 동북아지역을 답사하고 한, 중, 일 3개국을 돌며 자료수집과 구상과 집필을 한 노력과 땀이 배어 있다.

그는 1957년에 대학을 졸업하고 영어교사로 근무하다 1962년에 금성사(LG의 전신)에 입사했다. 그 이후 성실함과 열심히 최선을 다하며 일한 탓에 최고경영자의 자리까지 승진했던 김영태 회장은 세계적으로 10만 명에 129명이 걸린다는 희귀한 강직성척추염으로 젊을 때부터 허리가 굽기 시작했다. '허리 굽은 사장'이라는 별명까지 있던 그는 45도까지 허리가 굽어 땅을 내려다보며 40여 년을 살면서도 꿋꿋이 국내업무는 물론이요, 기술제휴와 합작사업을 위해 세계각지를 분주히 돌아다닌 문자 그대로 의지의 한국인이다.

그가 평생을 두고 치료를 위해 몸부림치다 2006년 드디어 칠순이 넘은 나이에 허리를 펴는 수술에 성공했다는 기사를 읽다, 내 눈에도 눈물이 맺혔다.

공공연하게 조롱을 받았으면서도 버티며 묵묵히 자리를 지키고 뛰어난 업무역량을 발휘했던 김영태 회장의 강직함에 '과연 나라면?'이라는 의문이 들었다. 과연 나라면 그처럼 이유 모를 신체장애에도 굴하지 않고 사람들 앞에서 떳떳할 수 있을까?

존경을 표해야 할 분들이 너무 많다. 김영태 회장이 LG그룹의 CEO를 퇴임한 이후, 그의 문학적 재능을 아까워하던 대학시절의 은사이자 수필가 피천득 선생님과 소설을 출간하겠다는 약속을 했다. 그는 그 약속을 지키기 위함이 집필의 이유가 되어 방대한 역사자료를 직접 발로 뛰어 수집해 결국 책을 출간한 칠순의 청춘이 멋지다. 글에는 힘이 있고 책에도 힘이 있다. 글은 생각이 되어 행동으로 나타나고 책은 사고를 도와주는 촉매제 역할을 한다. 작가가 10년 동안이나 역사적 픽션을 살리기 위해 발품을 팔아 자료수집과 집필작업을 한 것도 시대를 책임져야 하는 작가의 책임감과 의식이 있기 때문이다.

우리는 미래를 넘겨다 볼 수는 없다. 그러나 예측할 수는 있다. 바로 오늘의 살아가는 모습이 미래의 모습임을 알 수 있다. 역사를 통해 현재를 재창조하도록 후세를 위한 작업을 책을 통해 이야기하는 행위가 고맙다. 그의 강인한 의지가 글을 통해 전이된다.

짜릿했던 춘천으로의 일탈로 인해 미루어둔 일을 처리하는 뒷감당도 짜릿하다. 역시나 모든 일에는 책임이 수반된다. 오늘의 불안정함을 책으로 달래며 열심히 살아가는 나의 미래는 청춘을 성실히 살아낸 대가로 더욱 빛날 것이다. 지금은 그렇다고 믿는 수밖에 없다. 믿음이라는 것은 머리에서 오는 것이 아니라 마음에서 오는 것이다. 마음의 믿음은 멈추지 않고 도전하고 노력하는 행동의 동력이 되기 때문에 스스로가 빛날 것임을 확신하는 것이다.

뭐랄까… 그리고 빛난다는 것은 지극히 주관적인 기준이기 때문에 개인의 삶을 스스로가 만족하면 장땡이다.

춘천이라는 도시를 읽으며, 철학을 하고 돌아온다. 춘천에서 사온 비틀즈 cd는 베스트 앨범이라는데 Hey jude와 Let it be의 트렉만 반복재생해서 듣고 있다. 익숙하기 때문에 명곡인걸까, 귀가 좋아하기 때문에 명곡인걸까? 우리가 비틀즈를 선택하는 이유는 비틀즈의 뛰어난 음악성 때문이기도 하지만 그들이 달랑 기타 하나 메고 맨손으로 이루어낸 헝그리 신화를 소유한 이들이기 때문이기도 하다.

우리가 책을 선택하는 기준은 책 자체의 내용도 좋지만 작가의 인생과 가치관을 통해 '그렇게 살아온' 이들이 가지는 아우라를 한 줄의 글에서라도 얻기 위함도 있다. 해서 책도 젊은 작가들의 싱싱한 혁신성과 기성 작가들의 연륜 깊은 혜안을 함께 섭취해야 한다. 유명해서 명작인 책들도 있지만 나에게 맞는 책이기 때문에 명작도 있다.

"글쓰기를 포함하여 내가 하는 모든 일의 원천은 인간에 대한, 수수께끼 같은 인간의 사고와 감정에 대한 매력이다"_펄벅

인간에 대한 수수께끼 같은 사고와 감정을 알아가기 위해 나는 오늘도 책을 읽는다.

생각과 삶이 일치하는 사람이 되라

오래 묵힌 꾸준함을 겪어보고 싶을 때

1960년대 음악사에 있어 가장 혁신적인 사건은 비틀즈의 등장이었다. 'Love Me Do'로 1962년 이미 영국차트에 진출해 있었고, 그들이 바다 건너 미국에 상륙하기까지는 1년 3개월이라는 시간이 걸렸다. 미국을 처음 강타했던 노래가 바로 이 곡이다. 미국인들은 비틀즈가 이름조차 생소한 영국의 작은 항구도시 리버풀 출신이라는 것에 놀라움을 금치 못했다. 출신지에서 이름을 따와 어느새 비틀즈의 음악을 '리버풀 사운드'로 불리기 시작했고 결국은 비틀즈를 선두로 물밀듯이 밀려오는 영국 그룹들의 음악을 모두 리버풀 사운드라고 호칭하기도 했다.

비틀즈 음악스타일의 명칭이 '지명'으로 불렸듯이 문화나 나라나 도시를 상징하는 명칭을 여러 지명에 빗대어 칭한다. 예를 들어 패션에서도 '유러피안 스타일', '밀라노스타일'이라 칭하고 철학이나 사상도 '서양철학', '동양사상', '프랑스문학' 등으로 칭한다. 고유한 우리의 美(미)를 논할 때도 '한국의 美(미)'라 칭한다. 구분을 짓기에 '대지의 명칭'은 모호하지 않고 정확하게 규정지을 수 있는 편리성과 더불어 개중에 가장(천재지변이나 지각변동이 일어나지 않는다는 전제하에서) 오랜 시간 동안 변하지 않는 것 중의 하나이기 때문이다.

'하늘'은 낮과 밤의 변동이 일며 언제나 그 자리에 있지만 구분 지을 수 없다. 흘러가는 바다와 호수 강 등의 물들도 제자리인 듯하지만 순환을 거듭하며 변화한다. 한 백년 정도밖에 살지 못하면서도 불로장생을 욕심내는 인간은 거대한 세월을 지나온 방대한 '자연' 앞에서 한없이 작아진다. 따지고 보면 그들이 주인으로 있는 세상에 우리가 잠시 다녀가는 것인데, 마치 우리가 주인인양 그들을 학대하고 훼손한다.

펄벅의 『대지』는 가난한 농부였던 왕룽이 거대한 재산의 소유자였던 황 부잣집에서 종살이를 하던 오란을 신부로 데려온 뒤로 안정을 찾는다. 왕룽은 오란의 헌신적인 내조와 희생을 동양여성 특유의 인내로 자식을 낳고 살림을 불리며 '땅'을 사고 쇠망한 황 부잣집네 땅을 사며 부자가 된다.

"그것은 흙에서 나온 것이다. 그 은전은 그가 땅을 파고 씨앗을 넣고 열심히 일한 땅에서 나온 것이다. 그는 자기 자신의 생명을 흙에서 얻었던 것이다. 땀을 흘려 일해서 흙에서 먹을 것이 얻어지고 그 먹을 것이 또 은전이 되는 것이다." _『대지』

왕룽은 그토록 아끼고 사랑하던 땅으로 인해 부자가 되자, 렌화라는 첩을 들이고 오란을 멸시하며 아들들에게 글을 가리키고 양반집처럼 행세한다. 그리고 황 부잣집네 옛집을 사들여 이사를 하지만 왕룽은 결국 죽기 직전에 옛날에 살던 그 흙집으로 돌아온다. 펄벅은 가뭄이나 홍수로 인해 흉년이 들어도, 꿋꿋이 버텨가며 어버이에 대한 효를 버리지 않으며 '땅'으로 인해 먹고 살았던 동양의 모습을 마치 염상섭의 『삼대』, 김동인의 『감자』, 『배따라기』, 현진건의 『운수 좋은 날』, 위화의 『허삼관 매혈기』처럼 세밀히 묘사했다.

펄벅은 중국에 파견된 미국 선교사 부부의 딸로 태어나 영어보다 중국어를 먼저 배우다 17세에 미국으로 대학진학을 위해 건너갔다. 1917년 농학자 로싱 벅과 결혼해 중국 북부로 이주해 중국대학에서 영문학을 가르치고 글을 썼다. 그녀는 태생은 미국 땅이지만 살아온 터전은 중국 땅이었기에 동양의 정서를 깊게 이해할 수 있었다.

퓰리처상과 노벨문학상을 받은 『대지』는 『아들들』과 『분열된 일가』와 함께 3부작을 이룬다. 1935년 이혼한 펄벅은 리처드 월시와 재혼한 후 아시아의 고아들을 양부모에게 연결해주는 세계 최초의 국제 입양기관인 '웰컴하우스'를 창설해 인도주의적 활동으로 사회봉사활동에도 적극적이었던 인물이었다.

작가의 삶이 글과 일치해주는 경우는 그 글에도 상당한 신뢰가 간다. '평생 동안 소음 같은 책을 읽을 바에야, 펄벅의 『대지』한 권으로도 충분하다'던-어느 유명인의 말에 깊은 공감을 보낸다.

—5—
불같은 사랑은
불처럼 빨리 꺼진다

가라, 가지 말라 구태여 참견하지 않아도 시간은 잘도 간다. 기대했던 북카페가 오픈 전날, 틀어지는 일이 발생한지도 벌써 한 달여가 넘는 시간이 흘렀다. 그동안 나는 더더욱 책 작업에 열중하고, 둘째 언니는 다른 무언가를 찾는 답답함을 견뎌내고 있다. 인생을 한편의 영화로 상영된다 치면, 그저 무언가가 결정되어 있는 청춘을 뛰어넘은 어느 시기로 고속 빨리 감기를 해버리고 싶다. 늘 똑 부러지게 척척, 잘 해내는 사람이라는 주변인들의 기대가 부담스럽다. 실상의 나는 하나의 결과물을 만들어내기 위해 수도 없이 넘어지고, 미끄러지고, 다시 일어서고를 반복하는데. 과정을 몰라주며 '힘들다'고 토로하는 심정을 배부른 투정이라 치부 받음이 야속하다. 사람이 어찌 온전히 사람을 이해할 수가 있을까. 이런 나약한 마음 저 편에 누구보다도 스스로가 똑 부러지고, 척척 잘해내는 사람이 되려는 욕심이 서려 있는 아이러니의 자신도 가끔 용납되기 어려운데.

카페를 열기 전 바리스타 공부를 하며 수십여 권의 카페 관련 책들을 섭렵하며 서점에서 살다시피 했던 언니의 모습은 흥미로웠다. 언니는 고등학교 시절을 지나면서 책을 가까이 하지 않았다. 자신이 꿈꾸던 일을 하려는 시작 앞에서, 타인의 경험담을 통해 학습하고, 오차를 줄이며, 차별화될 만한 요소들을 찾아나가는 모습은 멋졌다. 언니는 어느새 '책'에 대한 흥미를 되찾기에 이르렀다. 모든 사람들이 원래부터 책을 열심히 읽거나, 재미나게 읽지는 않는다. 할 일이 없다거나, 필요에 의하거나, 우연한 기회라거나, 롤모델의 추천이라거나, 자기발전의 목적 등 하나의 작은 동기에 의해 독서는 시작된다. 여기서 주목할 점은 동기가 일었다면 꾸준히 행위를 지속해야 한다는 점이다.(내게는 '책'이었지만 당신에게는 다른 '그 무엇'이 될 수 있다.)

우리가 인수 받으려던 카페의 계약이 취소되고 흥분을 가라앉힌 말짱한 정신으로 살펴보니 처음의 열정을 오래도록 지속치 못하던 주인 부부의 마음이 보였다. 블로그를 검색해보니 개업한 지가 1년여 정도 지난 카페였다. 처음 주인 부부가 카페를 오픈할 당시의 설렘이 가득한 글을 읽고 있자니, 카페 일이 지겨워 벗어나고 싶어 하는 지금과는 다른 이처럼 느껴지기까지 했다.

책을 좋아하고, 사람들과의 소통을 좋아하는 꿈 많던 주인은 카페를 운영하며 홍보와 마케팅을 위해 많은 노력을 기울였을 것이다. 임

대료와 원가를 제외한 테이블 당 회전 객단가를 맞추기 위해 또 다른 노력을 기울였을 것이다. 그러던 와중에 주인에게는 아이가 태어났고, 육아와 카페 일을 병행하기 어려웠다. 여기에 생각만큼 많은 돈을 벌지 못하는 카페 일에 흥미를 잃어 마음 좋은 다른 주인을 찾게 되었다고 추측한다. 물론, 그 주인이 잘못되었다는 이야기가 아니다. 누구나 이처럼 처음 시작하던 마음과 다른 팍팍한 현실 앞에서 주저앉고 만다.

독서도 우연히 받은 자극으로 맹목적으로 '하루에 한권씩 책을 읽겠어!' 하고 결심한다면 이는 필시 일주일도 못가 말짱 도루묵이 된다. 거창한 결심보다는 '일주일에 2권씩 책을 읽자'라는 조금은 넓지만 심리적 압박을 주는 기준을 세우기 바란다. 사람이 심리적 압박이나 긴장감 없이 생활을 한다면 우리가 목표를 이룰 수 있는 가능성은 희박해진다. 더불어 어제까지 일 년에 3권쯤 읽으면 많이 읽는다 싶은 사람이라면 굳이 독서시간을 처음부터 설정하지 말라. 갑자기 안하던 짓을 하는 것도 고집스럽게, 타이트하게 하면 도리어 반감만 생긴다.

평소 독서에 대한 지론은 굳이 부담스럽게 시간을 떼어 하는 독서보다 자투리시간을 활용하며 숨 쉬듯이 자연스레 책을 인식 속에 심어두는 방식을 권한다. '바쁘다 바빠~'를 연발하는 현대사회의 물결 속에서 하루에 한 시간씩 책을 읽는 시간을 따로 떼는 일은 매우 어렵다. 하지만 출, 퇴근시간을 비롯한 이동시간을 이용하여 독서를 한다면 한 시간뿐만 아니라 두서너 시간도 뚝, 떼어 독서에 활용할 수 있다. 개인적으로는 책을 넘기는 손맛과 종이 향을 좋아한다. 하지만 요즘은 e-book과 스마트폰의 발달로 무겁게 여러 권을 들고 다니지 않아도 보고 싶은 책을 언제, 어디서도 읽을 수 있다. 이렇게 급작스러운 변화로 인한 거부감이 생기지 않도록 책읽기를 일상화시키며 자연스러운 생활로 자리 잡게 해야 한다. 역시나 내 철학의 뿌리는 '책'이지만 당신의 뿌리는 '다른 그 무엇'이 될 수 있다. 그렇다면 그것에 시간을 할애해야 한다. 불같은 사랑은 불처럼 급속도로 식듯이, 불같은 무모한 열정은 간단한 좌절로 자리 잡기 쉽다.

외부 자극에 의한 의지로, 혹은 내부의 필요의지로 독서를 시작해서 자연스레 책과 친해지는 훈련을 한 다음에는 잠자기 전 하루 30분 독서, 아침 일찍 1시간 독서 등의 계획을 세워 실천하는 행위에 적극 박수를 치며 권장한다.

꿈과 환상의 카페 운영이 아닌 사실을 알게 되자 처음 듬뿍 신경 쓰던 사랑 가득한 카페에서 이제는 아르바이트생이 첫날에도 쉽게 만들 만한 메뉴로 손님들을 대하며, 빨리 카페가 팔리기만을 바라는 주인부부가 안타까웠다. 그 카페는 누가 보더라도 충분히 멋진 인테리어와 좋은 컨셉을 가지고 있다. 우리에게 카페를 인수하겠다고 주인 부부 중 남편은 이미 회사에 다니고 있었다. 그리고 카페운영을 전담하던 부인은 회사로 복귀하겠다는 계획을 세우고 있었다는 이야기를 전해 들었다. 그녀는 책을 사랑하고, 카페에서 일어나는 에피소드들을 모아 책으로 내겠다던 저자의 꿈을 가지고 있었다. 그 주인 부부가 카페에 오는 손님들을 향한 애정이 가득 담긴 마음을 회복해 탱글탱글한 열정이 가득했던 옛날 그 카페를 다시 보고 싶다. 이런 안타까운 마음 이면에는 생각처럼 쉽지 않은 카페 운영을 부담스러워하며, 다시 월급이 따박따박 나오는 회사원으로 복귀하고픈 마음이 공감된다.

북카페를 운영하려 경영플랜을 세워보니 실상은 환상처럼 낭만적이지가 않다. 우선 카페를 창업하려면 좋은 입지가 중요하다. 이미 좋은 입지는 엄청난 권리금과 프리미엄이 붙어있다. 거액의 권리금을 지불하고, 보증금을 지불하면 이제 인테리어 공사를 해야 하고 각종 집기류를 집어넣어야 하는데, 별거 없어 보이지만 예상을 초과하는 비용이 소모된다. 여기에 각종 외부 세팅이 완료되면 손님들에게 선보이기 좋은 맛있는 메뉴를 개발해야 한다. 당연히 음식에는 신선한 재료를 사용해야 하고, 마음처럼 모든 메뉴가 잘 팔려 주면 좋겠지만-그렇지 않을 경우도 대비해야 한다. 혹시나 반응이 좋지 않아 재료가 썩어 나가지 않도록 최대한 여러 음식에 재료활용이 가능한 메뉴를 찾아야 한다.

'내가 손님이라면'의 입장으로 음식 메뉴를 개발하자니 판매가를 웃도는 원가계산이 나온다. 헉. 이런저런 원가계산을 해보니 일곱 테이블 있는 카페에서 하루에 적어도 3번씩은 모든 테이블이 회전이 되어야 손익분기점이 된다. 한 달마다 월세, 수도세, 전기세 및 각종 공과금, 직원 월급, 재료원가 등을 계산하면 자기생활은 포기한 채 한 달 동안 휴일 없이 밤낮으로 열심히 일을 해도 손에 남는 돈은 얼마 되지 않는다.

카페 오픈 준비를 하며 알게 된 사실은 많은 카페들이 적자에 허덕이고 있다는 것이다. '아르바이트생을 고용해놓고 주인은 자유롭게 놀러 다니는' 판타지는-문자 그대로 판타지일 뿐이다. 그럼에도 불구하고 왜 운영을 하느냐? 그곳에서 함께 하는 이야기가 즐겁고, 카페일 그 자체를 좋아하기 때문에 즐기는 열정이 유지되기 때문이다. 어쩌면 카페 창업이 급작스레 취소된 건 신의 가호일지도 모른다는 생각을 하게 된 건 텅 빈 테이블에 앉아 허망한 표정으로 TV에 시선을 고정한 카페, 음식점 등 여러 가게 사장님들의 바짝바짝 타는 속마음을 느끼기 시작하면서부터이다. 물론, 어떤 일을 하건 속은 바짝바짝 탈 것이다. 지금껏 한두 번 넘어진 것이 아니기 때문에 우리는 또 다른 희망과 열정의 근원지를 찾으러 운동화 끈을 바짝, 조여 묶고 있다. 이번 기회를 통해 여실히 깨달은 점은… 역시 나는 책이랑 노는 게 가장 적성에 맞는다는 점이다. 해서, 오늘도 일하듯이 놀고, 놀듯이 일한다.

본체를 알려면
나를 잊고 모든 감각을 깨워라

인생의 순간을 결정적 순간으로 만들고 싶다면

카페 오픈은 무산되었지만 '한국독서문화교육연구소'는 ing이다.
카페를 오픈하고 그 속에서 독서교육을 하겠다는 작은 동기에서 시
작되었지만 카페라는 유형의 장소를 떠나서 그 일을 추진해보려는
열정의 불꽃이 지속적으로 일렁인다.

어떤 형식으로 독서 코칭을 해야 할까. 한국의 독서문화를 일상으
로 정착시켜 국민 개개인이 발전하는 성취의 쾌감을 느끼며 만족하
는 마음으로 풍요로운 인생을 살 수 있도록 해야 한다. 가장 값싸고
효과 좋은 매개체인 책을 통해 그것을 실현하도록 하기 위해서는 어
떤 프로그램을 짜야 할까? 어느 날 그 고민으로 새벽 3시까지 밤을
지새우다 결국 그 고민을 잊기 위해 잠들었다가 새벽 6시에 눈이 절
로 번쩍 떠졌다. 그때 웹서핑을 하다 발견한 앙리 카르티에 브레송의

아포리즘 한 문장이 온몸을 휘감았다.

삶에는 어떤 결정적 순간이 있는 것이 아니고, 인생의 모든 순간이 결정적 순간이다 _앙리 카르티에 브레송

'결정적 순간'이라는 사진 개념으로 유명한 20세기 프랑스의 사진작가 앙리 카르티에 브레송은 아흔이 넘는 나이까지 그 어떤 '결정적 순간'을 포착하기 위해 '라이카 카메라'와 혼연일체가 되어 사진을 찍어온 인물이다. 내게는 그가 들고 다녔다는 빨간 똑딱이 'Leica'라는 로고가 선명한 카메라를 동경하게 만들었다.

그가 마티스를 찍은 사진을 본 적이 있는가? 세기의 거장은 가장 평온한 상황에서 새들과 함께 둘러싸여 있는 사진을 자연스럽고 우아하게도 촬영했다. 카르티에 브레송은 한 남자가 물위를 건너뛰며 물빛에 반사된 그림자에 동일한 한 남자가 비추어지는 풍경으로 숨을 멎게 하는 '결정적 순간'이라는 사진과 그토록 그리던 연인의 깊고 진한 포옹을 담은 사진으로 내 마음 속 롤모델로 자리 잡았다.

그를 생각하자 새벽의 고민은 어느새 뒤로 물러나기 시작했다. 앙리 카르티에 브레송을 만나기 위해 『결정적 순간의 환희』라는 책을 구입하러 서점으로 향했다. 몇 주 전, 서점에서 이 책을 만난 뒤 '몹시도 선물이 필요한 순간의 나'를 위해 구입을 유보시켰던 책이었다.

면직공장을 이어받으며 부르주아적이고 안정적인 삶을 살아갈 수

도 있었던 그는 사진의 길을 택하기 전, 몽파르나스 지역의 중심에 있던 로트의 아카데미에서 그림을 먼저 배웠다. 그는 이곳에서 '기하학'을 알게 되었으며, '초현실주의' 작가들에게 영향을 받았다. 그는 특히 스승이었던 로트의 저서 『풍경화론』과 『인물화론』을 평생 애독했다. 그래서일까. 그는 로트에서 읽고 쓰는 법을 배웠다고 말하기도 했다.

앙리 카르티에 브레송을 읽으며 그의 사진과 일생과 더불어 유독 내 눈에 들어오는 글은 그가 시기별로 읽었던 '책'이었다. 군복무 시절 찍은 사진에는 오른쪽 어깨에는 소총을 메고, 왼쪽 옆구리에는 조이스의 『율리시스』를 들고 있었다. 그는 군복무를 마치고 돌아와 아프리카로 향하는 배에 올라 나른한 유럽의 삶과 '단절'하며 셀린의 소설 속 주인공 바르다뮈처럼 여행을 떠난다고 기록했다. 팔에는 랭보와 로트레아몽, 상드라르의 『흑인문화선집』을 끼고 떠난 여행에서 그가 만난 아프리카는 『밤의 끝으로의 여행』에 그려진 그대로였다고 「르몽드」지의 기자와 인터뷰에서 이야기했다.

앙리 카르티에 브레송은 사진에 발을 들이며 플라톤의 기하학론을 응용해 사진에 접목시키는 글을 썼다. 1950년대 중반에는 조르주 브라크에 선사받은 『기사도적인 기술, 활쏘기에 나타난 선』이라는 책에서 만난 동양철학을 사진이론에 접목시켜 '자신을 잊고, 모든 감각을 깨우는 것'이 결국 자신의 본체를 깨닫게 되는 것임을 깨닫는다.

20세기 사진의 거장인 그도 평생에 걸쳐 본질의 깨달음을 추구했구나.

이후 둘째 언니는 카페 대신 여러 방면을 검토한 끝에 컨설팅 업체의 도움을 받아 다른 업종으로 전환해 창업하였으며, 현재는 만족스러워 하며 성실히 생활하고 있다. 순간의 최악이 순간을 최고로 만들어 버리는 희극을 펼치는 인생의 조크를 '책이'이 아닌 '눈'으로 경험하고 있다.

─6─
말과 글을 부리려면
책과 사람을 읽어라

이어져 내려오는 속담이지만 불멸의 진리인 속담 중 하나는 '그 사람의 친구를 보면 그 사람을 안다'는 말은 부인할 수 없는 사실이다. 90%라 할 정도로. 초록은 동색이요, 끼리끼리 어울린다는 말처럼 전혀 상반되는 성향에 끌려 친구가 되는 경우도 있지만 비슷한 성향과 관심사를 가진 이들끼리 친구가 되는 것은 당연한 일이다. 이처럼 그 사람을 알려면 그 사람의 친구를 보거나, 그 사람이 읽고 있는 책을 관찰하면 된다. 이런 사실 때문에 예전에는 책이 들어갈 만한 크기의 가방이 아닐 때 선택하는 책은 저명하고 좀 있어 보이는 작가들이 쓴 어렵고 두꺼운 책을 손에 들고 다닌 적도 있었다. 밀란 쿤데라의 『참을 수 없는 존재의 가벼움』에서 토마스는 테레사가 셰익스피어의 『안나 카레니나』를 손에 들고 나타난 모습에 반했다.

내게도 누군가 그런 호감을 가질까, 하는 기대감도 있음을 고백한다.(주목할 점은 현실에서는 단지 손에 들고 있던 책만을 보고 반한 이는 없었다는 점이다.) 가끔씩 '있어 보이고픈' 마음에 일부러 유명하고 멋있는 책을 들고 나가던 시절을 지나 이제는 다양한 분야의 책을 읽는다. 한 번에 한 권을 모두 읽어 내려가야 한다는 강박관념에서 벗어나 '머리 식힐 때 읽는 책, 몇 달에 걸쳐 읽을 책, 한 번에 읽을 수 있는 책' 등을 구분해서 외출할 때마다 소요되는 시간, 거리와 그날의 기분에 맞추어 책을 손에 들고 다닌다. 그렇다고 일 년 365일 내내 책을 들고 다니지는 않는다. 때로는 음악을 듣고 싶어서 부러 책을 들고 나가지 않는 경우도 있으며, 그때그때 상황에 따라 유연하게 조절한다.

내가 쓰는 언어의 70% 정도는 책에서 유래된 것이다. 단편적인 분석법이지만 보편적이기도 한 분석법으로 해석하자면 그 사람의 친구를 보면 그 사람을 알 수 있고, 그 사람이 들고 다니는 책을 보면 그 사람의 성향을 알 수 있고, 그 사람이 쓰는 말투를 보면 그 사람의 인품을 들여다 볼 수 있다.

우리가 무심코 내뱉는 '말'은 무서운 파급력을 지닌다. 촌철살인(寸鐵殺人)이라는 중국 고사성어는 한 치 밖에 안 되는 바늘로 사람을 죽일 수도 있다는 의미이다. 한 치 바늘로도 사람을 죽일 수 있는데, 세 치 혀에서 나오는 말 한마디가 어찌 사람을 죽이지 못하겠는가. 말 한마디를 잘못 내뱉었다가 정치인, 권력자, 기업가, 언론인 등이 물의를 빚고 회생이 어려운 지경에까지 이른다. 말 한마디로 사람을 살리고 죽일 수도 있다. 수년 전 사회를 경악시킨 범죄를 저질렀던 조직의 두목은 형장으로 가기 위한 법정의 최후진술에서 이렇게 말한다. "재판장님, 저는 그때부터 세상의 모든 사람들이 미웠습니다. 모두 죽이고 싶었습니다."

그가 세상의 모든 사람들을 미워하고 죽이고 싶게 된 원인 중의 하나는 초등학교 4학년 때 듣게 된 '말'에 있다. 크레파스와 스케치북을 준비할 돈이 없는 너무 가난했던 환경의 초등학교 4학년생이었던 아이는 크레파스를 가져오지 않았다고 호되게 벌을 서게 된다. 호되게 혼을 낸 선생님은 '다음부터는 훔쳐서라도 가져오라'는 말을 했다고 한다. 그는 그때부터 필요한 것이 있으면 훔쳐서라도 가지고 갔다는 것이다. 초등학교 때 들었던 말이 트라우마(충격적인 경험)가 되어 버렸다.

반대로 '말'의 긍정적인 예를 들어보자. 글쓰기를 좋아하는 소년이 있었다. 글쓰기를 좋아하며 자신이 쓴 글을 다른 사람에게 보여주었지만 사람들은 무관심했고, 소년은 실망감에 풀이 죽어 집으로 돌아왔다. 소년을 본 어머니는 꽃밭으로 데려가 이제 막 돋아난 잎사귀를 보여주며 말했다.

"애야, 이 잎사귀들을 보아라. 지금은 여린 모습이지만 이제 키가 자라고 봉오리가 맺혀 아름다운 꽃을 피우게 된단다. 너도 이 여린 잎사귀와 같단다. 너도 쉬지 않고 정성을 다해 노력하면 크게 성공할 날이 올 테니 실망하지 말아라."

소년은 어머니의 '말'에 격려를 받아 글쓰기에 최선을 다했다. 결국 그는 덴마크가 낳은 위대한 문호가 되었다. 그가 바로 '한스 크리스천 안데르센'이다. 만약 안데르센의 어머니가 '네가 쓰는 글은 아무도 읽지 않으니 형편없어. 정신 차리고 공부나 해'라고 말했다면 우리가 그토록 아끼는 『안데르센 동화』가 탄생할 수 있었을까?

「킬러들의 수다」 「굿모닝 프레지던트」등을 만든 장진 감독의 영화는 황당하면서도 공감이 가며 인간적인 웃음을 자연스럽게 유발시킨다. 그가 쓰는 대사에서 풍기는 허를 찌르는 정서와 무형의 아우라는 독서에서 비롯된다. 장진 감독은 주로 사람을 만나 대화를 하거나 책에서 받은 느낌을 글을 쓸 때에 참고한다며 '네이버 지식인의 서재' 인터뷰를 통해 밝혔다. 성석제의 소설을 읽으면 장진 감독의 영화 컷이 절로 연상이 되는데 아나 다를까. 그는 성석제의 소설을 가장 좋아하며 영향을 받았다고 밝힌다.

장진 감독처럼 내가 사용하는 언어의 70%는 책에서 오며 30%는 사람과 사람 사이의 '소통'에서 온다. 나는 책읽기와 더불어 특히 사람과 사람간의 소통을 중시한다. 책을 읽는 행위도 결국 나와 다른 이의 견해를 배움으로 인해 갇혀 있는 세계를 만들지 않기 위함이 아니던가. 나는 사람들 간의 관계 속에서도 배우고 타인의 언어습관을 통해서도 배운다. 내가 구사하는 언어는 의식하지 않더라도 자연스레 타인에게 흘러가고, 타인의 언어도 내게 흘러온다. 작년 가을쯤, 공공설치미술가이자 일러스트레이터인 『어찌됐든 산티아고만 가자』의 저자 이경욱 작가와의 모임에서 의도치 않게 좋은 언어방식을 배웠다. 그가 자신의 생각을 표출할 때 '저는 …렇게 생각해요. 제 생각에는 …해요'라고 대화의 폭을 자르지 않고 타인의 의견도 발표될 수 있는 언어구사 표현이 귀로 흘러들어와 뇌에 입력되었다. 이전에는 단정적인 결론을 짓는 의견으로 표현했다면 그를 통해 습득한 언어는 나의 언어가 되어 의식적으로 타인을 향해 단정 짓는 말을 하지 않기 위해 말머리나 말끝에 "제 생각에는"을 덧붙임을 배웠다.

이경욱 작가가 내게 언어표현을 가르치려고 의도치도 않았고, 나 또한 배우려고 하지도 않았지만 자연스레 습득하게 되었듯이 본인이 쓰는 언어가 흘러 사회의 언어를 구성한다. 언어는 인식이 되어서 전반적인 시대를 운영하는 인습이 된다. 사회인식은 쉽게 바뀌지 않는 것이지만 다수의 사람들이 따라가면 믿을 수 없을 만큼 쉽사리 바뀌기도 한다.

말콤 글래드웰의 『티핑포인트』에서는 소수의 사람들이 전체 사회의 유행을 단기간에 바꾸어놓는 모습을 설명하고 있다. 전체 인구의 1%가 어떤 특정한 유행에 동참하는 순간 그것은 유행에서 흐름으로 바뀔 수 있다고 말이다. 당신이 쓰는 언어는 본인뿐만 아니라 친구를 대변하고, 나아가 사회를 대변하며 사회적인 문화를 선동할 수 있다. '바른말 고운 말 쓰기'운동은 시간이 남아돌아 하는 캠페인이 아니다. 당신이 좋은 언어를 사용하는 1%가 된다면, 그토록 손가락질하는 못된 사람들의 마인드를 바꿀 수 있도록 영향을 끼치는 선구자가 된다.

 가슴 떨리지 않는가? 고작 내가 사용하는 말 한마디가 사회전반의 문화를 결정지을 수 있다는 사실 말이다. 경영학에서만 70/30의 법칙이 적용되는 것이 아니라 일상적으로 내뱉는 말을 긍정적이고 영향력 있게 잘 사용하기 위해서도 이 법칙이 적용된다. 당신은 사람을 세우는 말을 퍼뜨리는 사람이 될 것인가, 사람을 죽이는 말을 퍼뜨리는 사람이 될 것인가? 한 치 혀끝 차이일 뿐이라면 기왕지사 여러 사람 살려주자.

사랑도 일도 책도 이놈의 '의지'가 부린다

내면의 시계를 뚝딱거리게 하고 싶다면

한쪽 눈을 지그시 감고 주먹을 쥔 왼쪽 손에서 검지만 들어 팔을 90도 각도로 올린 후 고개를 오른쪽으로 비스듬히 기울인다. 저 정도 각도와 두께면 베개 감으로 딱인데… 싶을 만큼 고루하고 지겹고 졸리고 딱딱하게 생긴 책을 만나게 되면 가끔 이렇게 높이를 재본다.

아무리 애서가라도 책에서 한 발자국 뒤로 물러나고 싶을 때가 있다. 컨디션도 좋고, 일진도 좋고, 날씨도 좋고, 기분도 좋고(거기다 누군가 밥까지 사주었다면) 지루해 보이던 책들도 '이런 지식덩어리 같으니라구!'라며 사랑스레 보일 때도 있지만 말이다. 어느 날은 지독하게 졸리고 지루하게 느껴졌던 사람이, 갑자기 유창하게 자신의 이론을 펼쳐 보인다거나, 히말랭이 없이 비실비실해 보이던 이가 무거운 짐을 척-척 나르거나 어려운 문제를 한방에 빵-해결하는 모습을 보았을 때, 그 사람은 이제까지 내가 알던 이와는 다른 활기찬 후광을 입고 걸어온다.

"어떤 사람이 미친 듯이 등불을 흔들어대며 해안가를 어슬렁거리고 있다면 그는 미친 사람일 수도 있다. 그러나 밤에, 길 잃은 배가 거친 파도에 휩싸여 헤맬 때, 이 사람은 구원자가 되는 것이다."_『농담』

그러니까 미친 사람은 때에 따라 구원자가 될 수도, 미친 사람 그 자체가 될 수도 있다. 희극성을 띤 은유적 매혹으로 언어를 자유자재로 가지고 놀기에 천부적인 재능을 지닌 밀란쿤테라의 처녀작『농담』은 그렇게 딱, 책을 읽기 싫던 그런 날에 집어 들었다.

질색할 만큼 책을 읽기 싫은 날을 살펴보면 대부분 일상에 질색한, 그런 날들이기 마련이다. 나는 '열정'이라던가 '꿈'이라던가 하는 것들이 인생에서 빠지게 될 때의 무기력감과 공황상태를 겪어 보았다. 까닭에 일상에 질색할 것 같은 날들이면 풍선에 바람이 빠지듯 열정이 나를 빠져나가고 있음이 스스로 감지된다. 숨 막힐 것 같은 무기력과 공허의 끔찍한 날들을 보내고 싶지 않기에(그런 공허와 무기력을 빠져 나오고자, 목표를 정하고자 발버둥이 치며 찾은 것이 책이다) 책의 높이와 베개의 높이를 가늠할 심리상태면 의지적으로 책을 읽으려고 한다.

"나는 당신을 영원히 사랑하려는 굳고 견고한 의지를 갖고 있답니다." 진부하게 여겨지는 이 문구를 주의 깊게 읽어보라. '영원히'와 '의지'라는 말이 '사랑한다'는 말보다 훨씬 더 중요성을 갖고 있다. _『불멸』

밀란 쿤테라의 『불멸』에서 등장하는, 값싸고 공정이 엉망인 모조진

주처럼 삼류가 될 위기에 처했던 문장은 영원히 사랑한다는 부질없는 감정의 약속보다, 굳고 견고한 의지로 사랑을 지켜나가려는 노력을 하겠다는 문구이기에 진실 되고 반질한 문장으로 느껴진다.

모든 것은 의지로부터 비롯된다고 해도 과언이 아니다. 인생에서 눈을 반짝이게 하는 '열정'을 유지하려는 것도 의지요, '꿈'을 포기하지 않는 것도 의지에 달려있다. 굳고 견고한 머리가 새하얗게 새어버리고 지팡이에 몸을 의지하지 않으면 걸음을 떼지 못할 노인이 오늘을 돌아봤을 때 '그건 젊은 날의 신열이었지'하고 웃는다 해도 좋겠다.

내가 책을 읽는 행위도, 글을 쓰는 행위도 모두 '열정'이 내 안에 끊이지 않기 때문이다. 이런 날에는 부러 서점 귀퉁이로 책을 들고 가서 읽는다. 사람 구경을 하기도 하고, 배가 고프면 토스트를 사먹기도 한다. 바닥에 오래 앉아 엉덩이가 아프면 카페로 들어가기도 한다. '의지'를 가지고 책을 대하다 보면, 어느새 문장 속에서 사고가 뛰어놀고 있고, 지쳐있던 일상의 열정도 자리를 털고 일어난다. '영원히 사랑하겠다는 의지'처럼, 사랑도 일도 책도 모두 이놈의 '의지'가 관건이다.

"그날 저녁부터 내 안의 모든 것이 변화했다. 내 안에 다시 누군가가 살게 된 것이었다. 나의 내면은 마치 방처럼 휙 청소가 되고 어떤 사람이 거기에 살게 되었다. 여러 달 전부터 바늘이 마비된 채 벽에 걸려있던 시계가 갑자기 다시 똑딱거리기 시작했다. 중요한 일이었다." _『농담』

—7—
'상처'를 '성공'의
원동력으로 끌어안아라

   미국 초대 대통령인 조지 워싱턴이 뉴욕 소사이어티 도서관에서
1789년 10월 5일 대출한 『국제법』(Law of Nations)을 돌려받는 기념
식을 열었다고 외신들이 보도했다. 버지니아 주의 워싱턴 고향집을
관리하는 비영리재단 '조지워싱턴의 마운트 버논'에서 워싱턴이 책을
돌려주지 않았다는 뉴스를 듣고 수소문 끝에 1만2,000달러를 주고
당시 동일한 판으로 출판된 다른 책을 구해 반납했다는 기사이다.
물론 물가인상을 고려하면 원칙적으로 30만 달러에 달하는 연체료
가 발생할 것이지만, 도서관 측은 책이 돌아왔다는 자체를 기뻐하며
일체의 연체로도 물리지 않았다. 잃어버린 책이 돌아왔다고 기념식
을 여는 도서관이나, 고인의 업적에 흠을 내지 않기 위해 갖은 애를
써서 책을 구해 반납하는 재단 측이나, 모두 고져스(아주 멋진)한 문

화인들이다.

잃어버린 책이 돌아온 기분은 애서가의 입장에서 보자면 깊게 베여 오랫동안 낫지 않던 생채기에 인공적인 약이 아닌, 제 살점이 돌아와 붙은 기분일 게다. 제 살점이 돌아오기 전, 상처는 꽤나 아프다. 우리는 크건 작건 저마다 상처를 안고 살아간다. 상처 하나 없는 사람이 있다면 외계생물체인지 의심해 과학연구소에 감정분석대상으로 연구해보자. 왜냐하면, 이놈의 '상처'라는 것은 아이러니컬하지만 우리를 자라게 해주는 동력이 되기 때문이다. 단, 잘 사용하여야 한다는 전제하에서 말이다. 만약 역효과가 나면 상처는 사회악을 불러일으키기 때문이다.

이 책을 쓰며 참 부끄럽고 소심하고 열등감이 심한 나의 상처를 드러내 보였다. 상처를 드러내서 쥐구멍에 숨고 싶은 심정은 있다.(내가 들어가기엔 쥐구멍은 너무 작겠다.) 그 상처들을 책과 사색을 통해 치유하는 과정을 통해 형태가 다른 개인의 상처가 치유되길 바라는 마음이다.

2002 월드컵을 통해 여러 악조건으로 받았던 상처를 축구에 대한 성실과 열정으로 극복하고 '실력'으로 승화시켜 히딩크 감독에게 발탁되었던 축구선수 박지성은 2010 남아공 월드컵을 통해 원숙한 기량을 선보였다. 그는 넉넉지 않은 집안사정과 하고 싶은 축구를 열심히 하지만 인정받지 못하고 목표하는 대학에서 거절당하는 상실감을 느꼈다. 그는 또한 평발이라는 아킬레스건에서 오는 부족한 역량

을 '산소탱크'라 불릴 만큼 필드를 종횡무진하며 한 가지 목표에 매진한 덕에 '국민훈남'이 되었다.(2010월드컵에서 그가 골을 넣고 양팔을 휘두른 세레모니는 천사날개마냥, 후광이 비추는 환상이 보였다.) 만약 그가 상처를 극복해내지 않고 끌어안고만 살았다면 오늘날 한국축구를 빛내는 박지성은 탄생하지 않았을 것이라는 당연한 말을 하는 것은 비단 '축구선수' 한 사람의 사례에만 끝나지 않기 때문이다.

　오늘의 나는 온갖 모순의 결정체이기에 내가 나에게서 떨어져 제3자의 시선으로 관찰하는 것은 흥미롭고, 낯부끄럽고, 손발이 오글거리지만 통찰을 얻기에는 꽤나 유용한 방법 이라고 생각한다. 주체를 떠나 객체의 입장에서 제3자의 시선으로 바라본다. '내 마음대로' 해주지 않는 이기적인 가족에게 마음 상하고, '내가 원하는 방향대로' 따라오지 않는 이기적인 친구에게 마음 상했다. '내 시간대로' 도착해주지 않는 대중교통에게 마음 상하고, '내가 원하는 맛대로' 나오지 않는 음식점에게 마음 상한다. 이것을 큰 틀로 키워보자면 노력 여하와 무관히 '내가 가고 싶은' 학교나 직장에서 붙여주지 않는다고 마음 상하고, 상대방의 취향과 감정은 고려하지 않고 '내가 좋아하는' 사람이 나를 좋아해주지 않는다고 마음 상한다. 결국 모든 상처와 거절감은 타인이 나의 감정과 의사와 뜻을 배려해주지 않는다는 상실감에서 시작된다. 일회성 상처로 끝맺음하지 못하고, 받았던 상처를 일부러 시간을 내서 찬찬히 곱씹으며 생생하게(마치 증강현실로 구현하듯) 떠올리며 생채기를 더욱 깊이 낸다. 나도 그래봤기 때문에 알지만 이는 비생산적이고 소모적인 감정낭비이다. 어찌됐건 인간은 자기중심적인 동물이기 때문에 상처를 주고, 받으며 사는 것이 당연지사이다. 우리가 당면한 과제는 극복을 통해 긍정적 방향으로 전환시켜야 한다는 점이다. 다시 박지성의 이야기로 잠깐 넘어가보자.

2002년 기대주였던 박지성은 2010 주장 완장을 차고 그만의 차별화된 리더십을 선보였다. 그는 어릴 적 왜소했던 체격을 피눈물 나는 훈련을 통해 극복해 지금의 실력을 가지게 되었다. 그는 이렇게 '뛰어난 실력'을 가지고 있고, 최고의 프리미어리그 클럽에서 뛰고 있다고 거만에 빠지지 않고 자신이 항상 '솔선수범'한다. 또한 권위적인 소통방식이 아니라 팀의 연장자를 존중하며 후배들을 융화시키는 참여식 소통을 통해 '친근한 커뮤니케이션' 능력을 지녔다. 그는 많은 경기를 치룬 '경험'이 있기 때문에 난관을 극복하는 리스크 관리가 뛰어나다. 상대 선수의 파울에도 크게 요동치지 않는 '냉정함'을 가졌고, 경기의 결과에 크게 요동치지 않는 뛰어난 페이스 조절능력을 보이기 때문에 '믿음직'하다. 쓸데없는 허영이나 말로 대중을 현혹시키지 않는 '겸손함'과 '진솔함'을 가지고 있다. 철저한 자기관리와 깨끗한 사생활로 정평이 나있다. 또 하나, 가장 큰 그의 장점은 후배와 팬을 섬기는 친근한 자세로 자신을 낮출 줄 아는 '서번트리더쉽'을 지녔다. 아무리 자기 PR의 시대라지만 스스로를 신격화하듯 높이는 모습은 오히려 거부감을 불러일으킨다. 그러나 박지성의 실력 있고 겸손한 리더십은 굳이 본인이 드러내지 않아도 행동에서 드러나며 자연스레 동료와 주변사람들을 통해 세인들에게 전달된다. 서른 살의 박지성이 이토록 알차게 익을 수 있었던 원동력을 나는 '열정'과 '상처'라고 본다. 꿈을 향한 열정이 있기에 상처와 좌절도 있는 것이 당연지사지만, 열정이 상처에 잠식당하지 않도록 쉼 없이 자신을 담금질했기 때문에 벼락스타에게서 보이는 오만방자함과 스타의식이 그에게는 전혀 보이지 않는다. 때문에, 대중은 그를 더욱 사랑한다. 현 시대의 트렌드가 '솔직함'과 '진정성'이기 때문에 대중은 눈 가리고 아웅, 하는 식의 스타플레이에 현혹되지 않는다.

상처를 안고 우뚝 일어난 인물 이야기를 하나 더해보겠다. 경장서 12만 권에 하루 2,500여 명이 이용하는 경기도 안양시 경인교대 도서관에서 명물사서로 불리는 사서보조 강원식 씨는 매일 오후 4시간씩 신간이나 반납된 책을 제자리에 꽂아두는 일을 담당하고 있다. 그는 장애등급 2급을 판정받고 자폐증을 앓고 있다. 자폐증의 특성은 한 가지 일에 몰두하면 무섭게 집착하는 성향을 보인다. 덕분에 책이 제자리에 꽂혀있지 않은 것을 못 견뎌 한다고 한다. 도서번호를 분류번호를 보지 않고 머릿속에 책들의 자리가 인식되어 있어 기억상으로 분류한다. 장애우라는 상처를 딛고 핸디캡을 오히려 장점으로 승화시켜 능력을 인정받는 것이다. 정상적인 근무가 가능할까, 라는 우려가 있을 수도 있겠지만 굳이 장애우가 아니더라도 사회생활에서는 누구나 한번뿐이 아닌, 셀 수 없을 만큼의 사고를 친다. 오히려 그는 신체가 건강한 사람들보다 사고를 덜치는 셈이다.

그는 딱 한 번 책을 정리하다 혼자 큰소리로 독백을 하는 사고를 쳤고 이는 도서관의 다른 직원들이 진정시키며 정리되었다. 그의 상처를 모두가 함께 끌어안고 이해하며 사회공동체를 형성해가는 아름다운 풍경이다.

지식인이 되고자 책속에 코만 틀어박고 있다가는 철저한 개인주의자로 몰락한다. 나의 상처가 있다면 타인의 상처도 있다. 서로가 상처가 있기 때문에 용납되며 보듬어 줄 수 있는 것이다. 나이가 든다고 몸에 좋은 보약을 지어 혼자만 먹지 말고, 마음에 좋은 보약인 '배려'와 '이해'를 나누어 건네자. 서로가 손잡아주어야 흔들리지 않고(혹은 흔들리더라도 잠시) 함께 갈 수 있는 것이다. 멀리 가려면 상처를 보듬으며 함께 가라.

"햇빛도 그늘이 있어야 맑고 눈이 부시다"

닥친 상황에 지배당하지 않으려면

그늘이라던가, 상처라든가 하는 고통스러운 것들은 잘만 '이용'하면 오히려 약이 된다. 그늘이라는 것과 상처 같은 것들의 소유자는 사랑받을 자격의 필요충분조건이다.

"나는 그늘이 없는 사람을 사랑하지 않는다/나는 그늘을 사랑하지 않는 사람을 사랑하지 않는다/나는 한그루 나무의 그늘이 된 사람을 사랑한다/햇빛도 그늘이 있어야 맑고 눈이 부시다/나무 그늘에 앉아 나뭇잎 사이로 반짝이는 햇살을 바라보면 세상은 그 얼마나 아름다운가/나는 눈물이 없는 사람을 사랑하지 않는다/나는 눈물을 사랑하지 않는 사람을 사랑하지 않는다/나는 한 방울 눈물이 된 사람을 사랑한다/기쁨도 눈물이 없으면 기쁨이 아니다/사랑도 눈물 없는 사랑이 어디 있는가/나무 그늘에 앉아/다른 사람의 눈물

을 닦아주는 사람의 모습은/그 얼마나 고요한 아름다움인가." _정호
승, 「내가 사랑하는 사람」

　정호승 시인이 그늘이 없는 사람을 사랑하지 않는다 말함은, 그늘
자체에 머물러 있는 이가 아니라 그늘을 이용하여 밝음의 기쁨과 감
사함을 깨친 이를 말한다. 이런 말을 내뱉는 나도 별수 없는 유약한
심정을 가진 사람이니, 당연히 그늘이나 고통이나 상처 따위가 '나
만은 비켜가 주길' 바랐다. 그것들에 휩싸였을 때에는 '차라리 죽는
게 낫겠다' 싶은 생각을 하기도 했건만 그때마다 붙잡아준 건 언제
나 '책'이다. 한심한 잉여자원으로 남았을 법 하건만 책읽기와 글쓰
기가 있었기에 조용히 몫을 하며 살아가는 오늘날과 같은 행운이
있다. 위기 가운데 맞이하는 독서를 통해 어둠 뒤에 찾아오는 광명
과 비온 뒤에는 언제나 해가 뜨고, 밤이 오면 아침이 옴을 알게 되며
'그것들 따위에' 지배당하지 않게 되었다.

　"폐족(망한 집안의 자손)으로 잘 처신하는 방법은 오직 독서하는 것
한 가지밖에 없다. 독서라는 것은 사람에게 있어서 가장 중요하고 깨
끗한 일일 뿐만 아니라 호사스러운 집안 자제들에게만 그 맛을 알도
록 하는 것도 아니고 또 촌구석 수재들이 그 심오함을 넘겨다 볼 수
있는 것이 아니기 때문이다…그들이 책을 읽을 수 없다는 것이 아니
라 뜻도 의미도 모르면서 그냥 책만 읽는다고 해서 독서를 한다고
할 수 없기 때문이다." _『유배지에서 보낸편지』

　『목민심서』를 저술한 다산 정약용은 조선 정조 때의 실학자로 28

세에 문과에 급제하여 벼슬을 살다 신유교옥에 연루되어 40세부터 18년 동안 유배생활을 하였다. 그가 유배생활을 떠나며 두 아들과 둘째 형님, 제자들에게 보냈던 편지를 모은 책이 『유배지에서 보낸 편지』이다. 다산은 창문도 없고, 사람도 없고, 언제 끝날지 기약 없는 유배생활을 떠나며 폐족으로 몰려 앞길이 막히고 좌절하고 있을 두 아들에게 상처(폐족)를 가졌으니 오히려 학문에 깊게 정진할 수 있는 길이며 '독서할 때'를 만난 것이라 역설하였다. 가문이 망해버린 것 때문에 오히려 독서에 정진할 수 있는 좋은 처지(다시 일어서겠다는 의지와 투지로)를 만난 것이라는 것이다.

다산 정약용이 독서와 더불어 강조했던 사상은 먼저 근본을 확립하라는 것이다. 그는 근본이란 학문에 뜻을 두지 않으면 독서를 할 수 없으며, 학문에 뜻을 두었다고 했을 때는 '효제'의 근본을 확립하여 실천함으로써 자연스레 학문에 몸에 배고 넉넉해져야 한다고 말했다.

그늘을 '이용'하여 학문에 정진하라고 아들들을 독려했던 정약용은 『사기』와 『논어』등의 고서를 아끼며 유배지에서의 18년 동안 매일을 하루같이 책을 읽고 임금을 그리고, 나라의 정세를 걱정하며 책을 썼다.(이때 쓴 책이 『목민심서』이다.) 그가 살았던 유배지가 진정한 학문의 전당이 되도록 도움을 주었던 것은 오로지 자신이 상황 속에 주저앉지 않고 이용함에 있다. 당신을 괴롭히는 바로 '그것'이 내일의 기회임을 직시하고 '역전의 명수'가 되자.

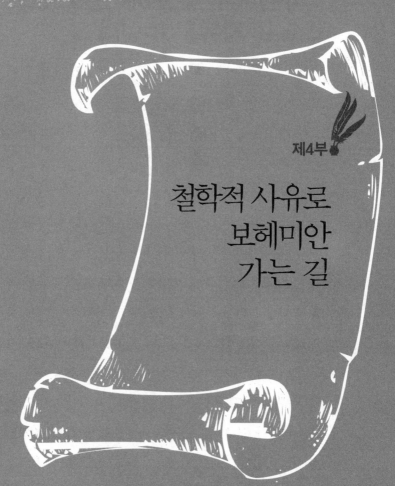

제4부

철학적 사유로
보헤미안
가는 길

1

나는 사유적 보헤미안으로
자유를 누린다

주민등록증을 분실하고, 운전면허증으로 신분증이 필요한 여러 행정적인 일들을 처리해온지 7년. 이번에 쓴 칼럼료를 받으려면 꼭 운전면허증이 아닌 주민등록증 사본 제출을 요구해 별 수 없이 동사무소에 가는 길, 신청이유가 '칼럼료'라는 사실에 마음이 쏠쏠했다. 헌데 오늘 낮 발급받은 주민등록증을 손으로 받는 순간 왠지 새로 태어난 것 같은 기분도 든다. 이제 막 미성년을 벗어난 그런 설레임이 든다. '새 신분증'이 주는 기쁨에, 괜한 아집으로 발급받지 않았던 시간이었지 싶기도 하다.

만약 주민등록증도, 운전면허증도 없이 개인의 '신분'을 표시해주는 서류나 카드가 사라진다면 우리는 자유로울 수 있을까? 전 인류가 역사에 걸쳐 투쟁하는 그 '자유'는 어디에서 유발되는 것일까. 혁명을 넘어 최소한 먹고 사는 1차적 욕구라 치부되는 행위에서는 국가적 자유와 존립적 자유를 투쟁하였다. 하지만 굶어 죽을 기아의 우려를 덜게 된 국가에서는 인간의 사유적 자유에 관한 개인적 투쟁이 지속되고 있다. 사유적 자유는 인간의 존립과 직결되는 문제이다. 안타까운 점은 20대와 30대까지 사유적 자유를 추구하던 이들이 세월이 흐를수록 생활에 안주해 자유적 권리를 찾아가는 투쟁을 멈춘다는 것이다.

물론, 모두가 그렇다는 이분법적 논리는 아니다. 늘 예외는 존재한다. 나는 '보수'니 '진보'니 '왼편'이니 '오른편'이니 나누는 사고에 질색한다. 사람의 마음이라는 것은 하루에도 수백 번씩 바뀌는 것인데, 한 개인의 성향을 하나의 패턴으로만 규정짓는 행위는 여러 패턴을 연구하기 머리 아파하는 게으른 이들의 사고방식이라 생각하기 때문이다.

상황의 변화에 따라 열나게 보수적인 사람도 열나게 진보적인 사람이 될 수 있다.(질색하면서도 이분법으로 분류하게 되는 교육된 모순적 사고방식의 구현 현장을 목격하고 있다.) 사회는 보수와 진보라는 이분법의 기준에서 벗어나 사유적 자유를 즐기는 이들에게 '보헤미안'이라는 타이틀을 붙여줬다. 고리타분하다 여겨지는 기성세대의 주류문화에 반기를 드는 젊고 낭만적이고 자유를 추구하며 자발적 빈곤을 예술로 승화시키는 젊은 예술가 집단을 가리켜 보헤미안이라는 이름으로 불렀다.

『파리의 보헤미안과 댄디들』에서는 16세기부터 불어로 '보헤미안'이라는 단어가 '집시'를 의미했으며 '사회와 격리된 채 자연을 따라 떠돌며 자유와 무소유를 만끽하는 특이한 존재'라는 것은 우리의 상상력의 산물이라 말한다. 보헤미안은 19세기부터 파리의 라틴지구에 몰려 사는 젊은 예술가와 반항아들을 지칭하는 존재로 다시 태어나게 되었고, 19세기 후반에 이르러 사회의 관습에 구애되지 않는 방랑자, 자유분방한 생활을 하는 예술가·문학가·배우·지식인들을 지칭하는 명칭이 되었다.

대표적 보헤미안 1세대라고 불리는 오페라 '라보엠'의 작가 뮈르제는 그의 저서 『보헤미안 생활의 정경』에서 파리의 보헤미안과 떠돌이 집시는 아무런 상관이 없음을 강조했다. 부르주아 가정 출신들이 독립적인 예술생활을 추구하기 위해 스스로 유쾌한 빈곤을 자청하며 無(무)형의 자산을 有(유)형으로 전환시키기 위해 주류문화에 대한 투쟁으로 사유적 자유를 누린 인물들이었기 때문이다. 어쩌면 현실에 순응하지 못하는 잉여자원일 뿐인 젊고 능력 없는 게으름뱅이들을 미화시킨 단어일 수도 있겠지만 그들의 사유적 자유로 인해 후세대는 풍성한 문화의 산물을 받아들여 또 다른 사유로 발전시킬 수 있었기에 그들의 예술추구형태가 결코 무의미함은 아니다.

현대 산업사회에 들어서는 과거의 보헤미안과 상충되지만 반대되는 개념으로 '보헤미안의 삶에 대한 동경이 불고 있다. 조직이라는 딱딱한 틀에 얽매여 자율적 사고를 제압당하고 조직의 사고로 전환되기를 강요당하는 사회풍조에서 보헤미안이라는 존재는 미래의 희망으로 품고 있기에 적합한 숨구멍이 된다. 꿈과 목표를 위해 열정적으로 일을 하는 이들을 제외한 매달 따박따박 통장에 찍히는 월급이라는 마약의 힘으로 버텨가기에 급급한 이들은 불안정한 수입에 연연치 않고 자유롭게 사유하며 어디든 마음먹으면 떠날 수 있고, 표현할 수 있고, 표출할 수 있는 자유를 지닌 보헤미안적 예술가를 동경한다. 이전 세대들이 전쟁을 거치며 기반을 닦아왔고, 우리 부모님 세대들이 알뜰살뜰 아껴가며 먹고 살만한 생활터전을 열어 주었다. 때문에 그 자식인 2030세대들에게는 자유롭게 꿈을 찾아 추구할 만한 환경을 만들어 주었고, 물질적 자유가 보장된 예술가들 또한 늘고 있다. 하지만 일부 넉넉한 환경에 재정적 지원이 허락되는 부모를 둔 예술가를 제외하고는 현대에서도 여전히 예술가는 가난하고, 궁핍하고, 불안정하다. 이들은 자발적 빈곤을 선택해 예술세계를 확장하며 정신적 불안정을 극복하기 위해 끊임없는 내면적 갈등을 지속한다. 이는 작품으로 승화되어 소수의 인정받는 예술가가 되어 자발적 물질 빈곤을 벗어나 자발적 사유의 빈곤으로 보헤미안 생활을 영위해간다. 그럼에도 표면적으로 그들은 여전히 자유로워 '보이기' 때문에 꾸준한 동경을 받는다.

앞장에서 거론한 일러스트레이터 이경욱 씨의 저서 『어찌됐든 산티아고만 가자』도 현대적 보헤미안들의 즐거운 상상으로 시작되었다.(시작은 가벼웠으나 작업은 진지했으리.) 친하게 지내는 작가그룹과 여행을 즐기며 놀러 다니다 '우리끼리만 재미있게 놀지 말고, 이렇게 재미있게 즐기며 살수 있다는 걸 편하고 가볍게 알리자'는 사유 나눔의 목적에서 여행기가 시작되었다. 이 여행기에는 많은 이들이 순례코스로 정신적, 육체적으로 힘겹게 다녀오는 산티아고를 그저 부담 없이, 돈이 있으면 있는 대로, 없으면 없는 대로 조달하며 여행을 다녀온다.

그들의 여행기를 읽고 들었던 생각은 '오… 산티아고가 이렇게 심각하지 않을 수도 있구나'였다. 그의 책을 읽기 전, 산티아고의 이미지는 파울로 코엘료가 『연금술사』에서 진리를 찾기 위한 여행을 떠나는 주인공 이름을 '산티아고'라 칭했음이 각인되어, 힘겹고, 어렵고, 온갖 고뇌와 번뇌가 가득한 성스러운 순례지라는 의식이 강했다. 즐거움을 전파시키기 위함이 이 여행의 시작동기였지만 그들은 예술로 인종의 벽을 허물며 '소통'한다.

만화가 권순호 씨와 이경욱 씨는 걷고 마시고 놀고 이야기하며 세계 각국의 친구들에게 '그림'이라는 매개체로 대화를 하고, 페인트마커로 윈도우 페인팅을 선물하며, 인종과 연령고하를 막론하고 친구가 되는 여행을 한다. 세계 각국의 친구들도 마찬가지로 통기타를 메고 와 즉석에서 기타교실을 열어(무료로) 기타를 가르쳐주고, 대형 비눗방울 놀이를 하며(나도 해보고 싶다!) '소통'한다.

길고 험한 여정을 마치고 산티아고 성당 앞에서 세계 각국의 청년들이 단체로 우스꽝스러운 포즈를 취하며 찍은 단체사진에서는 희한하게도(?) 감동이 밀려온다. 규정되어진 관습대로라면, 심각하고 혼란스럽기만 했을 산티아고를 이토록 유쾌하게 여행하며 소통해준 이들에게 느낀 대리만족의 감정이었다. 평소에는 쑥스러움도 잘 타고, 낯가림이 심한 줄만 알았던 경욱 씨가 이처럼 익살맞은 사람이었다는 사실도 재미났다.

상황의 변화에 따라 양면적인 모습을 지닌 이경욱 씨는 예술고등학교 진학시험을 치르기 두 달 전에 왼팔이 부러지는 사고를 당한다.(그는 왼손잡이다.) 계획되었던 예고 시험을 치르지 못하게 되자 고등학교 진학을 포기하고 17세부터 월급 5만 원을 받는 만화가 문하생에서 출발해 순수미술과 일러스트레이터를 넘나들며 전방위 활동을 한다. 군제대 이후에는 '이승환, 신승훈, 빅뱅' 등 가수들의 앨범작업이나 MD상품 디자인작업 등을 하며 프리랜서로 전향했고, 현재는 각종 프로젝트들을 진행하는 그림작가로 활동하고 있다. 경욱 씨는 그림작가에게는 치명적일 수도 있는 자신의 '색약'이 본인의 그림 아이덴티티 형성에 긍정적인 영향을 미쳤다고 한다.(예를 들어 붉은 계열이 주황, 벽돌, 빨강이라면 그에게는 같은 톤으로 보임.) 색약이기 때문에 같은 계열의 농도조절이 조심스러워 아예 보색대비의 색을 쓰게 되었고 결과적으로 그만의 색깔을 가진 아이덴티티가 되었기 때문이다. 유쾌하지만 진지한 철학적 보헤미안의 사유적 깊이는 어디에서 오는 것일까.

정현종의 『서울살이』에서는 '네 눈의 깊이는 네가 바라보는 것들의 깊이이다. 네가 바라보는 것들의 깊이 없이 너의 깊이가 있느냐'라며 바라보는 것의 깊이를 논한다. 경욱 씨의 깊이를 결정짓는 바라보는 대상의 도구 중 하나인 '책'들은 자유롭지만 철학적인 그의 사유와 닮아있다. 그는 그림을 그리는 '주체'이자 공급자로써 누가 그의 그림을 보고 어떤 생각을 하게 될지 예측불가능하기 때문에 본인 안에 확실한 기준이 세워져 있지 않다면 전달하고자 하는 메시지가 왜곡될 우려가 있다고 한다. 영화를 좋아하고, 음악을 좋아하는 그는 본인의 확실한 기준을 세우기 위한 도구로 책을 즐겨 읽는데, 성경과 신앙서적을 가장 좋아한다. (예술과 철학과 신학은 뗄레야 뗄 수가 없다.) 특히 삼촌 악마가 조카 악마에게 어떻게 하면 인간의 도덕성을 무너뜨릴 수 있는지를, 이보다 더 훌륭한 역설법이 있을까, 싶을 만큼 신랄하게 표현한 c.s루이스의 『스크루 테이프의 편지』는 반복해서 읽을 때마다 이전에 놓쳤던 사고들이 보인다고 한다. 그는 『좀머씨 이야기』 『가아프가 본 세상』등 사고를 강요하지 않고 자유롭게 작품 안에서 사고하며 뛰어놀 수 있는 책을 즐겨 읽는다.

생각의 물길을 강요하지 않고 주체적으로 사고하며 읽을 수 있는 책을 좋아하듯, 의도하지 않은 자연스러운 여행에서 발생한 유쾌한 에피소드를 선보였듯, 평소 이경욱 씨가 추구하는 아트 성향도 장 드 뷔페에 의해 창시된 '아르브뤼트 장르'이다. 장 드 뷔페는 정신병원에 수감되어 있는 사람들 중에서 그림에 특출 난 탤런트가 있는 사람들의 그림을 보아 전시하게 해주었다. 이들은 본인들의 그림을 스토리텔링 할 수 있는 능력이 없기 때문에, 작업할 때는 러프스케치나 초안작업과 구성 등을 먼저 해놓지 않기 때문에, 의도치 않은 무의식 속의 자연스러운 그림이 나온다. 이경욱 씨는 그림을 그릴 때에도 '생각하지 말자'는 마인드로 무의식 속에 집중하는 작업을 추구하여 초안을 잘 그리지 않고, 지우개를 거의 사용하지 않는다. 장 드 뷔페와 같은 예술을 아웃사이더 아트라고 하는데, 본인이 가진 재능을 사회적으로 기부하며 함께 상호작용할 수 있다는 점에서 의미가 크며, 경욱 씨도 그것을 지향하고자 한다. 자유롭고 낭만적인 사유적 보헤미안은 오히려 확고한 개인적 철학을 정립하고 있다.

"어떤 바보는 시간이 소음이라고 말했소. 어떤 불운한 사람은 사고가 운명이라고 했소. 또 다른 사람은 인생이 책이라고 했소. 우리는 혼란에 빠졌고, 맞는 답을 우리 귀에 속삭여 줄 천사를 기다리곤 했소." _『새로운 인생』

오르한 파묵의 새로운 인생 속 문장처럼, 혼란에 빠진, 그리고 자유롭고 싶은 당신의 귀에 답을 속삭여줄 천사를 기다리는가? 천사는 의외로 손에 닿기 쉬운 곳에 있다. 안다는 것은 곧 자유하다는 것을 뜻한다. '알기' 때문에 '자유'할 권리를 찾아가며 행할 수 있다. 자유로울 권리의 원동력은 '지식'이며 그 매개체가 '책'이다. 자유를 찾기 위한 방법이 의외로 간단함에 허무에 빠졌는가? 적어도, 서류적 주민등록을 말소시켜 사회적 투명자유인이 되는 불합리보다는 타당한 방법이 아닐까. 흐흐.

"날자 날자 날자 한번만 더 날자꾸나"

창살없는 감옥에서 벗어나 자유를 맛보려면

　마음을 잘 지키는 사람들은 삶의 상황에서 선하고 옳은 쪽으로 반응할 준비와 능력을 갖추게 된다. 먹고 싶을 때 먹고, 자고 싶을 때 자는 무절제한 생활로 흘러가는 대로 사는 게 자유인이 아니라 절제와 선택을 잘할 줄 아는 사람이 진정한 자유인이다.

　'자유로움' 하면 연상되는 이미지 중 하나는 '캐주얼'이다. 국내에도 가격도 저렴하고 품질도 좋은 합리적인 의류로 각광받고 있는 일본 기업 '유니클로'의 폭팔적인 성장 뒤에는 '자유'와 '책임'과 '주인의식'이 존재한다. 가업인 양복점을 물려받은 지 13년째 되던 해인 1984년, '자유인' 야나이 사장은 캐주얼로 새로운 시장을 개척하겠다는 비전을 가지고 35세에 유니클로 1호점을 낸다. 그는 초심을 잃지 않는 전략으로 1999년 8월 결산 때 1,110억 엔, 2000년 8월 결산 때

2,289억 엔, 2001년 8월 결산 때 4,186억 엔 매출에 경상이익 1,032억 엔으로 폭발적으로 증가하였다. 기업이 덩치가 커질수록 '안주'라는 위협에 빠지기 쉽지만 이런 위기를 야나이 사장은 직원들에게 '합리적으로 일할 자유'를 부여함과 강렬한 꿈과 비전을 심어주며, 학벌과 토익점수보다는 능력위주로 승진에 제한을 두지 않는 '자유로운' 분위기로 이겨냈다.

야나이 사장 회사에서는 사무실 탁자에 경계와 자리배정을 해두지 않아서 노트북과 개인전화를 가지고 업무내용에 맞추어 '장소와 사람'을 선택하여 일할 수 있었다. 여기에 필요 없는 서류덩어리들에 연연치 않으며, 필요 없이 회의실에 오래 지체함을 막기 위해 회의실에 의자도 없었다. 10분이면 회의가 끝나는데, 이는 회의시간 5분전에 모두가 참석해 있어야 하며—서서 빨리 회의를 끝내야 하기 때문에 철저하게 준비를 해서 들어와야 한다.

회의실처럼 열린 소통의 공간뿐만 아니라 집중을 고려해서 대화를 나눌 수 없고, 소리를 내서 안 되는 골방 같은 집중실이 회사 내부에 있다. 유니클로는 공식적으로 7시에는 모두가 퇴근을 해야 하는데 추가 잔업을 위해서는 5시에 상사에게 잔업신청을 해야 한다. 다음번에는 어떤 개선책으로 잔업을 하지 않을 것인지까지 기재하여야 하며, 그것도 9시까지만 초과근무를 할 수 있다. 이 회사에서는 직원이 사장처럼 주인의식을 가지고 일하기를 바라며 그에 합당한 환경을 만들어 주고 '자유'를 부여한다.

'한번의 1승을 위해서는 9패를 견뎌야 한다'는 야사이 사장과 유니클로 스토리를 담은 『1승 9패 유니클로처럼』을 읽으며-천 번의 불안과 실패를 견뎌야만 한 번의 희망과 성공을 만날 수 있다는 생각이 들었다. 사실, '끊임없이 시도'하다 보면 지지리 재수 없는 사람일지라도 운 좋게 지나가는 '한 번의 성공'을 만날 수 있다. 그것을 붙잡는 이와 붙잡지 못하는 이의 차이는 '준비됨'에 있다. 준비된 사람이 되기 위해서는 '자유' 해야 한다.

틀에 박힌 인습에 '안주'하며 뉴턴의 사과처럼 입만 벌리고 있으면 행운이 떨어지겠지, 하고 요량만 바라는 '부자유'의 감옥에서 탈주하라. 창살 없는 감옥인 '무기력'과 '열정 없음'이라는 무기징역 행에서, 탈옥방법은 지독하게 형벌을 줄여주지 않으려 다리를 붙잡는 '안주의 달콤함'이라는 감시관을 피해 탈주범이 되는 것이다.

20대에 요절한 천재 문인 이상(본명 김해경)은 그를 기리는 '이상문학상'이 있을 정도로 한국문학사에서 뛰어난 인재였다. 그가 일약 문단의 총아로 주목받게 된 작품 '날개'에서는 햇볕도 들어오지 않는 쪽방에서 흐늑흐늑한 공기가 답답하게 흐르고, 눅눅하고 축축한 이불속에 누워, 문자 그대로 '눅눅하고 쿰쿰하게' 지내던 스물여섯의 남자가 아내가 모이처럼 가져다주는 밥과 은전의 달콤함에서 벗어나 사람들이 모두 네 활개를 펴고 닭처럼 푸득거리는 세상으로 날개를 달고 나아가는 과정을 그렸다.

"사람들은 모두 네 활개를 펴고 닭처럼 푸득거리는 것 같고 온갖 유리와 강철과 대리석과 지폐와 잉크가 부글부글 끓고 수선을 떨고 하는 것 같은 찰나, 그야말로 현란한 극치의 정오였다."_『날개』

'창살 없는 감옥'에서 현란하고 치열하게 살아가는 세상의 '자유'를 맛본 남자는 현란한 정오의 살아있는 생기(자유의 맛)를 맛보며-없던 날개가, 즉 희망과 야심의 말소된 페이지가 딕셔너리 넘어 번뜩이는 광명을 맛보며 게으름에 대한 '탈주범'이 되어 외친다.

"날개야 다시 돋아라. 날자. 날자. 날자. 한번만 더 날자꾸나. 한번 만 더 날아보자꾸나. _『날개』

당신, 나와 같이 날아볼 텐가? 불현듯 가려운 겨드랑이에 있는 날 개 흔적, 그것에서 새로이 날개가 돋아나는 '자유'를 맛볼 것인가? 내 못 본 것으로 눈감아주고, 경찰에 신고하지 않을 테니-어서 돋아 난 날개로 날아가 버려라. 환희, 기쁨, 이런 것들이 느껴지는가? 인생 의 축제로다. 훨훨, 같이 날아 창공에서 조우하자! 꾼빠이!(이상의 소 설에서 습득한 단어.)

──2──
콤플렉스로
콤플렉스를 다스려라

 2010년 7월 7일 제 763호 삼성경제연구소 SERI(www.seri.org)의 연구보고서에 따르면 세상이 빠르게 변화하고 있지만 역설적으로 느림과 여유도 중요한 가치로 부상하며 '속도의 경제'와 '느림의 미학'이 공존하고 있다는 견해를 밝혔다.

 "느림의 가치가 부상하면서 시간이나 효율성, 성과 등에 대한 관점도 변화하고 있다. 소비자는 슬로 트렌드에 담긴 新(신)가치를 추구함으로써 만족과 균형감을 느끼고 속도경쟁에 따른 누적된 피로와 스트레스에 대처하고자 한다."

 슬로경영과 슬로서비스의 부상에 대한 연구보고서는 시대가 늘 가지고 있는 급변하는 시대의 진화적 진통과 동반되는 과거양습에 관한 진한 향수를 지닌 인간의 본능적 욕구현상을 대변한다. 디지털이 급속도로 발달하면서 상대적으로 아날로그에 대한 소유욕도 증가한다. 이제는 스마트폰이라 불리는 내 손 안의 컴퓨터로 TV시청, 인터넷뱅킹, 내비게이션, 문서작성, 게임, 쇼핑, 학습, 소통 등 '할 수 없는 행위'보다 '할 수 있는' 행위가 많아진 세태에서 전자책 열풍이 몰고 올 향후 독서시장 추이에 대한 관심도 뜨겁다. 스마트폰으로 인해 '전자책'의 향후 행보와 '종이책'의 미래에 대한 뜨거운 관심과 열기들을 보며 '책'이라는 매개체가 언제 이렇게 열렬한 사랑을 받았나, 싶을 만큼 황송하다. 어떤 성향발달이 있을지는 지켜봐야 알겠지만, 중요한 것은 관심의 증폭에 촉진제가 되었다는 점이다.

사람들의 입에서 '책'이라는 화두가 오르내리면서 전자책을 사용해보고, 휴대폰 어플로 책을 다운받아 읽으며 어찌됐건 '책'에 사회적 관심이 집중되고 있는 현상이다. 전자책에 대한 관심으로 인해 종이책의 미래를 고민하며, 전자책을 읽는다면, 종이책도 덩달아 읽어보며 본인에게 맞는 독서타입을 누가 시키지 않아도 스스로 찾게 된다. 디지털의 급진화가 아날로그적 감성을 건드리는 촉진제가 되는 셈이다.

한편의 시각에서는 전자책으로 인해 종이책시장이 급격히 어려워질 것이라는 예상도 있지만, 전자책은 특성상 속독은 가능하지만 깊이 있는 정독은 어렵다. 독서시장의 변화에 지대한 관심을 가진 지인은 '앞으로 책은 매체별로 다른 양상을 보일 것'이라고 말했다. 그러나 아무리 전자책 시장이 발달하더라도 종이책의 손맛과 눈 맛을 따라가기란 역부족이다. 디지털로 진화될수록 아날로그적으로 순회

하는 양상과 같다. 때문에 양쪽 시장은 견제하듯이 동반상승하며 결과적으로 전자책의 발달로 인해 사회적인 이슈로 '책읽기'가 대두되는 고무적인 성과로 지식형사회가 구현될 수 있다. 소수의 지식형 인간이 사회를 이끌어간다는 자본주의 초반의 지루한 발상이 이제는 지식형 국민들이 사회를 이끌어가며 기업이 이에 맞추어 비위를 맞추어야 하는 올바른 사회가 다가온 것이다.

인간의 생활을 헤칠 것이라 예견되었던 디지털 혁명은 오히려 인간의 참 주권을 찾아주고 있다. 아이러니하지만 올바른 현상이다. 미국의 경제전문지 포춘지가 발표한 올해 최고의 CEO는 애플의 스티브잡스가 선정되었다. 2위로는 아마존의 인터넷서점 CEO 제프 베조스가 뽑혔다. 그에 대한 평가는 '베조스는 지금까지 한 번도 혁신을 멈춘 경우가 없는 미래지향의 기업인'이다. 두 기업의 공통점은 애플사도 아이패드라는 전자도서기를 판매하고 있으며 아마존도 이에 필적할 만한 전자도서기인 킨들을 판매하고 있다. 주목할 만한 점은 아마존은 1994년에 온라인서점의 문을 열어 유통의 거품을 빼고 종이책의 보급화를 주도해 왔으며, 전자책의 보급을 통한 '책' 시장의 확장을 도모하고 있다는 점이다. 종이책에만 머물러 있지 않고 위기라 불릴 수 있는 전자책 혁명을 주도함으로써 시장을 선두하고 있는 것이다.

시대가 디지털과 아날로그의 진화를 겪을 동안 개인적 진화의 변화를 겪어낸 공자의 기준으로 불혹을 넘긴 나이 오십대 남성인 최복현 교수는 온몸으로 사회적 편견과 학벌이라는 콤플렉스와 싸워 이겨낸 인물이다.

"진짜로 뼈를 깎아본 적 있어요? 저는 마취 없이 실제로 뼈를 깎아 봤어요. 뼈를 깎는 고통이라는 말은, 진짜 뼈를 깎아본 사람이 아니면 말을 못해요."

최복현 교수는 고통스런 세월을 견뎌낸 사람에게서 풍기는 극한의 고통을 여유롭게 묘사하는 아우라를 지닌 인물이다. 그는 가슴에 작은 혹이 생긴 것을 어떻게 저절로 괜찮아지겠지 하며 일 년여를 버티다가, 뒤늦게 병원에 가보니 갈비뼈에 고름이 생겨서 수술을 위해 피부를 절개했다. 절개한 후에는 뼈까지 썩어 있어서 마취 없이 뼈를 깎아내는 수술을 견뎌내야 했다. 최복현 교수는 1980년대 『맑은 하늘 보니 눈물이 납니다』라는 시집이 굉장한 센세이션을 일으키며 40만 부 이상의 판매를 올린 시인이자 작가이다.

어린 시절, 공부에 재능이 많았던 그는 가난한 가정형편으로 인해 중학교에 진학하지 못하고 농사일을 도우며 자랐다. 그는 가난한 가정의 시골살이를 견뎌내기 위해 초등학교 때부터 시를 쓰며, 펜팔로 글쓰기를 다져왔다. 24살에 온가족이 서울로 이주해 오며 최교수는 구로공단에 취직을 하지만 공단에 다니는 것 자체가 콤플렉스였다. 모두가 공단에서 근무하는 동일한 상황에서도 동료직원들 사이에서 학력 콤플렉스가 있었고, 그 콤플렉스를 해소하기 위해 그는 폼으로 책을 손에 들고 다니기 시작했다. 그는 이와 함께 타인의 시선에 '학생이구나'라고 보이게 연세대학교 마크가 새겨진 스프링 노트 안에 책을 끼워 넣어 들고 다니며 본격적 독서의 길로 들어선다.

그는 주로 고전 명작류인 『호밀밭의 파수꾼』 『여자의 일생』 『어린왕자』 『데미안』 등을 읽으며 시를 쓰기 시작한다. 그는 공장살이를 하다 동생이 야간고등학교에 다니며 책 배달을 하던 중 동생의 권유로 출판사 영업직으로 옮기며 '책과 함께하는 직업'이라는 점에 매료된다. 출판사 배본사원으로 업무를 끝내고 들어오면 글을 쓰고, 노트 정리를 하는 행위를 눈여겨본 그 출판사 사장님이 최복현 교수의 글을 보고 책을 출간해 주었다.

그는 1989년 12월 31일에 사무치는 외로움을 견디며 공장살이를 했던 기억과 지하철 1호선을 지옥철로 묘사했던 『세상살이 공장살이』가 베스트셀러가 되면서 인기작가의 반열로 들어선다.(12월 31일은 외로운 결단의 날인가? 나 역시 12월 31일에 홀로 작은 방안에서 첫 책을 내겠다는 결심을 종이에 적었다.) 이듬해인 1990년대에는 『동양문학』에 '시'로 등단하며 사람들에게 '시인' 혹은 '작가'로 불렸다. 하지만 그때까지도 일부 완화는 되었지만 내면적 학력 콤플렉스를 깨끗하게 해소하지는 못했다.

최복현 교수는 알베르 카뮈와 사르트르 등의 문학에서 '순간순간을 최선을 다하며, 실존은 본질에 앞선다. 본질은 과거가 아니라 현재의 삶이다. 지나간 과거는 나의 것이 아니고, 미래는 아직 오지 않았기 때문에 나의 것이 아니다. 중요한 것은 현재일 뿐이다'라는 실존주의 문학가들에게 영향을 받는다. 그는 직장을 쉴 수 없는 형편이었기에 방송통신대학교에서 대학학위를 마치고 서강대학교에서 불어교육학 석사학위를 받은 뒤 상명대에서 불어불문학 박사과정을 수료함으로써 본인의 학력 콤플렉스를 말끔히 씻어낼 수 있었다.

최복현 교수처럼 책을 읽는 이에게는 늘 긍정적인 자극이 주어지기 때문에 콤플렉스 속에 잠식당해 허우적거리지 않고, 환경에 지배되지 않으며, 그것을 극복하도록 노력하는 의식적 힘이 발휘된다. 그가 인정하는 실존주의 철학처럼 그의 삶도 타인에게 인정받고 싶은 본연의 욕구를 부정하지 않고 학력을 갖춤으로써 내면적 콤플렉스를 씻고, 문학적 성찰의 아웃풋으로 강연과 글쓰기를 통해 타인의 아픔을 치유하는 연금술사 역할을 하고 있다.

그는 항상 일하고 글쓰기를 병행하는 행동주의 작가인 생텍쥐페리에게 깊은 영감을 얻어 '어린왕자 인생수업' 등의 생텍쥐페리 연구를 하고 있으며, 『신화드라마』『나를 찾아 떠난 여행』『아름다운 반항』 등 70여 편에 달하는 저서를 출간했다.

최복현 교수가 만약, 현재처럼 디지털이 급변화되고 있는 시대를 살았더라면 무엇으로 콤플렉스를 해소하기 위해 노력했을까? 아마도 펜팔 대신, 블로거에 글을 써서 영향력을 미치는 '파워블로거'가 되어있지 않을까 싶다. 시대는 급진적인 발전에 따라 인간이 타인의 시선에서 자유로워지기가 점점 어려워지고 있다. 작은 글 하나 잘못 쓰면 곧바로 거센 항의적 피드백이 쇄도한다. 시대의 급진적 변화로 인한 이 점은 최복현 교수처럼 콤플렉스를 해소하기 위한 방법을 찾아갈 수 있는 사례가 알려져 있고, 방법론을 찾기에도 수월하다는 점이다. 앞장에서도 밝혔지만, 나 역시 이전에는 '친구도 없고, 사회성도 없고, 말하는 방법도 모르고, 예쁘지도 않고, 공부도 못하고, 체육도 못하고, 미술도 못하고, 음악도 못하기' 때문에 책을 읽었다. 그나마 남들보다 잘하는 것은, 책을 열·심·히· 읽는다는 것뿐이었다.

'이야, 너 참 대단하구나! 멋지다! 어떻게 그런 걸 할 수 있어?'라는 타인의 인정이 때론 우리를 살아가게 하는 큰 힘이 될 때가 있다. 그것에 잠식당하지 않도록, 건강한 자기 사랑을 가질 수 있어야 한다는 이론은 머리로는 납득되지만 순간순간 차오르는 비교의식은 버릴 수가 없다. 이런 치열한 내면적 비교의식과 콤플렉스를 탈출하기 위한 노력이 인간을 발전하게 해주는 시발점과 촉진제가 되어주기 때문에.

인류는 아무리 시대가 발전하더라도 자기콤플렉스를 극복하기 위해 내면과 싸울 것이다. 그럴 땐, 아날로그적이건 디지털이건 가리지 말고 책 한 번 펼쳐보자. 유일하게 '너는 할 수 있어, 나는 너를 믿어'라고 내게 말해주었던 책이, 당신에게는 더욱 따뜻한 응원의 메시지를 보낼 것이다. 만약 아무 책도 응원해주지 않는다면 내가 응원해주겠다. 어린왕자가 이별과 아픔을 견디며 성숙했듯 당신도 오늘의 콤플렉스를 벗어나기 위한 노력으로 인해 10년 후에는 최복현 작가처럼 오늘을 추억할 수 있는 시간이 올 것이라 믿는다. 노력하며 꿈꾸는 이에게는 기대 이상의 꿈이 이루어짐을 믿는다. 당·신·의·오·늘·을·응·원·한·다.

좋아하거나 잘하는 일이
'직업' 아닐 수도 있다

'다양한 패러다임'을 읽는다

　내면을 다스리는 힘은 어디에서 나오는 것일까? 단단하게 다져지고 훈련되어짐은 얼마만큼의 연습을 통해 가능한 것일까? 또한 '어떤 단련'을 해야 하는 것일까? 이런 의문증이 책을 읽어도 해소되지 않을 때, 나는 책을 덮고 다른 종류의 '읽을거리'들을 찾는다. 의문에 대한 갈증 해소는 신문이나, 사람이나, 영화나, 뮤지컬이나, 그림이나, 맛있는 음식 등으로 해소되기도 하고, 단순히 잠을 자는 행위를 통해 말끔하게 정리되기도 한다.(마치, 잠자고 있는 틈을 타 누군가가 대신 문제를 풀어놓은 것처럼.) 때에 따라서 종이활자에 박힌 텍스트를 넘어선 다른 '읽을거리'에서 해답을 찾는 이유는 글로써 습득한 지식을 형상화시켜 적용할 수 있도록 판에 박힌 이론이 아닌, 살아있는 체험이론이 필요하기 때문이다.

"시대를 초월해서 인간이 춤에 매력을 느끼는 이유는, 춤을 우리 삶을 극복하는 상징으로 받아들였기 때문이다."_마사 그레이엄

현대무용계의 대모로 불리는 마사 그레이엄은 지독한 가난과 편견을 딛고 일흔 살까지 여주인공을 맡아 틀을 깨는 현대적 무용을 선보였던 독보적인 인물이다. 사람들은 이처럼 대부분 천재적 재능을 가지고 태어나지만 '몇 분 못가 그것을 잃어버린다'며 타고 나지 않은 노력으로 천재성을 지켜왔다. 그녀가 네댓 살 소녀였을 때 의사였던 아버지는 현미경 앞에 앉히며 '물이 깨끗할 것 같냐'고 물었고, 그녀는 '깨끗할 것이다'고 대답했다. 하지만 그녀가 현미경을 통해 들여다본 물속에는 벌레가 우글거렸다.

"물은 깨끗하지만은 않단다. 우리는 진리를 찾아야 해."

훗날 그녀와 나눈 아버지와의 대화, 그것이 '최초의 무용수업'이었다고 말했다. "진리를 찾는 공부, 그것이 꼭 유쾌할 필요는 없다. 그러나 반드시 순수하고 열정적이어야 한다."

마사그레이엄이 진리를 찾기 위해 선택한 수단은 '춤'일 뿐이다. 나는 진리를 찾는 공부를 '책'으로 정하였다. 아마 이 글을 읽는 이들은 진리를 찾는 수단이 '회계일'이거나, '컴퓨터프로그래밍', '청소', '요리', '미술', '사업', '디자인' 등일 수도 있다. 사람들은 이처럼 무궁무진한 자아성찰의 수단을 영위하며 살아가고 있다. 이처럼 각각의 영역이 다르기 때문에 조화를 이루며 지구가 숨을 쉰다.

좋아하는 일이 꼭 '직업'일 수는 없다. 잘하는 일이 꼭 '직업'이 될

수도 없다. 때론 좋아하는 일이 직업이 되는 것이, 좋아하는 일을 '꿈'으로만 남겨두기보다 끔찍한 순간을 극복해야 한다. 해서, 우리는 책이 아닌 좋아하는 어떤 '읽을거리'들을 곁에 두고, 자연과 여행을 통해 숨을 쉬듯, 그렇게 자신을 달래주어야 한다. 어떤 행위에서도(설사 길을 걷는 단순한 행위에서도) 내가 '읽으려고만' 노력하면 삶의 다양한 메시지들을 읽을 수 있다. 지난겨울, 국립발레단에서 공연한 '차이코프스키의 삶과 죽음'이라는 발레공연을 관람한(읽은)후—한참을 차이코프스키의 '음악'에 빠져 행복한 여행을 했다. 어느 날 소설이라는 녀석이 온 몸을 관통할 때, 그것이 도망가지 않도록(운이 좋게도 시간과 펜과 종이가 있었다.) 붙잡아 글을 쓴 후에 집에 기진맥진해져 돌아와 『먹고, 기도하며, 사랑하며』의 작가 엘리자베스 길버트가 창의성과 양육에 관해 TED에서 연설했던 강연을 유투브를 통해 재생시켜 보며(읽으며) 글을 잘 쓰고 싶다는 내적갈등을 잠재울 수 있었다. 급변하는 패러다임 속에서 미래성에 대한 방향을 고민할 때, 손정의 소프트뱅크 사장의 '향후 30년'에 대해 발표한 강연을 '읽으며' 새로운 다짐을 다졌다. 이처럼 발레공연을 읽기도 하고, 유투브에서 손쉽게 만날 수 있는 강연 동영상을 읽으며, 한 회사의 향후 비전에 대한 발표문을 읽으며 다양한 패러다임을 몸소 깨쳐간다. 이렇게 나는 책만 읽지 않는다. 영화도 보고, 부동산 시세도 알아보고, 친구들을 만나 수다도 떨고, 뮤지컬도 보고, 연극도 보고, 필요하다면 뜀박질도 해보고, 전시회도 보고, 뉴스도 보고, 사업이야기에도 관심을 가진다.-사회적으로 대두되고 있거나 개인적으로 흥미롭고 재미있다고 느껴지는 이슈거리가 있다면 찾아가서 느끼고, 즐기고, 냄새 맡으며, 맛보는 행동형이다. 오히려 책만 읽는 고루한 책벌레들에게는 '책에서 좀 떨어지는 게 어떨지?'하고 권유한다. 책을 읽으며 상상하고 간접 체험 할 수 있는 배경에는-사과에서는 사과향이 난다는 연상이 되어야 함이다. 한 번도 사과를 맛보지 못한 사람에게는 사과에서 포도맛이 난다, 해도 그대로 믿을 수밖에 없다. 세상과 사람과 자연과 섭리를 두루두루 읽·으·며· 정체성을 찾고 존재성과 방향성을 확립해야 한다. 왜냐하면(진리가 허무할 수도 있겠지만) '그편이 사는 재·미·가·있·으·니·까!'

3
"나는 이성적이지만
감성적이다"

　사람들은 불안정한 사회에서 만에 하나 일자리를 잃어 잘리더라도, 언제든지 취업이 용이할 수 있도록 '사'자 들어가는 직업에 목을 맨다. 최근 통계자료에 의하면 우리나라에서 한해에 고시를 준비하는 인원이 20만 명이 넘는다는 발표가 나왔다. 대체 어떤 고시들을 치루는 것일까? 흔히 우리가 알고 있는 변호사, 검사, 판사, 의사, 회계사를 제외하더라도 서점에서 '사'자에 버금가는 전문적인 기술을 가진 이가 되기 위한 준비시험을 알려주는 자격증 서적코너를 살펴보면 그 많은 직업의 숫자에 놀란다. 변리사, 법무사, 유통관리사, 감정평가사, 물류관리사, 텔레마케팅관리사, 사회조사분석사, 공인중개사, 주택관리사, 사회복지사, 경찰직, 군무원, 소방직, 경비지도사, 직업평가사, 공무원…(더 있는 듯하지만, 숨차므로 이만 줄임.) 직업을 준비하기 위한 서적뿐만 아니라 PSAT, LEET, 방송사 입사준비를 위한 한국어능력시험, 삼성, LG, STX, CJ, 두산 등 대기업 적성검사대비를 위한 서적 및 취업 면접을 위한 일반상식 서적까지. 차근차근 관련시험을 위한 도서들을 읽다 보면 분야를 막론하고 공통 특성을 발견할 수 있다. 모두 '논리적 해석능력'을 필요로 한다는 점이다.

대입시험에 합격하기 위해서 치렀던 논술시험이 끝인 줄만 알았더니, 직업을 선택하는 것에서까지 논리적 능력이 검증되어야 한다니 인생 살아가기 참 힘들다. 없던 논리적인 능력이 하루아침에 뚝딱, 생기는 것도 아닌데 말이다. 실제로 사법고시를 준비하던 친구는 연거푸 3연패를 실패하고 한참이 지나서야 '나도 너처럼 책을 많이 읽어둘 걸 그랬어. 아무래도 논리력이 부족해서 떨어진 것 같아'라고 실토했다.

그 친구에게 한참 독서법에 대해 이야기해주다 부족해 홈페이지에 글까지 남겨 책 이야기를 해주다, 그 친구의 전공분야이자 사회적으로 살아가기 위한 규제인 법에 대해 얼마나 알고 있나 하는 생각이 든다. 사회생활 중에서 관혼상제나 의식주와 같이 오랜 세월동안 반복되어 온 법과 도덕이 분리되기 이전의 행태를 '관습'이라고 한다. '법은 도덕의 최소한이다'라고 말한 엘리네크의 의견처럼 법은 도덕 중에서 그 실현을 강요할 필요가 있는 것을 택한다. 쉬몰러는 이에 대해 '법은 도덕의 최대한이다'라고 말했다. 그는 이 말은 '법은 도덕의 요구를 사회생활에 넓게 미치게 한다는 의미를 지니고 있다'고 주

장했다. 즉 법이란 조직된 사회, 즉 국가에서 도덕에 기반한 정의를
실현하기 위해서 규제를 정해놓고 실현하며 어길 시에는 제재가 가
해지는 강제성과 타율성을 가진 사회규범을 말한다.

『아마존의 눈물』에 등장한 아마존의 원시부족처럼 정치적으로 조
작된 사회국가 형태가 아니라 부락형태의 원주민들도 서류상의 법은
책정하지 않았지만 나름의 규율을 가지고 지도자의 통치 하에 살아
간다. 법의 강제성에 대해 예링은 '강제가 없는 법은 타지 않는 불꽃
과 같다'라고 말했고, 칼젠은 '법에서 강제는 본질적 속성이다'라고
말했다. 법은 시간적, 공간적 제약을 받는 상대적 규범이면서 정의라
는 보편적 가치를 추구하는 절대적 규범이다. 그렇다면 정의는 무엇
인가? 최근 하버드 대학의 강의를 책으로 옮긴 『정의란 무엇인가』라
는 책이 인문학분야에서는 드물게도 종합베스트셀러 1위에 올랐다.
이는 이기에 찌들어 개인적 사리사욕만 추구하며 살아간다고 평가
받는 현대인들의 가슴속에 정의를 추구하며 실현하고 싶은 욕망이
이글거리고 있었음을 반영하는 현상이다.

세계 최고의 명문대학이라 불리는 하버드대학에서도 '행복학'이라
던가 '정의는 무엇인가'에 대한 강의에 가장 학생들이 많이 몰린다.
어느 지역에 지진이나 홍수 등의 인력으로 막을 수 없는 대재앙이
닥쳐오면 숨어있는 세계적 자비의 온정이 그곳으로 몰린다. '온정을
베풀어야 한다'는 자선적 법이 규정되어 있는 것도 아닌 순전히 자발
적인 행위이다. 이것은 '관습적 행태'인데 '자선'이라는 관습은 빈민구

제라는 법제도로 발전했고 자비라는 도덕적 의무로도 발전했다. 『레미제라블』에서 배고픈 아이를 위해 빵을 훔친 장발장 같은 인물에게는 현대적으로 온정을 베풀어야 할까, 형벌을 베풀어야 할까? 빵을 훔쳤다는 행위는 규정된 법적으로는 유죄이지만 빵을 훔칠 수밖에 없게 된 배경에는 도덕적 의무인 자비가 행해지지 않았기 때문에 사회적 책임을 유기하였으니 무죄로 판명날 수 있을까?

법조계 사람들은 판례를 찾기 위해 끊임없이 텍스트를 읽는다. 한없이 이성적일 것만 같은 그들은 실은, 한없이 감성적이고 따뜻하다. 지인인 문정구 변호사는 평소 시를 즐기고, 와인과 친구들을 좋아하며, 문화를 좋아하고 약자의 편에 선다. 실력 있는 변호사로 정평이 나 있지만 약자를 위한 무료변호를 서주기도 한다. 문 변호사뿐만 아니라 이성적이지만 사랑의 마음을 가진 감성적인 법조인들은 많다.

서울 서초동 법원청사 소년법정에서 절도죄로 피고인석에 앉은 A양(16)에게 서울가정법원 김 부장판사가 아무 처분도 내리지 않는 불(不)처분 결정을 내렸다. 김 부장판사가 내린 처벌은 자신의 말을 크게 따라 하라는 것이었다.

" '자, 날 따라서 힘차게 외쳐봐. 나는 세상에서 가장 멋지게 생겼다.' 예상치 못한 재판장의 요구에 잠시 머뭇거리던 A양이 나직하게 '나는 세상에서…'라며 입을 뗐다. 김 부장판사는 '내 말을 크게 따라 하라'고 했다. '나는 무엇이든지 할 수 있다. 나는 이 세상에 두려울 게 없다. 이 세상은 나 혼자가 아니다.' "_조선일보 큰소리로 따라하던 A양은 마침내 눈물을 터뜨렸다. 주변인들도 모두 눈시울이 붉어졌다. 이미 14건의 절도·폭행을 저질러 소년법정에 섰던 전력이 있었기에, 법대로 한다면 '소년보호시설 감호위탁' 같은 처분이 내려졌겠지만 그가 범행에 빠져든 사정을 감안해 내린 '사랑조항'이었다. 상위권 성적을 유지하던 발랄했던 A양은 작년 초 남학생 여럿에게 끌려가 집단폭행을 당하면서 후유증으로 병원치료를 받고, 어머니는 충격으로 인해 신체일부가 마비되었다. 그녀는 이에 따른 죄책감으로 학교에서 겉돌며 비행 청소년들과 어울리다가 범행을 저지르기 시작한 것이다. A양을 법대(法臺) 앞으로 불러 세운 김 부장판사는 다시 말한다.

" '이 세상에서 누가 제일 중요할까. 그건 바로 너야. 그 사실만 잊지 않으면 돼. 그러면 지금처럼 힘든 일도 이겨낼 수 있을 거야' 그러고는 두 손을 쭉 뻗어 A양의 손을 꼭 잡았다. '마음 같아선 꼭 안아주고 싶은데, 우리 사이를 법대가 가로막고 있어 이 정도밖에 못해주겠구나' " _조선일보

비공개 재판이었으나 가정법원 내에서 화제가 되면서 뒤늦게 세간에 알려졌던 판결이다. 도덕 중에서 그 실현을 강요할 수 있는 것을 법으로 삼는다면 김 부장판사처럼 A양이 범죄를 저지르기 직전에 받았던 폭행에 대해 감싸안아주는 것이 올바른 판결이다. 모든 판결이 이 사람이 죄를 저지르기 이전의 행위를 보듬어 줄 수 있는 것은 아니지만 최소한의 자비와 온정을 베풀 수 있게 해야 한다. 인간의

삶을 해치기 위함이 아니라 보호 할 수 있도록 만들어진 규제가 법이기 때문이다.

독일과 프랑스 등 몇몇 나라에서는 이와 유사하게 '착한 사마리아인 조항' 또는 '사랑조항'이라 불리는 법의 새로운 윤리화가 형법에 도입되었다. 예를 들어 한낮에 도심 보행길에서 강도를 당하였는데 거리를 지나가던 수십 명의 사람들이 구조해주기는 커녕 신고조차 하지 않는다면 도움이 필요한 사람을 구조해주지 않는 자에 대하여 벌금 또는 형벌을 과하는 규정이다. 우리나라에는 착한 사마리아인 관련 조항 법률 「1.응급조치에 관한 법률(제5조의 2) 선의의 응급의료에 대한 면책」이 있다. 이 조항은 법령에 대하여 응급처치 제공의무를 가지지 않은 자나 응급의료 종사자가 업무수행 중이 아닌 때에 응급의료 또는 응급처치를 제공하여 발생한 재산상 손해와 사상에 대하여 고의 또는 중대한 과실이 없는 경우 그 행위자는 민사책임과 상해에 대한 형사책임을 지지 아니하고 사망에 대한 형사책임은 감면하도록 하고 있다.

법조계에 몸담고 있지 않는다는 핑계로 여러 판례들을 일일이 찾아볼 수는 없지만 김 부장판사의 판결도 사랑조항에 의거하는 판결이라 사료된다. 안정적인 밥벌이건, 명예를 위한 목적이건, 꿈의 실현이건 간에 처음 목적이야 어쨌든, '사'자 들어가는 직업을 가진 사회적 책임을 지닌 사람이 되고 싶다면 우리가 이 사회를 정의롭게 구현하기 위해 어떤 가치관을 지녀야 하는지를 잊지 말아야 한다.

책을 읽는 '목적'에도 그것이 포함되어 있음으로 오늘 내가 읽는 책으로 인해 확립된 가치관은 나뿐만 아니라 이웃과 사회를 위한 포괄적 정의실현으로 즉결됨을 인지하자. 한없이 이성적인 사람은 이성의 극한으로 갈수록 한없이 감성적인 측면에 끌리게 되어 있다.

저만치 먼지 묻은 나만의 권리를 찾자

나라의 주인임을 자각하고 싶을 때

인간은 정의, 행복, 사랑, 지혜 등을 추구하며 사회공동체를 형성하며 살아간다. 헌법이 근대국가의 상징이 된 것은 권력의 주체가 되는 전제군주인 '왕'에게 집중된 권력을 혁명을 통해 '국민'에게 주권을 찾아주며 국민의 대변인인 '국회'를 통해 나라의 주인이 되면서부터이다. 영국이 명예혁명을 통해 왕권을 의회로 서서히 옮기면서 미국과 프랑스, 영국에서 정치적 변화와 혁명에 성공하였다. 이들 국가들은 왕의 통치 대신 헌법을 사용하여 국가의 틀을 만들어갔다. 즉, 법이라는 것은 국민을 통제하기 위한 수단이 아니라 질서를 유지하며 조화롭게 공존하기 위한 수단이다. 나라의 주인인 국민이 기본적으로 보장받을 수 있는 권리를 필히 알고 있어야 한다.

『안녕 헌법』에서는 어렵다고 느껴지는 헌법 138조항을 비교적 이해하기 쉬운 예를 들며 부담 없이 헌법에 접근할 수 있게 해준다. 헌법 제1조 1항은 '대한민국은 민주공화국이다'라고 기재되어 있다. 대한민국은 나라의 이름이고, 민주공화국은 나라의 성격과 운영형태를 뜻한다. 1948년 헌법을 제정하고 정부를 수립하며 우리나라의 정식 명칭이 대한민국으로 채택되었다. 유진오의 헌법 초안만 하더라도 칭호가 '조선'이었으나 사전심의과정에서 '한국'으로 바뀌고 다시 국회헌법기초위원에서 '대한민국'으로 확정되었다고 한다. 헌법 제1조 2항은 '대한민국의 주권은 국민에게 있고, 모든 권력은 국민에게 나온다'며 개개인의 주권자는 국민임을 이야기해준다.(새삼 놀라운가? 국민이 주인임이 법으로 책정되어 있음이?)

법률 조항을 조목조목하게 집어주며, 읽기 쉽게 이에 따른 부연설명을 해주는 『안녕 헌법』을 따라 읽다보니, 내가 나라에서 굉장히 중요한 위치에 서있는 인물이라는 사실이 자각된다.

어린 시절 국가를 구성하는 3요소를 외워가며 시험을 치렀던 그것은 국민, 영토, 주권이었다. 내가 없다면 나라도 없다. 나라가 없으면 나도 없다. 해서, '이 나라가 나한테 해 준 게 뭐가 있어'라고 소리치는 이들에게 '나라는 당신이 존재하며 발붙일 수 있는 울타리를 만들어 주고 있습니다'라고 대답할 수 있는 것이다. 나라의 불합리와 부당함이 억울하다면 필자가 늘 강조하듯이 한·탄·만·하·지·말·고 좋은 세상 만들기 위해 행·동·해·라.

내가 이 나라를 위해 할 수 있는 일은 문화를 연구하고, 좋은 문화를 발굴하며, 그것을 쉽게 받아들일 수 있도록 글로써 재배출하는 행위이다. 이것은 헌법 제9조에도 '국가는 전통문화의 계승·발전과 민족문화의 창달에 노력하여야 한다'고 기재되어 있다.

헌법이야기를 지나 당신이 찾을 수 있는 '독서의 권리'를 야기해보겠다. 다니엘 페나크는 독자의 절대적 읽을 권리를 10가지로 추려 말한다.

독자의 절대적 권리

1. 책을 읽지 않을 권리

2. 건너뛰며 읽을 권리

3. 책을 끝까지 읽지 않을 권리

4. 책을 다시 읽을 권리

5. 아무 책이나 읽을 권리

6. 현실과 소설의 세계를 혼동할 권리

7. 아무 곳에서나 책을 읽을 권리

8. 골라 읽을 권리

9. 큰 소리로 읽을 권리

10. 읽고 나서 아무 말도 하지 않을 권리

'정해진 규정에 의해서 책을 읽어야 하나?'라는 부담감을 동반한 불안감은 독자의 절대적인 권리를 알게 되는 순간 편안해진다. 독서법이란 그저 '참고용'에 지나지 않으며 개인적으로 편하게 애용할 수 있는 일상품임에 마음이 편안해진다. 당신은 책을 읽으며 자유를 누릴 권리가 있으며, 나라의 주인으로써 당당히 살아갈 권리가 있다. 이 땅에 발붙이고 살아간다는 이유만으로.

—4—
스스로 만든 스토리로
나를 브랜드화하라

우리 동네에는 여름만 되면 골목 끝에서 끝까지 차와 사람이 모두 줄을 서서 기다려 먹는 냉면집이 있다. 대부분의 음식점들처럼 이 음식점도 처음엔 허름한 가게에서 어려운 사연을 지닌 주인이 양 많고 싸고 맛있는 냉면을 팔았다. 그 후 어려운 사연이 방송을 타면서 이 냉면집이 널리 알려졌고, 사람들이 몰려와 인산인해를 이루었다. 돈을 번 이 냉면집은 기존의 낡은 가게를 벗어나 커다란 건물로 이사를 했다. 당연한 수순인 듯 냉면의 맛은 떨어지고 값은 비싸졌다.

동네사람들은 외부에서 이 냉면집을 찾아온 이들을 무심한 눈길로 지나친다. 내가 보기에는 외부에서 이토록 사람들이 몰리는 까닭은 냉면의 맛보다 그 냉면집이 지닌 스토리를 먹으러 오는 것으로 사료된다.

대중적인 성공을 거둔 대형브랜드는 아니지만 열광적인 팬을 거느린 컬트브랜드 기업 중에서 영국의 러쉬(Lush)는 천연 화장품과 입욕제를 판매하는 핸드메이드 코스메틱 기업이다. 1995년 문을 연 이 회사는 지금도 거대한 조직이나 자본 없이 40여 개국에서 450개 이상의 점포를 열었다. 특이한 점은 사내에 마케팅 부서가 따로 없다는 점이다. 러쉬 직원들은 손으로 만드는 핸드메이드와 신선한 과일과 야채 등 최상의 재료와 동물실험을 하지 않는 기업에서만 원료를 구입하는 친환경적인 재료를 사용한다는 제품 특성이 있다. 이와 함께 '우리는 행복한 사람이 행복한 비누를 만들 수 있다고 믿으며, 우리들을 사랑하는 사람들이 자랑스러워 할 수 있도록' 본인들이 만든 제품에 자부심을 가지며 행복하게 살아간다는 스토리를 함께 팔고 있다. 그들이 발간해내는 뉴스레터의 첫 장에는 이렇게 쓰여 있다.

"우리는 촛불 아래의 고요하고 긴 입욕, 샤워, 마사지 문화의 공유, 향을 통한 세상의 느낌들이 실수를 하고 그것을 용서할 수 있는 여유로움, 모든 것을 잃어도 다시 시작할 수 있는 마음을 만들어 줄 수 있다고 믿습니다. 우리는 우리에게 가치 있는 제품을 믿으며, 항상 고객이 옳음을 믿으며, 그것이 우리에게 정당한 이익을 가져온다는 것을 믿습니다. 또한 우리는 신선함이라는 단어가 마케팅을 넘어 정직함을 대표한다는 것을 믿습니다."

그들은 신념과 가치를 강조했다.(한 장에서만 무려 7번이나 '믿는다'는 표현을 썼다. 믿어 달라, 고 말하는 것보다 믿습니다! 라고 말하는 것이 효과적이다. 읽으면서 그들이 믿는 것을 나도 믿게 되는 심리적 효과가 있다.)

그들의 가치는 제품포장을 최소화하고 성분에 따른 재미난 이름과 (예를 들어 FACE제품이 '브레전트허니', '와우와우', '컵케익'이다.) 만드는 사람이 직접 얼굴을 드러내고 사진을 찍음에 따라 보다 확실한 믿음을 심어준다. 러쉬의 최고경영자인 앤드루 게리는 '소비자들은 러시의 제품을 보며 마치 부엌에서 정성껏 직접 만들어낸 것 같은 느낌을 받기를 원한다'며 '제작자의 얼굴과 이름을 보여줘 브랜드를 친근하게 느끼고 신뢰하게 되는 것'이라고 말했다.

동네 냉면집과 다른 스토리가 있다면 유명하게 알려졌음에도 이들은 신념과 가치가 변하지 않는 제품품질로 승부한다. 우리는 제품 속성을 떠나 그들의 '가치'와 '스토리'에 먼저 매료된다. 이제 개인에게 시선을 돌려본다. 우리는 타인을 매료시킬 어떤 스토리를 가지고 있을까? 그것이 바로 개인을 브랜드화시키는 경쟁력이다. 이매지너(감성적 능력이 발달한 우뇌형 인간으로, 강력한 상상의 힘으로 미래의 가치를 현실의 성공으로 이끌어내는 사람들), 대한민국 젊은이들이여, 이매지너가 되자!

창조적인 인재는 여러 사건들을 이겨낸 스토리를 소유한 자이다. 그렇다면 개인의 스토리는 어떻게 만들어질까?

『제4의 불』의 저자이자 전 우리들병원 생명과학연구소 정지훈 소장은 미래를 향해 발전하는 신념으로 개인을 사회적 자원이라 생각하며 스토리를 만들어왔다. 그는 의사임에도 불구하고 『델파이 4 모든 것』이나 『웹서비스』라는 컴퓨터 프로그래밍 책을 출간했으며 27

년간 컴퓨터 프로그램 개발을 지속해왔다. 그는 초등학교 6학년 때부터 독학으로 프로그램을 배웠다. 당시 백화점 5층에 가면 컴퓨터가 있었는데, 손으로 종이에 코드를 써서 입력해보고, 디버깅해보고, 에러 사항을 체크해 집에 와서 다시 손으로 종이에 코드를 짜곤 했다. 그 다음날이 되면 백화점 컴퓨터로 달려가 프로그램을 만드는 열성 덕분에 결국 중학교에 들어가자 부모님께서 그에게 컴퓨터를 사주었다. 드디어 자신의 컴퓨터를 가지게 된 그는 청계천에 가서 일본과 미국에서 나온 컴퓨터 프로그램 책을 사다 코드를 뒤집어 베이식을 확장시켜 음악명령이나 게임 등을 만들며 프로그램을 개발했다. 공상과학이나 애니메이션, 만화책 등 상상력을 자극할 수 있는 책들을 읽으며 미래에 대한 구상을 했다. 성적이 좋았던 덕분에 의과대학에 진학해 의사로의 길을 선택한 그는 학부에서 어울려 사회과학을 하며 함께 고민했던 선배들이 인턴과 레지던트를 거쳐 찐빵 찍어내듯 정형화되어가는 모델을 보며 느꼈다. '내 인생은 아직도 20대이고, 나는 젊은데, 과연 저 길로 가는 것이 옳을까?'를 고민하며 공중보건의로 군복무를 한다. 당시는 우리나라의 의료시스템이 전산화 될 무렵이었다. 그는 어려서부터 컴퓨터 프로그램을 가지고 놀았던 덕분에 공중보건의로 근무하며 전염병감시시스템 등을 기획하고 교육하며 사회적 시스템에 대해 고민을 하게 된다. 정지훈 소장은 이때 의사가 된다면 일대일로 의료를 제공하겠지만, 그가 가진 수많은 재능이 사장됨으로 인해 사회적 자원이 손실되며, 미래를 위해 더 큰 혁신이 일어나야 한다고 판단했다.

공중보건의 제대 후, 그는 대학병원의 응급실에서 인턴으로 근무하며 직접 환자들을 대면하며 개선해야 할 시스템과 개발해야 할 시스템에 대해 배웠다. 그리고 예방의학으로 석사학위를 취득하며 정책관리학과 경영학 이론을 함께 공부한다. 그는 컴퓨터프로그래밍과 의학과 정책학과 경영학을 공부한 뒤 병원에서 쓰는 시스템이나 사회적으로 사용할 수 있는 시스템에 대해 연구를 한다. 그는 기계, 제품, 하드웨어를 알기 위해 미국에서 의학공학 박사학위를 수여받고 우리들병원 생명과학연구소에서 미래적 가치를 실현하기 위한 연구를 해왔다. 정지훈 소장은 사회적 발전에 자신의 재능을 기여함을 통해 '미래사회'의 발전을 도모함에 인생의 스토리를 걸어 '하이테크'라는 브랜드를 만들었다. 평소 과학, 철학, 심리학, 경제, 경영학서 등 독서를 즐기는 그는 고전보다는 최근에 출간된 신작을 즐겨 읽는다.

우리시대의 새로운 이념과 새로운 것을 이야기하기를 좋아하는 그는 크리스 엔더스의 『롱테일 이코노믹스』와 『프리』, 데니얼 테크의 저서 『새로운 미래가 온다』 『하이컨셉 앤 하이터치』와 『프리에이전트의 세계』를 명저로 꼽는다. 그는 데니얼 테크의 책을 읽음으로 인해 현재 그의 아이덴티티인 '하이컨셉'을 확립했고, 매일 하루에 두 시간씩 트위터와 블로그에 칼럼을 쓰며 미래를 구상하고 있다. 책은 그를 만들었고, 그는 이제 책을 만들며 미래를 만들고 있다.

정지훈 소장이 중요한 의사결정을 하게 될 때 멘토링을 받는 분이

한양대학교 예방의학교실에 신영정 교수이다. 신 교수는 국내에서 처음으로 무상의료나 소셜네트웍과 사회안전망에 대한 것을 중시하는 학문인 '의료보호'를 전공하신 분이다. 그가 의사로서 가야 할 안정된 길에 대해 고민할 때 교수님을 찾아가 조언을 구하였더니 이런 말씀을 하셨다.

"불확실성에 대한 강한 내성을 가져라. 남하고 비교하지 않는다면 네 입에 거미줄을 치지는 않을 거다. 그럼 네가 좋아하는 것을 해라."

스물아홉, 서른을 앞둔 청년의 미래는 그가 능력을 쌓고 소신을 지킨다면 최소한 굶어죽지는 않을 것이라는 확신이 들었다.(굶어죽지 않았을 뿐만 아니라 현재 두 아이의 아빠로, 한 여자의 남편으로 행복하게 살아가고 있다.)

당신만의 스토리를 만들기에 무엇이 두려운가? 불확실성에 대한 막연한 떨림에 앞으로 나아가지도 못하고, 다른 길을 찾아가지도 못하고 그저 어정쩡하게 주저앉아 고민만 하고 있지는 않은가? 나는 '믿는'다.(러쉬와 더불어 이 챕터에서 8번째 쓰는 단어임.) '불확실성에 대한 강한 내성을 지닌 당신이 10년 후에 들려줄 좋아하는 일을 하면서 개인의 스토리를 쌓더니 브랜드화가 되어 성공을 이루었더라'는 눈부신 성공담이 들려올 것을. 불확실성 가운데 최소한 확실한 것은 전쟁이나 사회적 불가항력적인 재앙이 일어나지 않는다는 전제 하에 굶어죽지는 않을 것이라는 점이다. 그러니 기왕이면 좋아하는 일을 하며 오래도록 매료시킬 수 있는, 타인뿐만 아니라 자신의 삶에 매

료될 수 있는 삶을 살아라. 두려움, 그 자체를 넘어서는 것이 당신의

할 일이다. 어떤 삶을 살든 당신은 잘 해낼 것임을 '믿는다.(열 번이나

믿으며 마무리 한다. 그러니, 당신도 자신의 능력을 '믿어'라.)

누구나 낯설지만 다가서면
'친근하게' 안긴다

낯선 어떤것이 친근한 어떤것으로 다가올 때

숫자라면 무조건 계산기부터 꺼내들고 보는 수학공포증 덕분에 이 녀석 이랑도 친해보고자 『세상에서 가장 아름다운 수학공식』을 읽었다. 수학자의 시선에서 보았다면 무지무지 쉽고 재미났을 만한 내용이 내게는 고대 이집트 언어처럼 난해하게 해석된다. 그래도 이공계열도 알아야 한다는 의지로 다른 서적들을 찾아보다 『화학이 싫어지는 사람들을 위한 책』이라는 쉬운 화학 입문서적을 발견했다. 근데, 한글로 된 내용은 이해가 될 진대, 화학공식만 보면 머리가 지끈거리는 울렁증 현상이 발생하여 책장을 덮었다. 그러다 진화생물학자 리처드 도킨스가 저술한 유전론에 관련된 책을 보니, 며칠 전 버스현판광고로 정재승 교수와 김탁환씨가 공동저술한 소설 『눈 먼 시계공』이 떠올랐다. 이어 이내 구입하려고 장바구니에 담아두기만 했던 『정재승의 과학콘서트』를 구매하고 싶은 마음이 스멀스멀 아지랑이처럼 올라왔다.

(제 1악장-책을 구입하게 된 배경)

이 책 속에는 여섯 다리만 건너면 모두가 아는 사람이라는 케빈 베이컨 법칙…잭슨 폴록의 캔버스에서 카오스를 발견한 이야기들…미니멀리즘의 유행으로 심플한 장식의 텅 빈 공간과 양탄자 없는 맨바닥이 음악소리와 사람들의 목소리를 더욱 울리게 만들어버려, 점심시간동안 소음측정을 했더니 무려 98dB(돼지가 사육장에서 사료를 먹을 때 내는 소음)을 기록한다는 이야기…서태지가 '울트라맨이야'를 발표하며 빨간 레게머리를 땋고 나왔던 머리모양에서 프랙탈이 보인다는 이야기…바하에서 비틀즈까지 히트한 음악들의 공통적인 패턴이 있다는 이야기(사람들은 작은 구조가 전체구조와 유사한 형태로 끝없이 되풀이되는 프랙탈Fractal 패널을 공간 주파수로 바꾸어 파워 스펙트럼을 구해보면 인간이 본능적으로 아름다움을 느끼는 자연의 소리와 가장 유사한 1/f패턴을 가짐) 등이 때로는 빠르고 경쾌하게, 때로는 느리게 연주되며 과학콘서트를 벌인다.

저자는 복잡한 사회현상의 이면 뒤-경제, 사회, 문화, 음악, 미술, 교통, 역사 등 다양한 분야에서-전혀 상관없어 보이는 사회현상들이 서로 밀접하게 연관되어 있으며 카오스와 프랙탈, 지프의 법칙, 1/f등 몇 개의 개념만으로도 모든 현상들이 '그럴 듯하게' 설명된다는 사실을

알며, 그것들이 삶에 던지는 물음에 대해 함께 토론하고 고민하기를
바란다.

(제 2악장- 책의 매력에 정신없이 빠져들어 홀딱 반해 황홀경에 빠짐)

『정재승의 과학콘서트』가 끝난 후 그제는 낯선 도시로 이틀을 떠
나게 되었고, 반나절의 자유시간이 주어졌다. 카페에서 작업을 하다
밖으로 나오니 소나기가 쏟아졌고, 낯선 도시에서 목적지도 없고,
방향도 모르고, 정류장도 모르는 버스에 올라탔다. 낯설고 두려운
도시를 차분차분 눈에 담으며, 이 버스에서 내린 후에는 '아는 도시'
가 되어 있으므로 '친근한' 도시가 될 것이다.

알기 전에는 누구나 낯설지만 조금만 다가서면 '친근하게' 느껴짐을
경험한다. 어렵게만 느껴지던 물리와 화학은 이제 '친근한' 대상이 된
다. 『세상에서 가장 아름다운 수학공식』과 『화학이 싫어지는 사람들
을 위한 책』을 읽다. 이 책은 후에 조금 더 '알게' 되었을 때 읽어야 할
것 같아서 리처드 도킨슨의 『눈 먼 시계공』을 읽으려 했다. 하지만 쉽
고 재미난 시작을 위해 『정재승의 과학콘서트』를 읽었고, 이 책을 읽고
난 후에는 과학자들의 사상과 생각은 무엇일지가 궁금하여 『거인들의
생각과 힘』을 찾아보았다. 그 후에는 국내에는 어떤 과학발명품이 있
을지가 궁금할 것 같아 『우리의 과학문화재』를 찾아 읽어야겠다.

(제 3악장- 독서의 그룹평과 단계별 진화 과정을 통한 다음에 읽을 책 선정)

— 5 —
'한 번 더!' 전환으로
'진화'하는 매력을 '즐감'하라

인도에는 카레가 없고, 중국에는 자장면이 없다. 붕어빵에는 붕어가 없고 호두과자에는 호두가 없다. 붕어가 들어있지 않고, 붕어 함량이 1%도 들어있지 않은 겨울철 별미 간식 붕어빵은 수년전부터 노릇하고 바삭하게 구워내는 비법으로 살짝 전환하여 황금잉어빵이 되었다. 가을부터 슬슬 어묵을 파는 포장마차와 더불어 길거리에 등장하기 시작하는 국민 간식 붕어빵이 이제는 여름철에도 푸드코트에서 판매를 한다. 다만 가격이 길거리 포장마차가 1,000원에 인심 좋게 4~5개씩 봉투에 담아주는 반면, 푸드코트에서는 붕어빵 한 마리(붕어도 없는데, 마리로 센다.)에 1,000원이 훌쩍 넘는 가격을 지불해야 한다. 푸드코트에서 파는 붕어가 들어있지 않은 붕어빵은 5배가 넘는 가격을 지불하면서도 일 년 사시사철 추억의 붕어빵을 먹을 수 있는 이점이 있다.

붕어빵이 잉어빵으로 전환해 가격을 높이고, 붕어빵이 판매장소를 전환해 가격을 높인다. 발상의 '전환'으로 '진화'해서 몸값을 높이는 격이다. 올림픽을 꿈으로 그리며 15년을 준비했건만 결승선 앞에서 넘어지며 선발전에서 탈락한 후 주 종목인 쇼트트랙에서 스피드 스케이팅으로 전향한지 7개월 만에 밴쿠버 동계올림픽에서 1만 미터 금메달의 '기적'을 일구었던 이승훈 선수 역시 전환으로 인해 진화하여 인생의 터닝포인트를 맞이한 인물이다. 쉽지 않은 결정이었겠지만 그는 올림픽에 설 수 있다는 꿈만으로 단계적으로 차근차근 목표를 이루어냈다. 국가대표로 선발되어 일본의 히라코 히로키 선수 이기기, 아시아에서 세계 10위 이내 들기, 밥데용 선수 이기기 등을 통해 그는 끝내 금메달을 목에 걸고야 말았다. 이는 바야흐로 전환의 시대임을 시사하며 기존에 고수해왔던 행동양식은 진화를 위해 수정할 수 있는 마음의 문을 열어두어야 함을 의미한다.

음식이나 스포츠뿐만 아니라 책도 기존양식에서 약간의 양념을 가미하거나, 모태를 기반으로 새로운 내용의 책으로 전환되기도 한다. 책이 출간되는 흐름을 꾸준히 살펴보면 어느 책을 읽다가 그 책속에 등장한 인물에 대한 이야기가 곧 책으로 나오겠어, 혹은 후속편이 나오겠구나, 싶은 예상이 든다.(붕어빵이 진화해 황금잉어빵이 되었듯이.)

나는 지금까지 '운빨'만으로 거저 얻어진 것이 없기에 '도박'은 무모한 희망을 품게 되는 승산 없는 게임이라 생각하여 쉽게 내기와 게임을 하지는 않지만 독자적으로 개발한 '출간 책 예상 맞추기' 게임을 즐긴다. 예를 들어 주제 사라마구의 『눈 먼 자들의 도시』를 읽고 '이 거 제목 보니 이번에는 눈멀었던 사람들 모두 눈뜨게 해서 후속작 나오는 거 아니야~'했더니 수년 후 『눈 뜬 자들의 도시』가 출간되었 다.(주제 사라마구는 『이름없는 자들의 도시』도 출간하였는데, 이를 맞추지 못 함이 안타까워 무릎을 쳤다.)

안도현의 『연어』를 읽고 '아… 이 책이 수년 후에 성장한 연어의 이 야기를 써주면 좋겠구나' 싶어 내면의 또 다른 나에게 '이 책은 나중 에 속편이 나올 거야'라고 내기를 걸었지만 오랜 시간 잠잠했기에 다 른 한편의 나는 조금 의기소침해졌다. 그·러·나! 2010년 드디어 『연 어 그 두 번째 이야기』가 출간되었다! 그때의 쾌감이란, 아마도 포커 게임에서 잭팟이 터졌을 때의 흥분감과 유사한 감정이라 상상해보 면 된다.(잭팟을 터뜨려 본 경험은 없지만, 사람들의 환호하는 표정으로 짐작 컨대.)

전직 아나운서이자 여행작가인 손미나의 『다시, 가슴이 뜨거워져 라』에서 실업고 출신으로 첫 번째 골든벨을 울려 화제가 됐던 김수 영 씨와 여행길에서 우연히 조우한 이야기를 읽고 '아 이 멋있는 친 구이야기 곧 책 나오겠네' 하고 패를 던졌더니 이번에는 채 일 년을 넘지 않고 『멈추지 마, 다시 꿈부터 써봐』가 출간되었다. 잭팟이 터지 면 기분 좋고, 그렇지 않아도 잃을 것이 없는 제로섬 게임이다. 무슨 일이든지 간에, 아무리 지가 좋아서 방방 뛰며 한다고 해도, 언젠가는 싫증이 나고 지루해지는 권태가 오듯이, 책읽기도 가끔은 나른하고 지루하게 느껴지는 권태를 극복하기 위해 개발한 게임이다.

'출간 책 맞추기' 게임의 특성은 책의 성향에 따라 후속작이 일찍 나올 수도 있고, 늦게 나올 수도 있으며 아예 출간되지 않을 수도 있기 때문에 예측할 수 없는 불확실성에 대한 스릴이 있다는 점이다. 무모한 스릴과 더불어 출간예상시기를 맞추다 보면 '이 책은 책장을 덮은 후에도 뒤가 켕기는 것이 속 시원하지 않고 뒷얘기가 감추어 있겠다' 하고 흐름이 보인다. 나는 하나에 필이 박히면 집요하게 그것만 파는 몰입형 성향이 있는지라, 책도 한명의 작가에게 빠지면 그 작가의 책을 전부 구해 읽어 치우는 습성이 있다.

역시나 예를 들어보자면, 괴도 루팡과 셜록홈즈가 양대 산맥을 이루며 추리소설이 붐을 탔던 무렵 인기를 끌었던 추리소설의 여왕이라 불리는 애거서 크리스티의 『오리엔탈 특급살인』『쥐덫』『ABC살인사건』『그리고 아무도 없었다』 등의 소설을 읽다보면 그녀 특유의 트릭을 발견해 범인을 맞추는 재미가 있다. 이렇게 하나의 작가에 몰입하는 독서성향은 한해에 3명 이상을 넘기지 말기를 권유한다. 한 해에 한명~두 명 정도 동일 작가의 책을 찾아 읽고 나머지는 다양한 분야와 다양한 작가의 책을 만나자.

독서의 기본 목적은 '나와 다른' 시각의 저자에게 새로운 정보나 감정이나 휴식이나 동질감을 얻기 위함이다. 일 년에 3명 이상의(솔직히 3명도 많다) 작가의 책만 찾아 읽다보면 금세 편협한 사고방식이 자리 잡게 되는 위험성이 있다. 이는 단순히 책만 편협하게 읽는 습관일 뿐이라 치부할 수도 있다 하지만 사람의 습성이란 오묘하게 단순해서 소수의 의견만 존중하는 독서습관은 일상생활에서도 배어나오기 마련이기 때문이다.

바야흐로 전환의 시대이다. 비록 마이크 울렁증이 있다지만 강연이나 방송을 통해 대중과 독자 분들을 대면하는 일은 기쁜 행위이다. 따라서 불러주는 곳의 성향에 따라 약간의 전환을 시도해본다. 예술커뮤니티에서 강연요청을 해왔을 때는 마술사 분께 일주일간 마술을 배워 강연의 마지막을 간단하고 어설픈 마술로 장식했었다. 서울대학교 교육행정 과목에서 강연을 할 때에는 대학생이니 만큼 경직되지 않은 유연한 분위기에서 진행하고파 다과를 준비하고 음악을 준비했다. '진정 가치 있는 인생이 무엇인가'에 중점을 두었고, '행복은 무엇이고 슬픔은 무엇인가'를 함께 생각해 보았다. 타인에 의해 휘둘려 '객체'로 살아가는 삶이 아닌, '나'라는 사람이 내 인생의 '주체자'가 되어 가치와, 내가 느끼는 행복과 슬픔을 제대로 안다면 목적이 성립되게 된다. '목적'이 분명하게 서 있으면 '목표'가 흔들려도 쉽게 무너지지 않으며, 무너진다 해도 잽싸게 일어서는 오뚝이 놀이를 즐길 수 있다. 그런 가치제재를 세운 후에 선생님이 되어야 다시 아이들에게 건강한 가치를 전달해 줄 수 있고 그 아이들이 자라 사회로 나오기 때문에 '나'의 건강한 인생목적이 '사회'의 희망이 되는 것이다. 강연이 끝날 무렵 학생들에게 10년 후의 내가, 오늘날의 나

서울대 학생들이 미래의 내가 오늘날의 나에게 보낸 편지

에게 쓰는 편지를 보내게 하고파서 색색의 편지지를 준비해갔다. 한 시간 반 정도가 흘러 강연이 끝나갔고, 서른 살의 내가 스무 살의 나에게 편지를 쓰고 종이비행기를 접어 날리게 했다.(혹시 죄다 나를 겨냥할까 살짝 불안.)

이메일 주소를 알려주고, 10년이건 5년이건 1년이건 언제든지 이 편지를 받고 싶다면 노크를 하라고 학생들에게 약속했다. 불안정하고 위태로운 오늘의 심정을 담은 편지를 펼쳐 정리하고 읽으며 다시 내 가슴이 뜨거워졌다.

대부분의 학생들은 '이것 또한 금방 지나갈 것이다, 정신 차리고 공부해라, 그놈or그녀를 잊어라, 사랑한다, 힘내라, 잘해왔다'는 내용의 편지를 자신에게 썼다. 그 의미는 지금 그들이 듣고 싶은 이야기가 바로 그런 사랑과 격려이기 때문이다. 스무 살, 그들의 꿈, 풋풋함, 두려움, 그것들이 나는 좋다. 그것들이 없는 인생이야 말로 위험이고 안주이고 나태이다.

전국의 대학생들이여! 나는 뒤늦은 공부도 하고, 실패도 하고, 유행도 따라 갔다. 때론 유행 따윈 외면해버리고(예전에 '타이타닉' 유행처럼 보는 게 언짢아 끝내 극장에 가지 않았지.ㅎㅎ) 책도 읽고, 사랑으로 인해 온 우주가 나를 향해 빛을 비추어주는 경험도 해보았다. 가슴 한구석이 뻥 뚫릴 만큼 시린 상실감에 휩싸인 절절한 연애도 하고, 음악도 듣고, 노래도 부르고, 공연도 보고, 여행도 했다. 친구를 사귀었다가 틀어져도 보고 다시 화해도 해보고, 전공이 아닌 무모한 도전도 해보았다. 기부와 봉사도 해보고, 가치를 찾는 철학도 하고, 개똥철학으로 되도 않는 이론으로 박박 우겨도 보았다. 파르르 떨릴 만큼 마음도 다쳐보고, 또 그 다친 마음을 뜨겁게 녹여도 보았다.

전국의 대학생들이여! 이처럼 실패한 후에 다시 일어서기도 하고, 오랜 프로젝트 끝에 얻는 열매의 결실도 가져보았으면 좋겠다. 그렇게 청춘을 낭비하며, 소모하며, 뜨겁게 청춘에게 안녕! 하길 바란다. 학점이나 스펙이나 취업에만 목숨 거는 인생 재미없다. 시시한 청춘이 아니었으면 좋겠다는 그 말이다. 성실하게 기대에 부응하는 학생 놀이는 이제 그만해도 된다. 지금껏 물리게 해 오지 않았나?

영화 '바닐라 스카이'에서 탐크루즈는 서른세 살에 잘 나가는 출판사 사장에, 화려한 집과 화려한 차와 잘 생긴 외모를 가진 주인공이 '진정 곁에 있는 것들의 소중함, 소박한 것에 가치를 둘 줄 아는 소중함, 사랑의 신맛과 단맛을 아는 소중함, 인간냄새 나는 사람의 소중함'을 알기 위해 모진 고생을 사서 하는 주인공 역할을 맡았다. 부와 명예와 외모와 사랑이라 믿었던 여인까지 모두 잃고 난 후, 기억하고 싶은 일들만 상상하며 살아가는 인지조작적 인생을 살던 그는 마지막 순간에 결국 불안정하고, 돈이 없을지도 모르고, 진정한 사랑을 다시 만날 수 있을지조차 알 수 없는 불확실한 인생 속으로 다시 뛰어든다.

그가 무모한가? 아니다. 인생은 원래 그런 것이기 때문이다. 그렇기 때문에 재미있는 것이다. 그렇기 때문에 살만한 것이다. 인생은 한 치 앞의 미래를 내다볼 수 없기에, 책의 후속작 예상 맞추기와는 달리 내가 겪을 인생을 미리 살아볼 수 없기에 살만한 것이다. 만약 내게 닥칠 모든 불행을 미리 안다면 두려움에 꼼짝이나 할 수 있겠는가? 반대로 내게 닥칠 모든 행운들을 안다면 노력 따윈 개나 줘버리고 흥건하게 취한 게으름뱅이로 살아갈 게 뻔할 뻔자다.

가만, 내가 강연을 즐기고 있지 않는가? 이번 강연에서는 여전이 안면홍조증으로 인해 얼굴을 빨개지고, 손에 쥔 마이크에서는 땀이 배어나왔다. 그것을 인정하고(얼굴이란 원래, 사람들 앞에 서면 빨개지는 것이다!) 강의 자체에 내가 몰입하며 학생들과 호흡하였더니 즐·거·웠·다.

"대개 일을 쉽게 여기고 하면 성공하지 못하나 그 일을 어렵게 여겨서 하는 이는 반드시 성공하는 것이니 너는 그것에 힘쓰라"는 세종대왕님의 말씀처럼, 나는 그것을 어렵게 여기고 노력하다보니 즐기게 되었다. 진정 가치 있는 인생이란 무엇일까? 인생의 '주체'인 내가 '몰입'하며 인생의 파도를 흥겹게 탈 수 있는, 어떤 위치에 있건 신경 쓰지 않고 오늘에 충실히 웃으며 자족하는 삶이라면, 그런 인생이야말로 가치 있는 인생이 아닐까?

그 뿌리에 얽힌 또 다른 뿌리를 더듬어라

'한 번 더'의 묘미를 깊게 파고들기

매번 한 작가의 책만 파고드는 독서법은 추천하지 않는다만 일 년에 한두 명 정도씩 한 작가의 책을 찾아 읽다보면 재미있다. 작년에는 아멜리 노통브나, 기욤뮈소 같은 작가들의 책을 찾아 읽었다. 최근에는 고전문학 다시읽기와 더불어 '알랭 드 보통'의 발자취를 쫓아가 보았다.

프랑스 문화부장관으로부터 예술가에게 수여하는 최고의 명예인 예술문화훈장을 받았으며 전 세계적으로 센세이션을 일으킨 유명하고 젊은 철학자 알랭드 보통을 한 번 더, 읽으며 탐구하게 된 계기는 그놈의 '노스탤지어' 때문이었다. 그의 책에서 '노스탤지어'라는 단어는 자주 등장하며, 나 역시 그에게 이 단어를 전수받아 어느 책에선가 사용했더랬다. 그가 지니는 특유의 패턴은 무엇일지, 궁금해졌다.

글을 따라 읽다보면 뜨악! 할 정도로 유쾌한 철학적 사고를 하는 알랭 드 보통은 강렬하게 열등감과 열망감을 느끼게 하는 존재이다.

평범한 개인의 전기인 듯, 소설인 듯, 에세이인 듯 경계를 넘나드는 『키스하기 전에 우리가 하는 말들』에서는 이사벨이라는 평범한 여자를 통해 인간의 본능적이고 지루하고 미묘한 심리를 흥미진진하게 묘사한다. 이 책은 그가 실제로 이사벨이라는 여자를 만나며 쓴 에세이가 아닐까, 싶을 정도로 빠져들게 만든다.

책 속에서 화자는 '소설의 앞부분밖에 읽지 못하는 내 저주받은 독서습관'에 대해 묘사한다. 행여 알랭 드 보통이 소설의 앞부분밖에 읽지 못하는 저주받은 독서습관을 가진 것이 아닐까, 싶지만 불행인지 다행인지 그의 책에는 당대의 유명한 문학가들의 아포리즘과 그들의 사상이 어우러져 있다.

『나는 왜 너를 사랑하는가』같은 달달할 것 같은 연애소설에도 사상가들과 문학가들은 늘 주인공을 맴돈다. 『여행의 기술』에서는 문학과 그림의 자취를 더듬어 여행을 한다. 『프루스트를 좋아하세요』에서는 아예 대놓고 『잃어버린 시간을 찾아서』의 저자인 프루스트의 사상과 사생활, 메시지를 전한다.(피천득님께서도 그 어느 해의 겨울에 프루스트가 그를 안아주었더랬다.)

"현실에서는 모든 독자가 자기 자신의 독자가 된다. 책이란, 그것이 없었더라면 아마 독자가 자신에게서 결코 경험해보지 못했을 어떤 것을 분별할 수 있도록 작가가 제공하는 일종의 광학도구에 불과할 뿐이다. 책이 말하는 바를 독자가 자신 속에서 깨달을 때 그 책이 진실하다는 것이 입증된다."_『프루스트를 좋아하세요』

결코 행복하게 살지 않았던(사교적이지 않았다거나, 평생 병에 대한 집착과, 질병에 시달렸다거나, 엄마의 집착에 시달렸다거나 하는 등) 프루스트. 그럼에도 그의 문학은 길이 남을 만하기에, 그의 삶과 알랭 드 보통의 명쾌한 문장을 통해 독자들이 자신의 삶을 반추해가며 글을 소화할 수 있도록 이야기한다.(개인적으로 알랭 드 보통의 명쾌하고 통통 튀는 문장력을 높이 산다.) 독서와 사색이 끊이지 않음이 작품에서 여실히 드러나는 알랭 드 보통은 『젊은 베르테르의 기쁨』에서는 아예 여러 작가들을 대놓고 이야기한다.

-소크라테스, 에피쿠로스, 세네카, 몽테뉴, 쇼펜하우어, 니체-를 통해 역시나 그들의 사상을 씹어 먹은 알랭 드 보통의 통찰이 적절히 어우러져 진수성찬으로 차려져 있다. 알랭 드 보통이 탐구했던 몽테뉴는 타키루스의 『연대기』와 곤잘레스 데 멘도사의 『중국역사』, 굴라르의 『포르투칼 역사』, 레벨스키의 『페르시아 역사』, 레오아프리카누스의 『아프리카여행』, 뮌스테르의 『우주구조론』에 의지해 자신의 속성을 지키며 사상을 확립했다. 뿐만 아니라 플라톤의 이데아, 에피쿠로스의 원자, 헤라클레이토스의 불 등을 통해 지식과 지혜의 명쾌함을 발견한다.

작가 한명의 저서를 모두 읽으며 탐구하며 그가 영향을 받은 또 다른 작가를 찾아내 그치의 책을 다시 읽는다. 지혜의 원천에 원천을 찾아가는 일은 즐겁다.

──6──
손때 묻은 책이
내게 말을 건다

두터운 외투를 벗어들고 가벼운 재킷을 하나만 걸쳐도 되는 계절이 시작되면 늦가을까지는 얇은 옷차림 덕분에 짐까지 가벼워져 어디론가 훌쩍 떠나버리고만 싶은 마음이 일렁거린다.

여름의 나는 인도에 가고 싶다. 파리에 가고 싶다. 몽골의 드넓은 고원도 눈에 담고 싶다. 뜨거운 열정의 프리다 칼로와 차가운 열정의 혁명가 체게바라가 있는 라틴아메리카에 가고 싶다. 온몸이 섬 바람으로 휘감는 제주의 우도에 가고 싶다. 남해의 바닷가를 거닐고 싶다. 혹은, 유년시절 내 할아버지 할머니와 함께 살았던 그 흙집에 가고 싶다.(지금은 폐가가 되었겠지만.)

계절만 되면 어디론가 떠나고 싶은 마음이 스멀스멀 올라온다. 좋았던 여행은 언제든 다시 가고 싶은 아련한 추억이 되고, 그다지 유쾌하지 않았던 여행은 그래도 지나고 보면 어떻게든 미화되어 추억이 된다. 수년전 온 가족이 함께 베트남으로 떠났던 여행이 그랬다. 서울에서 회사원 생활을 하다 희망을 보지 못해 베트남의 가이드로 이주해온 말 많고 새까맣고 마른 노총각 가이드. 그 가이드의 극성스러운 안전사고 유의 덕분에 짜인 일정 이외에 자유롭게 호치민시와 하롱베이 거리를 활보하지 못했던 아쉬움이 있다.

두 번이고 세 번이고 다시 가고 싶은 여행이 있고, 절대로 그곳에는 다시 가지 않으리 다짐하게 되는(그래! 결심했어, 하며 비장하게 입술을 깨물며) 여행이 있다. 책도 몇 번이고 꺼내 읽고 싶은 책이 있고, 두 번 다시 눈길도 주기 싫은 책이 있다.

마음에 와 닿는 글귀에 줄을 긋는 습관을 지니고 있다. 책을 1/3쯤 읽다보면 온통 줄투성이인 책이 있다. 좋은 글귀에 줄을 그은 책을 다음에 다시 보게 되면 이전의 그 감동을 기억할 수 있는 장점이 있고, 새로운 글귀들을 발견하는데 살짝 방해가 되는 단점도 있다. 줄을 그으며 읽는 독서의 단점이 발견되는 시기는 책에 집중하지 않고 슬렁슬렁 넘기는 독서를 할 때이다. 대충, 이전에 좋았던 줄이 그어진 글귀들만 다시 읽어보더라도 충분한 감흥이 남기 때문이다. 하지만 이전에 감동과는 새로운 감동을 느끼고 싶은데 그어진 줄이 방해된다면 주변의 시끄러운 소음을 꺼버리고, 잡생각도 미루어두자. 책에 쓰인 글귀를 차분히 곱씹으며 읽다보면 어느새 내가 책을 읽고 있는 것인지, 책이 나를 읽고 있는 것인지 분간되지 않을 만한 몰입이 일어난다. 그러면, 게임 끝이다. 마치 지루한 일상을 탈피하기 위한 방법으로 내 서 있는 이곳을, 여행지인 것처럼 새롭게 관찰하고 발견하듯 그렇게 읽어보라. 그렇게 익숙했던 책을 전혀 새로운 시각으로 읽다보면 이전에 느꼈던 감동과 더불어 새로운 감동이 창출된다.

OLD감동과 NEW감동이 결합하니 기쁨이 두 배다. 이전에 읽었던 책을 다시 꺼내기까지 마음속의 갈등만 극복하면 된다. 이미 알고 있는 내용이니, 다시 읽으려고 꺼내들면 왠지 책속의 내용이 파노라마처럼 차르륵, 머릿속을 스쳐 지나간다.(평소엔 단편적 생각조차 나지 않는데.) 이미 다 알고 있는 책을 다시 읽어내는 행위가 비생산적이며 소모적인 행동으로 느껴지는 마음의 갈등을 극복하자. 그렇게 하면 읽으면 읽을수록 손때가 묻으며 깊어지는 문장의 향기와 더불어 삶의 향기도 깊어진다.

3년 전부터 마음까지 타오르게 뜨거운 여름이 되면, 지방으로 아웃리치를 다녀왔다. 3년 전에는 강원도 삼척 해안의 적노리 마을, 작년에는 충청북도 양강면에 다녀왔었다. 올해는 소속된 모임에 따라 다시 충청북도 양강면에 가게 되었다. 그곳은 열악한 시설환경에 밥상에만 앉으면 파리들이 순식간에 모여들어 파리와 함께 식사하는 것이 일상이다. 화장실은 물이 내려가지 않아 용변을 보고 바가지에 물을 떠서 손수 부어야 하며, 샤워시설도 제대로 갖추어져 있지 않고 차가운 호수가로 가서 몸을 씻어야 하는, 그런 곳이다.

작년에 스무 명 가까이 되는 사람들이 함께 갔음에도 불구하고 부

탁받은 일들을 모두 끝내지 못하고 돌아왔던 곳이다. 평생을 밭일만
하다 허리가 굽고, 자식들이 잘 찾아오지 않아 마음이 외롭고, 가슴
속의 한이 많은 그곳의 할머니, 할아버지들. 그 분들에게 찾아간 것
이 괜히 폐가 된 것만 같은 마음이 들어 돌아온 후에도 내내 마음
에 밟혔었다. 마치 책을 읽었지만 집중하지 않아 읽었다고 말하기 꺼
려지는, 읽기는 읽었지만 내용이 하나도 기억나지 않는 그런 감정과
유사했다.

 해서, 그곳에 가기로 결정을 내리고 가기 전까지 준비를 하는 한 달
내내 갈등과 번뇌가 끊이지 않았다. 설상가상으로 마을잔치를 위해
한국무용과 풍물놀이를 준비하기로 하고, 한국무용팀에 소속되기까
지 했다. 유난히 바쁜 일정들이 겹쳐 있던 터라, 봉사고 뭐고 내던지
고 포기하고 싶었지만 끝내 포기하지 못하고 일주일에 4~5일씩 모
여 부채춤을 연습했다. 한예종(한국예술종합대학교)에서 한국무용을
전공한 친구가 팀장이 되고, 음악가, 미술가, 바이오 연구가 그리고
작가인 나까지 팀장님을 제외한 뻣뻣한 몸치 네 명이 모여 부채춤을
연습하다보니 슬슬 재미가 붙기 시작했다.(이것은 책에 슬슬 몰입되기 시
작하는 현상과 같다.) 바쁜 일정에 연습을 빠지고 싶어도 고작 다섯 명
이다 보니, 빠지면 빈자리의 티가 확, 나기 때문에 빠지지도 못했다.
말 한마디 내뱉을 기운도 없을 만큼 지친 순간에도, 피곤한 몸으로
라도 연습을 해야 한다는 의지가 나를 질질 끌고 연습실로 데려갔
다. 그렇게 어렵던 부채춤은 연습에 연습을 거듭한 끝에 3주차 정도

에 접어들자 음악이 흐르면 나도 모르게 몸이 동작을 기억하고는 장단에 맞추어 부채와 스텝을 자연스레 밟게 되는 기적이 일어났다!(책을 읽는 습관을 들이면, 책을 읽기 싫어도 나도 모르게 습관적으로 책을 집게 되는 현상과 유사하다.)

부채춤과 더불어 이런저런 준비들을 끝내고 드디어 충청북도 양강면으로 출발하는 당일 아침 무거운 마음이 짓눌렸다. 그곳의 환경이 어떨지, 그곳에서 어떤 일들이 벌어질지, 얼마나 힘들고 꾀부리지 못할 만큼 타이트한 일정이 벌어질지 눈감아도 환히 보이기 때문이었다. 순간 '지금이라도 아프다고 하고 안가는 거야!' 하는 마음과 '아니야, 그래도 가야지. 같은 곳이지만 올해는 다른 무언가가 있을 거야' 하는 마음이 충돌했다. 마치 천사와 악마의 싸움처럼. 결국 천사가 이겨 고속버스에 몸을 실었다. 그곳에 도착하자 역시나 타는 듯한 더위와 작년보다 더 불어난 파리, 시원하게 배변하지 못하는 괴로움을 견디는 것 따위는 전혀 문제되지 않는 상상 초월의 감동을 받는다.

작년에 아쉬웠던 부분들을 올해 채우며 그 지역의 할머니, 할아버지들이 기뻐하는 모습을 보는 것만으로도 내가 여기에 온 이유가 충분했다. 새로운 곳에서 느끼는 감동도 짠하지만 모자랐던 부분을 채워가며 마음 아팠던 부분이 회복되는 광경을 두 눈으로 목격하는 감동은 짠하다 못해 몰래 눈물을 훔치게 만들었다.

책도 동일하다. 다시 읽으려고 마음먹기까지가 어렵지, 정말 좋은 책은 해가 갈수록 더 좋아진다. 내게는 그런 책이 앞서 소개한 『너는 특별하단다』가 있고, 어떤 이에게는 『꽃들에게 희망을』이, 어떤 이에게는 『어린왕자』가, 어떤 이에게는 『논어』와 『장자』가, 어떤 이에게는 『삼국지』와 박경리 님의 『토지』가 그런 책일 것이다.

읽었던 책을 여러 번 읽는 간단한 팁을 하나 더하자면 그 책에는 줄을 긋지 않는 것이다. 몇 장만 읽더라도 '내 인생의 책'이 될 만한 내용인지 아닌지는 금방 판결이 나기 때문에 그때부터는 줄을 긋지 않고 눈으로만 차분차분 읽는다. 기억하고 싶은 문장이 있다면 노트에 기록한다. 다음에 다시 꺼내 읽게 되면 이전에 감동스러웠던 부분은 표기되어 있지 않기 때문에 아무런 편견 없이 읽을 수 있다. 이미 그 내용을 알고 있기는 하지만 그토록 가기 싫었던 그곳을 두 번 연속이나 방문함으로 인해 상상, 그 이상의 감동을 얻었듯이 정말 좋은 책은 읽을 때마다 새로운 감동을 준다.

겉도는 독서는 그만두자. 지구는 우주를 겉돌며 자전한다지만 결국 지구의 중심은 지구이다. 세상은 겉도는 것 같지만 세상 속에서 허덕이는 사람이 아닌, 세상을 끌고 나가는 사람이 삶의 나날들에 보람과 희열을 느낀다. 누구에게나 하루와 삶은 동일하게 주어지지만 결과와 방향이 다른 것은 살아가는 당사자의 몰입도에 따라 다르기 때문이다. 책도, 글을 읽는 사람이 겉돌면 아니 읽는 것보다 못하다.

겉돌지 않게 책과 나의 사상을 밀착시킬 만한 '내 인생의 책'을 두어 권쯤 만들어 두자. 손때가 묻을수록, 책과의 추억이 늘어날수록 인생도 깊어진다. 눈으로만 훑어 내리는 겉도는 독서를 여러 번 할 바에야 일 년에 한두 권을 주야장천(晝夜長川) 읽는 것이 낫다.

무라카미 하루키의 마음에 불었던 바람이 『먼 북소리』를 탄생시킨 것처럼, 체게바라의 마음에 불었던 바람이 『모터사이클 다이어리』를 탄생시킨 것처럼, 내 마음에 바람이 불면 어느 곳으로 여행을 떠나게 될까? 모르겠다. 이전에 갔던 험난한 그곳이어도 좋고, 전혀 가보지 않은 이탈리아의 어느 고성에 가는 호사를 누려도 좋겠다.

『냉정과 열정사이』에서 그들 사랑의 약속이었던 두오모의 그 탑에 올라가도 좋겠다. 독서도 새로운 책이 좋고, 이전에 읽었던 책들도 좋듯이, 여행도 삶도 어느 상황이나 '주체'인 '내'가 마음먹고 생각하기에 따라 다를 테니까. 그저 오늘을 흐르듯 충실히 즐기며 바람처럼 살아갈 뿐이다.

'자유무역'이란 사탕발림 뒤에 감추어진 '무서운' 얼굴을 보라

세상 돌아가는 것도 모르는 일자무식을 탈피하고 싶다면

기억력과 사고력과 정서조절의 중추인 뇌의 전두엽은 비교 해부학 상으로 인간의 전두엽 발달이 가장 현저하다. 인간의 뇌의 전두엽은 머리의 전방부인 전상방으로 둥글게 튀어나와 있고, 전두엽의 하면은 안와(눈구멍)의 천장을 이루는 골판 바로 위에 붙어있다. 전두엽의 뒤쪽은 두정엽으로 계속되고 후하방은 측두엽의 앞부분과 접하고 있는데, 이곳은 특히 우리가 떠오르는 생각이나 감정을 재생하고 회상하는 역할을 한다.

자신의 기억력과 사고력을 관장하는 중추적인 현상을 관측하고 조종하는 중앙집권소는 이런 형상으로 만들어져 있다.

성인이 되고 나면 내 몸에 붙은 전두엽에 대한 관심보다 더 중요하게 여기는 것은 우리가 살아가고 있는 세계의 이데올로기를 이해하고 쟁점을 찾아가며 새로운 패러다임의 정치, 군사, 경제, 문화, 환경

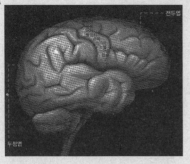

등 이데올로기 전 분야를 이해하는 일일 것이다. 여기에 국가와 세계 역사에 결정적인 영향을 미치는 이슈들에 관심을 가지고 삶과 사람과 국가와 세계에 대해 이해하려고 노력하는 행위도 들어 있을 것이다.

오늘 아침, 어떤 뉴스들에 눈이 번쩍 띄었는가? 하루 중 동료나 친구나 가족과 이야기하며 어떤 토픽에 가장 열과 성을 다하여 토론하였는가? 국가정세뿐만 아니라 이 시점에서 세계의 가장 큰 이데올로기와 이슈는 무엇인가?

위의 질문에 시간을 지체하지 않고 대답할 수 있는가?(만약 대답할 수 있다면 미소 지으며 어깨를 가볍게 으쓱, 해주길 바란다.) 대답할 수 없다면, 이제부터 뉴스검색에서 연예란이나 가십거리들을 제외하고 사회, 경제, 정치, 세계는 오늘, 같은 부분들도 '클릭'해주길 바라며 『르몽드 세계사』를 추천한다. 이 책에서는 '진실을, 모든 진실을, 오직 진실만을 말하라'는 언론관으로 유명한 프랑스의 일간지 '르몽드'가 국제적인 이슈와 쟁점을 담아 범사회적인 이슈들을 이야기한다.

현재 발붙이고 살고 있는 지구에서는 냉전이 종식되었지만 국가 간의 보이지 않는 대립과 불평등의 라인으로 인해 고통 받으며 내전이 끊이지 않고 있다. 부익부 빈익빈의 양극화로 치달음은 물론이요, 북극은 해빙이 가속화되고 있다. 기아와의 전쟁, 즉 배고픔과의 전쟁은 실패로 돌아가고 있다. 이것이 세계 186개국 중 세계무역의 80%를 차지하는 25개국의 자유무역의 신화 뒤에 감추어진 얼굴이라는 사실을 알고 있는가?

"그러나 자유무역이론을 옹호하는 사람들은 나라마다 '비교우위'에 있는 부문의 생산을 '자유롭게'(지배가 전무한 상태에서) 특화하면서 이득을 볼 수 있다며 '보편성'을 내세웠다. 선진국이 후진국에 융자를 해주거나 투자를 함으로써 선진국의 재화를 사들이고, 수출을 통해 부채를 상환할 수 있다는 것이다. 이 이론은 이미 19세기의 비난을 받았다…1970년대 들어 이 모든 경제모델은 모순에 부딪히게 되었다. 패권을 잃고 수익 위기를 맞은 미국은 '자유경쟁'을 다시 내걸었다. 강대국의 철저한 보호주의와 대비를 이루는 이러한 담론의 이면을 들여다보면, 세계무역의 1/3이 다국적 기업 내에서 이루어지고 있음을 알 수 있다. 국경이 존재하지 않는 다국적 기업들은 세계 어디라도 조세 및 임금비용 면에서 비교우위에 있는 지역이 있으면 그곳으로 생산시설을 이전한다." 『르몽드 세계사』

우리가 이미 실패했던 경제모델을 지향하는 세상 속에 살고 있단다. 세상 돌아가는 방향도 모른채 탱자탱자 놀고 있던 시간에 이렇게 되어 버렸단다. 반성하며 무식했던 어제를 지운다.

—7—
나는 '배움'을 통해
머리 나쁨에 '희열' 느낀다

    나는 무언가를 '배움'을 통해 살아있음에 희열을 느낀다. 얼마 전 교육학을 강의 하시는 교수님께서는 내게 사지선다형이야말로 아이들의 학습체계가 바로잡히기 전에 학습 틀을 잡아줄 수 있는 가장 이상적인 교육이라 알려주셨다. 하지만 문제에 대한 답이 A·B·C·D 만으로 나누어지는 학습방식은 질색했었기에 '배움' 자체에 흥미를 느끼는 자신의 모습이 아직도 낯설고 신기하다.

    대학에서 치룬 첫 시험에서 전체 문제들이 주관식으로 나열되어 있는 문제지를 받고, 신이 나서 펜을 놀렸던 기억이 난다. 역시나 있는 사실을 그대로 '암기'해서 써야만 하는 과목은 힘들었지만 문제에 대한 자신의 의견이나 생각을 정리해야 하는 과목에서는 물 만난 고기처럼 시험지 앞, 뒷면을 빼곡히 채워가며 시험을 치렀다. 내가 암기를 지독하게 질색하는 결정적 이유는-남들보다 암기력이 느리기 때문이다. 같이 공부를 시작한 친구들은 벌써 3장째 외우고 있다면 나는 아직도 1장의 앞면에서 낑낑거리며 외우고 있었기 때문이다. '암기과목을 잘하려면 친구들의 3배가 넘는 시간을 투자해야 겨우 따라가는 덕분에 속을 끓었다. 아마도 나는 응용력이라던가, 이해력이라던가, 순간판단력은 빠르지만 암기력만은 현저히 떨어지는 거 같다.

나는 사회에 발을 내딛기 위해 '컴퓨터'를 공부했고, 취미생활로 '수예'를 배웠고, 건강을 위해 '요가'를 배웠다. 사무직에서 영업직으로 전환하기 위해서 '운전면허증' 공부를 했고, 디자이너가 되기 위해서 원단과 패턴과 선긋기 등의 '디자인 공부'를 했다. 기획력과 데코레이션 능력을 갖춘 파티플래너가 되기 위해 '플로리스트' 공부를 했다. 뷰티컨설팅을 잘하기 위해 '피부와 뷰티'에 관련된 공부를 했고, 회사업무에 도움이 되고자 '영어' 공부를 시도했다. 이밖에도 새로운 분야나 관심사가 생기면 전문적인 지식을 쌓고 싶어 해당분야를 열심히 공부했다.(그런 영향인지 박학다식이 아닌 잡학다식하다.)

작년 여름에는 『그림에서 만난 나의 멘토』의 서문에 삽입하기 위해 방배동 화실에 다니며 동양화를 공부했다. 화선지를 꺼내 먹을 갈고, 그림을 그리기 위해 마음을 정리하며 붓질을 하다보면 어느새 마음이 차분하게 정리됨을 느낀다. 하도 붓력이 약해 작품완성을 나뭇가지를 이용해 독특하게 그려냈었다.(화실 선생님은 절대로 본인에게 배웠다고 말하지 말라며, 나를 부끄러워했다. 프하하.) 못 그리는 그림이건

무제 : 2009, 윤정은 작   청춘, 눈물꽃 : 2009, 윤정은 작

만, 세월이 흘러 십년쯤 뒤에는 '그림 못 그리는 작가의 그림전'을 열고 싶다.

눈이 엄청나게 내리던 지난겨울에는 예술인 커뮤니티에서 초청받은 강연을 위해 단기간에 '마술'을 공부했다. 올해 여름에는 아웃리치를 위해 '부채춤'을 배웠다. 둔한 몸짓에 느린 이해도에 동작을 익히기까지 시간이 필요했지만 땡볕을 맞으며 자갈밭과 흙밭 위에서 추던 몸짓을 좋아해주시던 시골 어르신들의 환한 웃음에 행복해졌다.

위에서 나열한 배움 덩어리들 말고도 꽤나 여러 가지를 배웠고, 앞으로도 배우고 싶고, 배워야 할 것들이 수두룩하다. 내가 이렇게 배움을 즐기는 궁극적인 이유는 인생에 깊이가 있으며, 여러 경험을 이야기해줄 수 있는 '꺼리가 많은 작가'가 되기 위함이다.

내가 책을 읽는 이유는 인생을 '행복하게' 살아가는 '목적이 있는 삶'을 살고 싶기 때문이다. '왜' 해야 하는가에 대한 '목적'이 확립되어 있다면, 우리 앞에 놓인 장애물과 시련과 어려움들은 그저 '과정'일 뿐이라는 것을 알기에 단단해진다. 쉽게 무너지지 않는다.

천재로 정평이 난 레오나르도 다빈치가 실은 젊은 시절 요리사였다는 사실을 알고 있는가? 레오나르도 다빈치는 1473년 21세의 나이에 보티첼리와 함께 레스토랑을 개업하였다. 그는 당시 요리사로서는 최고의 영예인 스포르차 가문 궁정 연회 담당자가 되었지만, 당시의 요리트렌드와 다빈치의 방식이 맞지 않아 외면당했다. 그럼에도 요리에 관한 사랑과 열정은 식지 않아 '스파게티'를 발명했다. 당시에 넓고 두꺼운 면의 먹기 힘든 파스타를 중국의 면에서 힌트를 얻어 얇고 가는 면발 뽑는 기계를 발명했다. 여기에 접시 위에서 흐트러진 음식을 먹기 힘들자 삼지창 형태의 포크를 발명했으며, 냅킨, 페퍼밀, 포도주병, 코르크마개와 따개 역시 그가 발명했다. '요리'라는 목적이 있기 때문에 부가적인 사용품들을 연구하고 발명함에 있어 그는 지치지 않았다.

그의 요리에 대한 사랑은 「최후의 만찬」이라는 유명한 그림으로 남았다. 그가 이 그림을 수락한 사유에는 '요리'라는 주제에 솔깃해서라는 주장도 있다. 3년 만에 완성했던 이 그림에서는 레오나르도 다빈치가 마지막 만찬에서 먹었을 메뉴를 선정하기 위한 기간만 2년 6

개월이 걸렸다고 한다. '음식들을 직접 시식하고, 배치한 후 정작 그림은 3개월 만에 완성했다'며 다빈치 연구가 조나단 라우쓰는 그의 저서를 통해 주장했다.

혹자는 지루한 인생을 탈피하고 싶다거나, 심심풀이 땅콩 대신 시간 때우기용으로 책을 읽는다고 한다. 타인의 인생이 궁금하다거나, 자기발전을 하고 싶다거나, 남들이 책을 읽어야 한다기에 쫓아 읽는다고 말하는 혹자도 있다. 게다가 외부의 압력에 의해 책을 읽는다거나, 그냥 책을 읽는 행위자체가 좋아서 읽는다고 하는 혹자도 있다.

사람은 누구나 책을 읽는 이유와 목적이 제각각 있을 것이다. 내가 마술이나, 그림이나, 부채춤을 배운 것이 어떤 '목적'을 위한 수단이었듯이, 레오나르도 다빈치도 요리에 대한 애정이라는 '목적'으로 기구와 음식연구와 그림을 완성했다.

당신이 책을 읽는 이유는 궁극적으로 삶을 더욱 풍요롭게 해주기 위함에 '목적'이 있을 것이다. 세상 그 어떤 일에도 단맛과 쓴맛과 신만은 공존한다. 책 읽는 행위도 마찬가지이고, 리더가 되는 과정도 마찬가지이다. 내 안에 확고한 '목적'이 세워져 있어야 길이 없다면 길을 만들어버릴 만한 용기도 생겨나지 않겠는가? 생각 없이 흘러가는 하루도 행복하지만, 목적 있게 살아가는 삶은 행로 없는 인생길에 등대이다. 현대적 의미로 사용해보자면 정처 없는 인생길의 내비게이션이다.

중국의 대문호 왕멍 선생은 『나는 학생이다』에서 학습이라는 '목적'

을 통해 학습방법을 파악했다. 그는 하나의 사리를 통해 다른 여러 사리에 이르며, 학습과 학문의 맥락을 깨우친다면 들인 공보다 훨씬 큰 효과를 볼 것이라 했다.

속담에 '사리를 아는 사람과 다툴지언정 얼떨떨한 사람과는 상대도 안 한다'라는 말이 있다. 깨달음의 목적은 말해야 할 것과 말하지 않는 것을 아는데 있으며 쉽게 파악하는 것과 어렵게 파악하는 것을 아는데 있으며, 언어로 전달할 수 있는 것과 눈길로 전달할 수 있는 것을 아는데 있으며, 표면적인 것과 내면의 속 깊은 이치를 구별하는 데 있다. 모든 것을 안다면 모든 것을 마음속으로 깨닫게 된다. 때문에 이런 사람과는 논쟁하는 일조차 아주 상쾌하지 않겠는가?… (중략) 그러면 배운 만큼 앞으로 나아가게 될 것이다. 미련하던 것이 미련하지 않게 되고, 미련한 것이 십 분의 6할로 줄어들어 점차 깨닫는 경지에 이를 수 있을 것이다. 물론 이 모든 사실은 이처럼 간단하지 않다. 분명하지 못한 사람일수록 상투 끝까지 성을 내고, 어리석은 사람일수록 세상에서 가장 잘난 체하고, 유치한 사람일수록 남의 말을 듣지 않으려 한다. 게다가 그들은 본능적으로 깨달은 이들을 적대시한다. 『나는 학생이다』

왕멍 선생의 말처럼 깨달음의 '목적'은 사리분별을 명확히 할 수 있음에 있다. 당신이 인생을 살아가는 '목적'은 마음속 어딘가에 깊이 잠자고 있을 것이다. 이 책을 덮으며 당신이 살아가는 목적과, 책을 읽는 목적과, 일을 하는 목적과 꿈을 꾸는 목적에 대해 진지하게 생각해보길 바란다. 목적 있는 사람의 눈빛은 맑으며 흔들림이 없고, 그의 걸음걸이는 곧으며, 그의 얼굴빛은 반짝이며, 그의 웃음소리에는 행복이 담겨있다. 인생에 아무런 목적이 없다면 그것을 발견하기 위해 책을 읽는 행위를 추천하겠다.

앤디워홀이 예견했던 15초 만에 스타가 되는 시대는 이미 오래전에 우리 앞으로 다가왔다. 『삼국지』에서 유비가 제갈량을 얻기 위해 그의 초가집으로 세 번이나 찾아갔던 '삼고초려'의 미덕은 사라지고, 두 손을 뻗기만 하면 잡을 수 있는 기회를 빠르게 캐치해야 하는 '삼초고려'의 시대이다. 제너레이션한 리더(Leader)가 되기 위해 당신은 목적 있는 리더(Reader)로 준비하고 있자. 왜, 그래야 하냐고? 해답은 이미, 당신이 가장 잘 알고 있지 않나?

내가 지혜와 사랑이 깃든 인생을 살아갈 수 있는 답을 찾은 곳이 책이기에, 내 철학의 뿌리는 책에 있다. 책은 내 안에 녹아들어 '내'가 되었기에 내 철학의 뿌리는 내 안에 있다.

당신을 구성하는 당신의 뿌리는 무엇인가?

물음에 대답함은 물론이요 '말'처럼 '행동'하며 살아가는 사람이 당신이었으면 좋겠다.

시시하게 살지 말자! 세상에 뿌리박고 유쾌한 왈츠를 함께 추며 살아가자.

우울증은 장례식장으로 훨훨 날려 보내라

무엇을 위해 살아야 하느냐, 마느냐의 선택을 위해

만약 당신이 잠과 사교와 일과 연애와 가정사와 학업과 친구와의 자잘하고도 복잡한 문제들에 얽혀 책 읽을 시간이 없다 느껴 고전문학들 중에서 단 한 권의 책만을 읽고자 한다면 나는 주저 없이 셰익스피어를 추천하겠다.

'인도를 내놓을지언정 셰익스피어는 내놓지 않겠다'는 칼라일의 말을 빗대지 않더라도 영국인들은 인도에서 향유했던 정치, 경제적인 영향력보다 셰익스피어를 더 귀하게 여겼다. 이러한 영국인들의 사랑만큼 '한 세대가 아니라 만대의 작가'라는 평을 받기에 그보다 적합한 이를, 나는 아직 찾지 못했다. 그런 '바쁨'들에 치여 '사유'하기를 거부한 이라도 셰익스피어를 '깊게' 씹어 읽는다면, 역전의 명수가 되어 도리어 자잘하고도 복잡한 그 문제들을 해결하기 위해 자진해서 책을 들 것이다.

그의 작품 중 인생이란 과연 가치가 있느냐, 없느냐를 논한 'To be, or not to be'라는 유명한 『햄릿』의 대사는 '죽느냐 사느냐, 그것이 문제로다'로 번역되기도 했고, '있음이냐 없음이냐, 그것이 문제로다'로 번역되기도 했다. 이는 한자표현과 한글표현에 따라 번역이 다르다. 하지만 결국 삶이란 거대한 고통의 바다 속에서 난폭한 운명의 돌팔매와 화살을 맞는 것이 고귀한 것인지, 무기를 들고 고해와 대항하며 죽음의 잠속으로 빠져드는 것이 정답인지를 결정하지 못한 햄릿의 '존재하느냐 마느냐'의 존재론적 물음에 대한 자조적 질문이다. 셰익스피어 4대 희극으로 불리는 『햄릿』『오셀로』『리어왕』『맥베스』는 인간의 진실, 가치, 죽음, 사랑 등을 비극적인 세계의 제시를 통해 연극에 올렸다. 이는 지금까지도 세계인의 사랑을 받으며 상영되고 있다. (그런데 과연 존재해야 할까, 하지 말아야 할까? 가련한 오필리아여, 대답해주오.)

개인적으로는 비극보다는 희극을 선호하는 취향에 『말괄량이 길들이기』『베니스의 상인』『뜻대로 하세요』『한여름 밤의 꿈』『십이야』같은 5대 희극을 더 좋아한다. 권태에 빠진 요정의 왕 오베론이 요정의 여왕 타이테니아에게서 마음에 드는 시종을 빼앗기 위해 눈에 떨어뜨리면, 잠을 깨는 순간 옆에 있는 사람을 보기만 해도 미칠 지경을 사랑에 빠지는 들에 피는 사랑의 꽃즙을 구해와 타이테니아의 눈에 떨어뜨릴 계략을 짠다. 사자든, 늑대든, 수선스러운 잔나비든 여왕이 그에게 빠져 있는 동안 소년시중을 차지해버리려는 심상에서 말이다. 꽃즙을 눈에 담고 왕을 위한 연회에서 공연연습을 하고 있는 직조공 보톰에게 사랑에 빠져버린 타이테니아 여왕은 보톰을 시중들게 할 시중들을 음악처럼 불러대는 장면에서 마음이 들썩거린다.

타이테니아 : 콩꽃, 거미줄, 부나비, 겨자씨!(요정 시중들의 이름) 살구, 이슬, 자줏빛 포도, 녹색 무화과, 오디를 잡숫게 해라.
타이테니아 : 콩꽃, 거미줄, 부나비, 겨자씨!(요정 시중들의 이름) 살구, 이슬, 자줏빛 포도, 녹색 무화과, 오디를 잡숫게 해라.

문장에 줄을 치며 '이것들을 먹으면 나도 요정이 되려나?'하고 글귀에 콩깍지가 끼어 설레기까지 했었다. 극작품을 소설형식으로 풀어쓴 것도 있지만, 연극장면을 상상하며 '요정 등장, 헬레나 퇴장' 같은 문구들과 함께 상상의 나래 속에서 공연을 펼쳐보자. 주인공인 '나'여도 좋겠고, 언젠가 보았던 연극속의 누군가, 드라마나 영화 속의 누군가, 주변지인들 중 누군가여도 좋다. 한여름에 눈이 내린다면, 팔월에 크리스마스처럼 축제가 벌어진다면 얼마나 판타스틱하고 신이 날까? 요정들이 벌이는 한여름 밤에 해프닝처럼, 낭만적이고 사랑에 대한 다양한 모습들을 담아, 서정적으로 묘사한 여름밤의 분위기 속의 익살스러운 셰익스피어의 재치. 햄릿처럼 죽을 듯이 고뇌하지 않고 즐겁게 '나의 선택'에 대한 생각을 정리한다. 대부분의 문제들은 '시간'이 지나면 해결될 것들이 많기 때문에 복잡한 그것들에게서 등을 돌리고 책속으로 생각이 피신되어 있다 보면 하나, 둘씩 정리가 되고 불필요한 잡음요소들이 제거되어 분명한 한가지의 선택으로 찾아가기가 수월해진다.

오길비 출신의 앤디 번트 사장이 구글tv에 합류하며 이런 말을 했다.

"우주선이 집 뒤뜰에 착륙해서 문을 열면 그냥 거기 타야죠."

우주선이 집 뒤뜰에 착륙할 만큼 재미난 일이 일어나거들랑, 우울증이 올 만큼 고민될 때 어떻게 할지, 셰익스피어의 답을 들어보자.

"우울증은 장례식에 맡기면 된다. 우리들의 이 즐거운 일에 창백한 손님은 어울리지 않소." _『한여름 밤의 꿈』

정체성-밀란 쿤데라 저, 이재룡 역, 민음사

명문가의 자식교육-김영주 편저, 아이필드

천재수학자의 영광과 좌절-후지와라 마사히코 지음, 이면우 옮김, 사람과 책

어디선가 나를 찾는 전화벨이 울리고-신경숙 저, 문학동네

아름다운 마무리-법정 지음, 문학의 숲

살아 있는 것은 다 행복하라-류시화 엮음,조화로운 삶

나, 건축가 안도 다다오-안도 다다오 저, 김광현 감수, 이규원 옮김, 안그라픽스

건축가들의 20대-도쿄대학 공학부 건축학과 안도 저-신미원 역, 눌와

게리-밀드레드 프리드먼 엮음, 이종인 옮김, 미메시스

파리의 보헤미안과 댄디들-김복래 저, 새문사

어찌됐든 산티아고만 가자-권순호, 이경욱 저, 청하

나는 학생이다-왕멍 저,들녘

인연-피천득저, 샘터

쏭내관의 재미있는 궁궐기행-송용진 저, 지식프레임

우리궁궐산책-윤돌 저, 이비락

안녕헌법-차병직, 윤재왕, 윤지영 저, 지안

젊은 베르테르의 기쁨-알랭드 보통 저, 정명진 옮김, 생각의 나무

키스하기전에 우리가 하는 말들-알랭 드 보통 저, 생각의 나무

프루스트를 좋아하세요-알랭드 보통 저, 지주형 옮김, 생각의 나무

데미안-헤르만 헤세 저, 전영애 역, 민음사

철학 카페에서 문학읽기-김용규 저, 웅진지식하우스.

서사철학-김용석 저, 휴머니스트

대지-펄벅 저, 장왕록 역, 소담출판사
영혼은 꽃마차를 타고- 에밀리디킨슨 저, 정광식 엮음, 선영사
농담-밀란쿤테라 저, 방미경 옮김, 민음사
유배지에서의 편지-정약용 저, 박석무 편역, 창비
월든-헨리 데이빗 소로우 저, 강승영 옮김, 이레
반고흐vs폴 고갱-브래들리 콜린스 저, 이은희 옮김, 다빈치
색채심리 마케팅-채수명 저, 도서출판 국제
이구동성 미술치료-주디트 루빈 엮음, 주리애 역, 학지사
달과 6펜스-서머셋 모옴 저, 김정욱 옮김, 소담출판사
정재승의 과학콘서트-정재승 저, 동아시아
1승9패 유니클로 처럼-김성호 저, 위즈덤 하우스
베니스의 상인, 한여름밤의 꿈-윌리엄 셰익스피어 지음, 김재남 옮김, 하서
햄릿-셰익스피어 저, 최종철 옮김, 민음사

양서를 엮어 도움을 주셔서 진심으로 감사드립니다.